中国专业作家作品典藏文库

中国专业作家作品典藏文库
石钟山卷

幸福像花儿一样

石钟山 著

中国文史出版社

图书在版编目(CIP)数据

幸福像花儿一样 / 石钟山著. -- 北京 : 中国文史出版社, 2023.2

(中国专业作家作品典藏文库. 石钟山卷)

ISBN 978-7-5205-3744-5

Ⅰ. ①幸… Ⅱ. ①石… Ⅲ. ①中篇小说-小说集-中国-当代②短篇小说-小说集-中国-当代 Ⅳ. ①I247.7

中国版本图书馆 CIP 数据核字(2022)第 179156 号

责任编辑：蔡晓欧

出版发行：**中国文史出版社**
社　　址：北京市海淀区西八里庄路 69 号院　邮编：100142
电　　话：010-81136606　81136602　81136603（发行部）
传　　真：010-81136655
印　　装：北京新华印刷有限公司
经　　销：全国新华书店
开　　本：720×1020　1/16
印　　张：18.5　　　字数：215 千字
版　　次：2023 年 2 月第 1 版
印　　次：2023 年 2 月第 1 次印刷
定　　价：63.00 元

目　录

幸福像花儿一样

一

公元一九七六年，那一年的深秋，军区文工团舞蹈演员杜娟发生了一件大事。

那个深秋，某一天的中午，杜娟收到了两封男性来信。这两个男性她都认识，而且说来还相当的熟悉。

第一封是文工团白扬干事来的，他在信里这么写道：

杜娟你好：

不知道晚上有没有时间，我在排练厅等你，有话对你说。

此致

敬礼！

白扬　即日

另一封是军区文化部文体干事林斌写来的，他在信里这么写道：

杜娟：

我这里有两张文化宫的电影票，是你最爱看的话剧《春雷》，如有时间，在你们东院的西门口等你，时间是六点三十分。

此致

敬礼！

林斌　即日

杜娟在这一天中午一下子就收到了两封男性来信，她觉得自己要发生大事了。这两封信她是拿到厕所里看的，只有厕所里才不被人打搅，没人看到她脸红心跳的样子。看完这两封信，她一时竟不知如何是好，呆呆地蹲在厕所里。在这期间，同宿舍的大梅到隔壁的厕所里去过一次，她知道杜娟就蹲在一旁。大梅完事之后，敲了敲挡板道：杜娟，怎么还拖拖拉拉的，这么长时间了，是不是"老朋友"来了？

杜娟含糊其词地应了一声。大梅走了，杜娟仍蹲在那里，她要一个人好好地想一想，这究竟是怎么了？

杜娟二十一岁了，她到部队已经九个年头了，她是十二岁那一年被部队特招来的文艺兵。那时，她在老家那座城市的文化宫里学舞蹈，说是学舞蹈，无非是练一些基本功，弯腰、劈叉、把杆等。那年，军区文工团到各地去选舞蹈学员，他们一下子就看上了她，还有大梅。那时，能到部队当兵，尤其是女兵，没门没路子的连想都别想。因为部队招的是文艺兵，还是要考虑特长的，于是杜娟便成了一名文艺兵。接下来，杜娟就开始了部队的学员生活。这种生活一直持续了五年，五年不算长，也不算短，杜娟终于合格毕业了，现在成了一名排级职务的舞蹈演员。她感到生活幸福又美好。

杜娟现在已经是干部身份的舞蹈演员了，不管她以后跳好跳坏，能不能吃跳舞这碗饭，她都将是名部队干部。也就是说，她进了保险箱，不管以后在部队还是在地方，她都将是名干部。干部和一般的群众比，天上地下，不可同日而语。

二十一岁的杜娟这种优越的心理已经持续好几年了，许多和她一起成长起来的学员，都有这种优越感。她们当学员时的那种努力、刻苦、勤奋等，在她们成为干部演员后，都大打折扣。这一点可以从她们的体型上清楚地看到。她们胖了，先是脸圆了，然后是腿，以前细细瘦瘦的腿，变得饱满了，然后就是胸，坚挺瓷实。

这一变化，最突出地体现在她们吸引男性的目光上。她们还是学员时，走到哪里，都会吸引来一片目光，那些目光是新奇的、惊叹的。因为那时她们还小，这么漂亮的一群小姑娘，穿着军装，肯定是突出的、卓尔不群的。于是缭绕在她们周围的目光是惊奇和羡慕的。现在却不同了，不管她们是集体还是一个人，只要出现在公开场合，她们都会把男性的目光牢牢地吸引到自己身上。那是男人欣赏女人的目光，她们已经明显地感受到了周围这种目光的变化。于是她们挺胸抬头，用灿烂的表情和丰富的身体语言来迎接这种男人的目光。

她们这一茬舞蹈演员，刚二十出头，花季芬芳不能不吸引众多的年轻男性的目光。但是他们也是有自知之明的，这些女孩子他们是得不到的，只能远远地欣赏。在这之前，那些文工团的女孩子大都嫁给了有头有脸的男人。这些男人大都是父母在部队工作，自然都是首长一级的人物，孩子们自然也就有了头脸，先是参军，最后是入党、提干，然后调回军区，在机关里当参谋或干事。他们选择女朋友的目标，首先瞄准了文工团的女孩子们。只有这样，才门当户对，况且又是近水楼台，他们得不到还有谁能得到？

杜娟这拨女孩子，早就被众多首长的儿子们物色上了。有的已经挑明了，大梅的男朋友就是军区后勤部部长的公子，这个公子现在在司令部作战处当着连级参谋。现在每个周末，那个王参谋都要到文工团里来接大梅。两人说说笑笑地走了，去后勤部长家。

大梅回来的时候已经是深夜了。杜娟都睡了一觉了。大梅回来之后仍然是兴奋的，她不断地在床上翻来覆去。杜娟蒙眬着眼睛去厕所，借着走廊里的灯光看到倚在床头的大梅仍大睁着眼睛。

杜娟就很不理解地说：都啥时候了，还不睡呀？

大梅就说：睡不着。

杜娟就说：那个王参谋对你好吗？

大梅就潮湿地说：好。

杜娟就不说话了，大睁着眼睛望着黑夜，想象着是哪种好法。

大梅又说：王部长在催我和小王结婚哪。王部长自然是小王的父亲。

杜娟的心里就动了一下，然后就说：结婚有房子吗？

见杜娟这么问，大梅就胸有成竹地说：王部长说了，结婚就住在家里，他们家房子多的是。

杜娟这才想起王部长住在西院首长区的一片小楼里，那是一幢二层小楼，独门独院。王参谋是王部长最小的儿子，上面有姐姐和哥哥，哥哥姐姐早就成家另过了。王部长现在只有一个儿子在身边，住房自然不成问题。

杜娟就暗自羡慕大梅，觉得大梅找了一个中意的男朋友。

两个男人的爱意同时击中了杜娟，那个深秋的中午，杜娟捧着两封男人来信，竟一时不知如何是好。

二

文工团干事白扬长得一点也不白，可以说有点黑，原来在基层部队当排长，后来父亲先是当上了军区文化部的副部长，当副部长时便把白扬调到了文工团当干事，文工团隶属文化部领导。后来白扬父亲又当上了文化部的部长，师级干部。白扬整日里就显得很优越，在文工团工作，每日里和演员们打交道，又是年轻人，正是追女孩子的时候，身上的故事就很多。

白扬调到文工团不久，据说先是和话剧团的“小常宝”谈过恋爱，《智取威虎山》被话剧团改编成了话剧，演过“小常宝”的女孩子也姓李，那一年只有十八岁，梳两条长辫子，走起路来一跳一跳的。自然是白扬先追求“小常宝”的。前一阵子，“小常宝”刚写过入党申请书，白扬干事就三天两头找“小常宝”谈话，两人刚开始选在白扬的办公室谈，后来就在文工团的院子里谈。当时的季节是春天，杨树吐绿，到处显得生机勃勃，白扬背着手，带着几分领导做派。“小常宝”把手插在裤兜里，样子天真而又幼稚。白扬喋喋不休地说着什么，样子激动；“小常宝”半低着头，一条辫子在前，一条辫子在后，满脸羞怯的神情。两个人的样子成了那年春天文工团一道最常见的风景。

后来两人又形单影只起来，“小常宝”在那一段时间人变得痴呆起来，有时站在一个地方好久不说一句话，就那么呆呆地望着，眼前并没有什么，但她仍痴痴呆呆地望着。不久，人们才知道，白扬和“小常宝”散伙了，白扬又和一个唱歌的女孩子谈起了恋爱。人们便明白“小常宝”为什么痴呆了。那一阵子，天真活泼的“小常宝”不见了，只剩下一个恍惚的、脸色苍白的小李。不久，“小常宝”提出了转业，再也没有出现在话剧团，听说转业手续什么的都是她哥哥来办的。人们不知道白扬和“小常宝”之间到底发生了什么。

白扬和唱歌那女孩子，恋爱似乎是有始没终，两个人热和了一阵子又热和了一阵子，最后也不了了之了。白扬和唱歌那女孩子倒没什么新故事，只是那女孩子调到了南方一个军区，她老家在那儿。又一个女孩子在文工团消失了，似乎和白扬有关，又似乎无关。

白扬把自己的触角伸向了文工团的每个角落，凡是有女孩子的地方便有白扬的身影。白扬是最后把触角伸向舞蹈队的。据大梅透露，白扬曾向她发出过求爱的信号，那时王参谋还不认识大梅，大梅也曾赴过白扬两三次约会，第一次是谈话，第二次是去看电影，第三次是去公园。从公园回来的那天晚上，梳洗过的大梅脸红红地躺倚在床头冲杜娟说：我谈恋爱了。

杜娟就吃惊地说：和谁？

大梅两眼放光地说：白扬。

杜娟就有些吃惊地望着大梅说：我怎么一点儿也不知道？

杜娟在这方面可以说反应比较迟钝，文工团青年男女一有谈恋爱的迹象，马上会作为头条新闻传遍整个角落，但最后一个知道的一定是杜娟。按现在人们的说法是，杜娟的情商有些低。八九岁开始学习跳舞，十二岁入伍，她只对跳舞感兴趣，除此之外，一切都很迟钝，每日里笑呵呵的，谁说的话，她都相信，跟她说完了，与自己无关的，不出第二天一定扔在脑后。因为，杜娟和大梅比起来显得单纯，单纯得有点没心没肺。大梅的事从不回避杜娟，包括第一次来月经这样羞于出口的私事。大梅只把杜娟当成一只耳朵，听过也就听过了。

那天晚上大梅便把自己初恋的幸福说给杜娟听。大梅说：白扬摸我这了。

说完用自己的手摸了一下左胸。

真的?！杜娟此时面色绯红，仿佛白扬摸的不是大梅而是自己。

如果王参谋不及时出现，也许大梅真的会和白扬有什么故事了。这时王参谋及时出现了，大梅和王参谋是经人介绍认识的，和王参谋见过一次面，又去了王参谋家里一趟之后，大梅当即做出决定，彻底和白扬断了往来。那一阵子白扬很是失落，他天天绕着舞蹈队的宿舍楼转来绕去的。王参谋正在和大梅热恋，只要王参谋一下班，便急三火四地来到文工团接大梅。那时他们把业余时间安排得丰富多彩，轧马路、逛公园、看电影，两人走在一起的身影，亲密而又幸福。白扬躲在暗处火烧火燎地看着眼前幸福的一对。

大梅投入王参谋的幸福怀抱之后，曾和杜娟有过一次对话。

杜娟说：白干事人也不错的。

大梅说：王参谋人更优秀，他是搞军事的，以后比白扬有前途。

杜娟又说：白扬的父亲是文化部部长，管着咱们你不怕?

大梅也说：杜娟，你不知道王参谋的父亲是谁吧?他是后勤的王部长，军区常委，比白部长大好几级呢，我还怕白部长给我穿小鞋?

杜娟这时似乎才明白大梅为什么会舍近求远，这么快投入王参谋的怀抱。从那以后，白扬干事果然没再纠缠大梅，他只能远远地忌妒地看着。

在这之前，杜娟做梦也没想到白扬会给自己写信。杜娟没写过入党申请书，平时她只出入宿舍和练功房，要么就下部队去演出，文工团办公楼她很少出入，偶尔去开会，也都是和大梅等人结伴而去。以前她只远远地看见过白扬，那是一个长得很结实的小伙子。要说了解白扬的话，都是从大梅嘴里得知的，包括当年和“小常宝”谈恋爱，又和那个唱歌的女孩子有来往，一直到最后白扬摸了大梅那个地方。总之，她对白扬的了解是抽象的。

大梅对白扬的评价是这样的：白干事很有激情，就像钻进女人肚子里的蛔虫，他知道你心里想的是什么，他干的事你觉得都蛮舒服的。

那时杜娟就想，大梅一定是想让白扬摸了，白扬才摸的，要不然大梅不会说这种话。

最近一段时间，白扬经常到舞蹈队的练功房里去转一转，背着手很悠闲的样子。舞蹈队的队长也很尊重白扬，毕竟是文工团机关的，况且又是白部长的公子。队长每次见到白扬都热情地打着招呼说：白干事，有什么指示？

白扬就挥挥手说：什么指示不指示的，随便看看。

刚开始，队长以示对白扬的尊重，总要在白扬的身旁站一站，说些客套话，白扬就说：你忙，我就是看看。

队长就走了。白扬就从这间练功房走到那一间。练功的时候，女队员在一间，男队员在一间，白扬看男队员练功时，神情是马虎的，草草地看了，就来到女队员练功的房间。女队员练功时，穿得都很少，练功衣裤都是紧身的，显得胳膊是胳膊腿是腿的。在白扬这种男性的注视下，这些女队员很不好意思，脸自然是红了。白扬似乎也觉得有什么不妥，看一会儿就走了，第二天仍然来。

杜娟要说和白扬有什么接触的话，就是在不久前的一次食堂里。

杜娟打了饭坐在一个空桌前吃饭，白扬端着碗走过来，坐在杜娟的对面。杜娟因为对白扬不熟，只和他点了点头。

白扬似乎对杜娟了如指掌。白扬坐下就说：杜娟，你怎么一直没写入党申请书呀？

杜娟红了脸，前面说过，杜娟是很单纯的一个女孩子，她只对跳舞精通，别的事她都搞不明白，她更不知道入党和跳舞有什么关系。

杜娟红了脸，说不出话来。

白扬又说：你们舞蹈队的人，差不多人人都写了入党申请书。

杜娟这才说：她们是她们，我是我。

白扬就说：你要提高自己的认识，找个机会我和你谈谈。

说完这话之后，白扬端起饭碗就走了。今天她接到白扬的信，她不知道是不是和她谈入党的事，要是这个事，白扬完全没有必要写这封信，他可以打个电话通知她，几点到他办公室去。

那不是这事又是什么事呢？

三

如果只收到白扬的一封信，杜娟就不会这么犯难了，她一定会毫不犹豫地去赴约，不管白扬谈什么，她都会感到很高兴，甚至会感到幸福的。

偏偏在这时，林斌也来了封信，他约她去看话剧。《春雷》这场话剧她在不久前曾看过，是文工团组织看的，她很喜欢。《春雷》里那个青年百折不挠追求真理的精神深深地感染了她。她记得看《春雷》的时候，林斌就坐在她旁边，因为自己入戏了，她甚至忘记了周围人的存在，她用手帕不停地去擦眼泪，主人公的命运让她担惊受怕，她双手死死地抓着身体两旁的扶手，直到戏演完了，灯亮了，观众热烈地鼓掌，她才清醒过来，觉得很不好意思，冲林斌吐了一下舌头，然后慌慌地随人流向外走去。直到走到停车场，他们排着队上车，林斌才在她身后问：喜欢《春雷》吗？

她没敢回头，在灯影里使劲点了点头。那天回来的路上，林斌就坐在她的后面，她没回头，但她感受到，林斌的目光一直在注视着自己，她的脸颊也因此热了一路。那天晚上她失眠了。

林斌是军区文化部的文体干事，平时和文工团打交道很多，军区舞蹈队不管排练什么节目，事先一定要报机关审查的，林斌分管文体工作，每一次报告总是最先报到林斌那里，然后林斌就代表组织到文工团来，先找领导了解情况，最后找到这个戏的主角问一些情况。他每次都很认真地将了解到的情况记到小本子上，回到机关后，再把他了解到的情况汇报给领导，最后是白部长在汇报上画圈，不久，一份红头文件就下来了，上面说同意文工团这个节目的排练。

节目排练了一阵子，文化部的领导就亲自审查了，林斌自然也在其中，仍拿着那个小本子，文工团上上下下又认真准备了一通。团长、白扬等人也跑前忙后，一干人等看完了排演的节目，每次都会有些意见。先是领导们说，林斌不停地记录，到最后林斌也会说上几句，话语轻淡淡的，他总是在强调领导曾经说过的话，领导没说过的他从不多说一句，然后合上本子，恭恭敬敬地望着领导，等候领导的最后指示。

林斌在这种场合下，总是显得很文静，脸也长得很白，一点儿也不像白扬。他和白扬很熟悉，每次到文工团来，他都要和白扬说笑上一阵。

杜娟有一次排练了一个双人舞，节目审查的时候，林斌也来了。刚开始杜娟还能一心一意地跳舞，不经意间，她的目光和林斌的目光对视在了一起，林斌正专注地望着她的眼睛，不知为什么，在余下的动作里，她总是走神，一连出了好几个错。节目完了，她连头都不敢抬，坐在一旁，领导说了什么，她一句也没有听清楚，耳旁轰响成一片。直到领导起身离座了，林斌走过她身边时，轻轻拍了一下她的肩，说了声：你跳得不错。这句话她听清了，不知为什么，那一刻她只想流泪。

她和林斌的接触，差不多就是这些。没想到的是，林斌会在这时，给她写来这样一封信。

杜娟遇到了人生中第一件头等大事，她在厕所里，把两封信左看了一遍右看了一遍，仍没有下定最后的决心，到底该怎么办。她决定向同宿舍的大梅求助了，她相信大梅，天大的事到了大梅眼前都是小事一桩，大事化小，小事化无，她有这种本事。

正是午休的时候，大梅已经躺在了床上。大梅有个毛病，每次躺在床上，总是要把自己脱得干干净净，只有这样，她才能睡着，否则，她将难以入睡。大梅说，脱光了衣服睡觉这是一种幸福，穿着衣服那才是活受罪呢。杜娟回到宿舍的时候，大梅似乎睡醒了一觉，她正眯着眼睛看杜娟。然后她就一针见血地说：杜娟你出事了？

大梅这么一说，杜娟就再也承受不住了，一股脑把两封信都塞到了大梅手上，自己坐在床沿上，手足无措的样子，她似乎在等待着大梅的宣判。

大梅看了一眼信，又看了一眼，然后惊惊乍乍地说：呀，杜娟你了不得了，爱情来了。

杜娟就红着脸说：大梅你小点儿声儿，怕别人不知道咋地。

大梅就平静了一些道：杜娟你真幸福，同时有两个男人喜欢你。

杜娟就无助地说：要是一个人还好办，两个我可咋办呢？

大梅又说：白扬不错，他就是咱们团的人，年轻有为，有多少女孩子喜欢他都喜欢不上呢。

杜娟说：那我今晚就去见白扬。

大梅这时在被窝里又摇摇头说：林斌也不错，他没什么靠山，这么年轻就在大机关工作，在领导身边，以后一定会很有前途。

杜娟因此也改变了主意：那我去见林斌。

大梅沉思了一会儿，伸出白白的胳膊，抱住自己的头说：别忘了，白扬的父亲是白部长，虽说白扬暂时在咱们文工团这座小庙，谁敢说以后不会调动。

杜娟听大梅这么一说，更没了主意，她眼巴巴地望着大梅说：那我该见谁呀，要不我谁也不见了。

大梅望着天棚说：你都见！

杜娟就傻了似的望着大梅。

大梅把白白的胳膊收到被窝里，伸了个懒腰说：以后，那就骑驴看唱本走着瞧，谁能给你幸福，你就嫁给谁。

四

杜娟有大梅做后盾，心里果然踏实了下来。

在剩下来的时间里，杜娟倚在床上，双目盯着天花板，她在畅想自己的未来，想象着即将出现在她生活中的两个男人，她要抓住属于自己的幸福。

那个下午对杜娟来说冗长而又焦灼，她在激动又忐忑中终于等到了晚上。她走出宿舍门时，抹得香喷喷的大梅拍着她的肩膀说：好好干。杜娟知道，香喷喷的大梅要在空下来的宿舍里等待王参谋的到来，以前大梅也是这么抽空和王参谋幽会的，可是那时杜娟什么也不懂。有一次，杜娟突然从练功房里回来，撞上了王参谋和大梅两个人正在宿舍里，她只看见大梅凌乱的床，还有面色潮红的两个人。那时她什么也不懂，傻呵呵地冲两个人乐。直到大梅急赤白脸地说：我们两个迟早是要结婚的。她仍没明白两个人躲在宿舍里到底干了些什么。现在她知道大梅为什么把自己搞得香喷喷的原因了，她出门的那一刻，冲大梅很有内容地笑一笑，心里想，迟早有一天，我也会在宿舍里幽会的。

六点三十分，杜娟准时来到了东院的西门口，东院是军区的家属区，但也有一些不怎么重要的单位被安排在了东院，例如文工团这样的单位，西院是办公区，还有一些师职以上的干部宿舍。西院自然要比东院贵族一些，但仍有士兵站岗，杜娟出门的时候，哨兵向她敬礼，她一走出东院门，便看见了立在树下的林斌。林斌立在那里像一个士兵一样，不错眼珠地向东院内张望着。他一看到杜娟，笑着冲她说：我还以为你不会来呢。

杜娟说：差一点儿，晚上我们排练。

杜娟第一次撒谎，脸红了，天暗，林斌看不到这一点。

林斌就很失望的样子。

杜娟说：晚上排练七点半呢，还有一会儿呢。

林斌的脸色就舒缓了许多，他有些尴尬地说：可惜，话剧看不上了。

两人这么说话时，是边走边说的，两人顺着军区大院外的甬道往前走去，甬道上落满了树叶，两双脚踩在上面哗哗啦啦地响着。两个人没再提看话剧的事，有一搭无一搭地说着话。

林斌问：最近在排什么节目？

杜娟说：还是那个双人舞。

林斌就点点头说：这个双人舞，部里领导很重视，还希望你们在全军会演中拿奖呢。

杜娟不说话，只是笑。

接下来，两人就说到多长时间没回家了，由家说到家庭中的成员。直到这时，杜娟才知道，她和林斌的老家是一个市的，他们住的不是一个区，但只隔了两条马路。两人的样子似乎都很愉快。不知不觉就到了七点半，这是杜娟给自己定的时间，白扬没有说具体时间，只说晚上在练功房等她。但她还是给自己规定了时间。杜娟看表的时候，林斌不无惋惜地说：你时间到了，咱们原来还是老乡，那就找个时间再聊吧。

林斌向她伸出了手，她也把手伸了过去。他握住了她的手，她觉得他的手又大又热。

她不知道白扬要和她说什么，低着头只顾走路，差点和楼上下来的一个人撞了个满怀，她抬起头才看清对方就是白扬，白扬自然也看见了她，怔了一下说：我以为你不来了呢。

又是这样的开场白，说得她怔了一下，忙说，我在宿舍里有点事。

两人一边说一边向排练厅里走去，进门的时候她伸手要去开灯，他伸出手制止了她。她触到了白扬的手，白扬的手很软，还有些凉。她这才意识到，男人的手原来是不一样的。

白扬很自然地说：别开灯，太刺眼了。

窗口有一片亮光泻进来，那是月光。两人向窗口走去，就站在这片亮光里。

白扬站在她的对面，迎着月光，他就成了一个剪影。

他说：为什么不喜欢入党？他这样开场说。

她低下头笑了一下，半晌才答：什么也不为。

他说：你要写入党申请书，我会为你争取的。

她抬起头望着他，想：也许白扬以前和“小常宝”还有那个唱歌的女孩子约会时，他也是这么开场的吧！想到这，她凌乱的心稳定了下来，平静地望着他。

他说：你舞跳得不错，比大梅强多了，大梅一谈恋爱就不想跳舞了。

这时她想起待在宿舍里的大梅，心想，此时大梅一定又把宿舍的床弄乱了。想到这，她的脸又红了一下。

白扬这时向前挪了一下身子，似乎要抓住她握着把杆的手，最后在一旁停住了，只握住了把杆。

白扬说：舞蹈队的女孩子就你不一样。

她不明白他说的不一样指的是什么，她还没有问，就听见了他急促的呼吸声，这种呼吸，让她感到有些压迫，她似乎受到传染似的呼吸也急促起来。就在这时，白扬一把抱住了她，她没想到他会抱她，刚想躲避，不料想他的整个身子倾斜着压了过来，脸贴在她的脸上，他更加急促地在她耳旁说：杜娟，我喜欢你。

那一刻，她的大脑一片空白。她什么都想到了，就是没想到他会这样。她含混地说：啊，不。

他更紧地抱着她，她一时不知如何是好，浑身僵直，他的手在她身上游移。突然，他摸到了她的胸，她过电似的那么一抖，不动了。她想起大梅和白扬约会后回来对她说：白扬摸我这了。

那时她脸红心热，不知道那被男人摸过是什么滋味。此时，眼前这个男人正得寸进尺地摸她“那”，她是什么感觉呢，她觉得身体僵直得都快断掉了。一次次，她似乎是被电击中了。后来，她逃也似的离开了练功房，离开了那个男人的怀抱。

她回到宿舍，大梅正在整理自己的床铺。大梅的样子很满足，正在哼唱着《北京的金山上》。大梅一抬头看见了她，忙笑着问：怎么样？她没有理大梅，她不知自己该说什么，一下子躺在床上，拉过被子，蒙上了头。

五

一个晚上，短短的时间里，单纯的杜娟经历了两个男人对自己表白爱意，林斌含蓄而又冷静，白扬直接热烈。杜娟一时不知如何是好了，她把头蒙在被子里，眼睛却睁得大大的，浑身发热，脑子发空。她想冷静地想一想，可一时半会儿却想不出个头绪，脑子里乱乱的，又空空的，她努力使自己沉静下来。

她没有和男人交往的经历，尤其是这么近距离地接触男人。他们舞蹈队分男女两个队，她也有过和男舞蹈队员合作的机会，那时，他们的身体接触是紧密的，他们在一起要做出各种各样的动作。

第一次体会男人身体的时候，那是参军不久，她还是舞蹈队的学员，观摩舞蹈队老队员演出。演的是《白毛女》，“大春”上场的时候，只穿了一个体型裤，下体自然暴露无遗。她坐在前排，清晰地看见了“大春”的下体。那个晚上，她脑子里呈现的始终是“大春”的那一部分。她一直在心里说，原来男人是这样的呀。

第二天见到那个扮演“大春”的男演员时，她不由自主地脸红了。很长时间，她的这种感觉才消失。

后来就有了和男演员一起排舞的经历，身体接触自然是少不了的，刚开始，她总是害羞，做动作时，有意地和男演员保持着距离。她们的舞蹈队队长是过来人，自然对她们这群小姑娘的心理了如指掌。队长就说：舞蹈演员的身体就是语言，没有男女。

队长这么说过了，每次她和男演员在一起排练时，她就默念着队长的话，可还是不行。于是，一个动作就会重复十几遍，有时是上百遍，才终于过关。日复一日地下来，她渐渐就没有了那种感觉，她眼里的男演员，只是一个舞蹈符号，甚至就是一截木头。几年下来，她再看男演员时，便心静如水了。这就是职业素质。后来队长这么评价他们这些演员。

她没想到的是，林斌和白扬一下子让她的身体激活了。他们不是男演员，而是两个活生生的男人。面对男人，杜娟不能不激动，不能不失眠。

冷静下来后，杜娟一遍又一遍地问自己：我到底喜欢哪个男人？

杜娟无论如何睡不着了，她没了主张，这时她就想起了大梅。大梅在她眼里简直就是过来人，虽然她们的年龄相差无几，任何事，包括这次和两个男人见面都是大梅的主意，现在又出现了一个新问题，她要讨教大梅了。想到这，她跳下床，一下子把灯拉亮了。

大梅已经睡着了，两只白乎乎的胳膊，还有半截肉肉的肩膀露在被子外面，大梅的样子很满足，也很幸福。杜娟突然发现大梅又胖了。大梅被突然而至的灯光刺激得直揉眼睛。

大梅就说：干吗呀，你脑子进水了？

这句话，当时是一句颇为流行的口头语，一般年轻人都会说。

杜娟坐回自己的床上，用被子盖住自己的下半身说：大梅，我睡不着。

这时大梅就睁开了眼睛。

大梅说：咋地，是不是让两个男人搞的？

杜娟只能点头了。

大梅说：两个人都对你说啥了？

杜娟就偷工减料地把见两个男人的大致情况和大梅说了。

大梅就说：这才哪儿到哪儿呀，早着呢。

杜娟说：那我不能同时交两个男朋友吧，总得选一个吧。

大梅说：你选什么，两个人谁说娶你了？

杜娟摇摇头。

大梅说：杜娟你别傻了，遇到这种事，男人都知道要挑一挑，就不许我们挑了？我不是跟你说了吗，这两个男人各有特点，各有优长，就看谁最后能给你幸福，谁给你幸福你就嫁给谁。

杜娟仍不明就里地说：那我现在该怎么办？

大梅说：你该干啥还干啥，哪个男人约你，你都去见。

杜娟又说：要是他们同时约我呢？

大梅说：那你就选择一个去见。

杜娟听了大梅的话，仍是一脸的为难，她不知道这样下去的后果是什么。谁会让她幸福？此时的幸福对单纯的杜娟来说，如同水中月，镜中花，看不见摸不到。

大梅的话，还是对杜娟产生了重要的影响。

中午在食堂里，杜娟见到了白扬。那时杜娟正坐在桌前吃饭，白扬端着饭碗在用眼睛寻找着什么，那一刻，杜娟希望白扬走过来，又不希望他过来。她一看见白扬，就想到了昨晚发生的事，他是那么迅雷不及掩耳，三下两把就把自己抱在了怀里。此时，她的心里也是矛盾的，她一方面希望白扬这么大胆下去，同时，她又希望白扬离自己远一点，像林斌一样和自己说话。

杜娟正想着，白扬走到了她的身边，在一个空座上坐了下来。

他看了她一眼，又看了她一眼，然后就说：晚上，你哪儿也别去，我去宿舍找你。

他的话似乎就是命令，可她一点儿也没有听出来，脸红心跳地说：也许晚上排练呢。

白扬说：我问过你们队长了，你们舞蹈队下午政治学习，晚上没有安排。

白扬说完这话，端着碗又到队长那桌去吃了。他们说说笑笑地说了什么，她一句也没有听清，耳畔里回响着白扬的话：晚上你在宿舍里等我……

同宿舍的大梅，晚饭都没有在食堂吃，就被王参谋接到家里改善生活去了。杜娟知道，大梅回来的时候，宿舍里一定又会充满鸡鸭鱼肉的气味。看到大梅现在这个样子，她有些羡慕，觉得自己很冷清。

晚饭后，刚回到宿舍，就听见敲门声。她想，一定是白扬来了。果然，白扬走了进来。白扬没有穿军装，只穿着军裤和白衬衣，显得精神焕发。

宿舍的灯是开着的，整流器发出嗡嗡的声音，隔壁宿舍的女伴在偷偷地听邓丽君的歌曲，邈远地传来邓丽君不断重复的《夜上海》。白扬并没有像杜娟担心的那样。总之，那天晚上白扬一直显得很文明。他坐在椅子上，她坐在自己的床沿。那一晚，几乎都是白扬一个人在说，说自己十六岁被父亲送到部队后，如何想家，偷偷地跑回来，父亲用棍子敲了他的腿，又把他送到了部队上。后来他提干了，当上了排长，部队拉练时，住在老乡家里，南北大炕，老乡住在南炕，男女混住在一起。又说拉练时，嘴馋，用军用棉鞋和老乡换鸡蛋的事……

白扬说得很有趣，杜娟听着也很新鲜，她不时地用手捂着嘴笑上一会儿。白扬不笑，一本正经、苦大仇深的样子。渐渐地，她的眼前就有了白扬的形象，一个调皮又玩世不恭的军人形象。不知不觉，又快到熄灯时间了，大梅还没有回来。白扬起身告辞了。这时，杜娟不知为什么竟有了几分失落，为什么失落，她自己也说不清楚。白扬走到门口的时候，又回了一次身，他伸出手，在她脸上拍了一下，她没躲，也没有必要躲，只是目光从白扬的脸上移到了地下。

他转回身说：以后我还会找你的。

熄灯号吹响的时候，大梅回来了，然后笑吟吟地说：是白扬来了吧？

杜娟有些吃惊地问：你怎么知道？

大梅说：我会闻呢。

每次王参谋来宿舍，她就闻不出来，她只能透过大梅床上的变化感受王参谋的出没。

躺在床上的时候，她闻到了鸡鸭鱼肉的气味。她的肚子“咕咕”响了一声。她想，有个家也不错。

六

林斌再一次约杜娟见面，是十几天以后的事了。那天是个星期天，前一天刚下了今年的第一场雪。

星期天上午，白扬又来宿舍坐了一会儿，王参谋去外地接兵去，大梅没处可去。白扬来之前，大梅和杜娟正扒着窗子向外看雪景，这时白扬就来了。三个人先是嘻嘻哈哈地说了会儿话。大梅知趣地卷起一堆衣服去洗漱间了。因为有大梅在，虽然她此时不在屋里，但大梅的身影是随时可以出现的，因此，白扬就很不踏实的样子，这瞅瞅，那看看，背着手不停地在屋里踱步。

走了一会儿白扬说：大梅这个人心眼儿很多，你们俩住在一起，你要长个心眼儿。

白扬说大梅心眼儿多这话时，杜娟心想这是白扬在吃醋呢。白扬每次和大梅见面时总显得很不自然。不知是不是没有追求到大梅，心理不平衡的关系。白扬坐在宿舍里，显得极不自然。一上午，白扬也没有说几句完整的话，后来大梅洗完衣服回来了，白扬就走了，杜娟自然要把他送到门口，白扬这次没有伸出手在她脸上爱抚一下。

中午的时候，大梅和杜娟都睡了一个挺长的觉，睡前两人照例说了一会儿男人。大梅每次开场都是从王参谋说起，王参谋长，王参谋短的，最后又说到王参谋家里，话语间自然少不了那栋小楼，甚至还说到王参谋家里的司机和公务员，大梅的语气里透着无限的幸福和骄傲。每次话停下来时，她都说：我们马上就要结婚了。

大梅说这样的话已经好长时间了，可一直不见大梅结婚，杜娟能感受到，大梅日盼夜盼地想结婚，结婚之后，她就可以名正言顺地搬到王参谋家那栋小楼里去住。也就是说，那时，她将是名正言顺的王部长的儿媳妇。到那时，谁不高看她一眼？每次说到这儿，大梅总是一脸的幸福和向往。

大梅说完自己后，突然想起什么似的说：那个林斌有消息了吗？

其实杜娟这几天一直想着林斌，那次和林斌分手后，林斌曾说过，过几天就去找她，可都过去十几天了，她和白扬都单独见了好几次面了，林斌却再也没有约过她。她曾想，也许林斌那次是无意约她，也许是自己多情了。

这么一想，杜娟就沉静下来，不一会儿就睡着了。天都暗了下来，她才和大梅从床上爬起来，这时有人就叫杜娟去接电话，电话是林斌打来的，林斌约她去自己的宿舍。

林斌住在东院的一个集体宿舍里，那里住着机关一大部分的单身汉。

杜娟以前很少到单身楼里来，七拐八绕地总算找到了林斌那间宿舍。杜娟来的时候，林斌正忙活着，林斌同宿舍的一个干事，家是本市的，今天回家了，此时宿舍里就林斌一个人。他买来了菜，还有一条活鱼，杜娟进门的时候，林斌正在给那条鱼开膛破肚，见到杜娟就说：今天晚上咱们自己做饭，改善改善。

杜娟觉得这一切很新鲜，也很温馨，便兴高采烈地和林斌一起干了起来。两人一边干一边说着话，无非是一些日常工作，家里又发生了什么事，从第一次知道两个人的老家是一个市之后，两人说起老家来，话语自然透着亲切和随意。

两人正亲亲热热地干着活时，突然门被推开了，进来的不是别人，正是白扬。白扬没想到在这里会碰见杜娟。他有些吃惊地望着两个人。倒是林斌很随意地说：杜娟是我的老乡，想改善一下伙食，叫她过来帮我做几个菜。你来了刚好，咱们一起喝几杯。

白扬腋下夹着一副象棋，下午没事，他找人下棋，一连推了几个门，不是睡觉，就是会女朋友的，他才想起推林斌的门。杜娟见到白扬的那一瞬，她也有些吃惊，要是知道会遇见他，她无论如何不会来的。好在林斌的一番话，很快让大家轻松了下来。白扬就大大咧咧地说：那好，晚上就在你这里改善了。

白扬有千万条理由这么随意的，他爸爸是文化部部长，林斌就是父亲手下的干事，他有着这样的心理优势。

接下来，两人就坐在床上下棋，做菜的活就落在杜娟一个人的身上。林斌棋下得很不专心，不停地抬起头来，告诉杜娟盐在什么地方，油在何方。两人一问一答的，倒平添了几分热闹。

白扬似乎下棋的兴致也不高，不时地抬起头瞟一眼杜娟。杜娟埋着头，也不能一门心思地做菜，她在想，日后将怎样面对这两个男人呢？

菜总算是做好了，接下来三个人就坐在桌前吃饭，白扬和林斌喝酒。几杯酒下肚之后，白扬的话多了起来，声音自然也很大。

白扬说：林干事，我爸经常在家提起你，说你多才多艺。

林斌就笑，是那种挂在脸上的笑。

白扬又说：林干事，你比我有出息，在大机关，不像我，只在文工团里，小单位，没什么前途。

林斌就开玩笑说：文工团当然好，整天有那么多漂亮女孩子围着。

白扬说：围着有什么用，又不能当饭吃。

两人说到这，都笑。

杜娟不笑，她没法笑，自从白扬一进门，她的心就乱了。

杜娟这时抬起头看着林斌，林斌也在望她，两人对视了一下，林斌冲白扬摇摇头。

白扬就说：看上谁了跟我说，我们文工团就不缺姑娘，我给你当月下老人。

林斌就低下头，摆着手说：现在还不好说，到时再说吧。

一顿饭下来，杜娟也没说几句话。两个男人刚放下筷子，杜娟就要告辞回文工团。林斌执意要送杜娟出来，这时白扬站起身来说：我替你送吧，反正我也要走了。

林斌就不好说什么了，白扬随杜娟走了出来。

到了楼下，白扬说：这里你来过几次？

杜娟看了一眼白扬说：第一次。

接下来两人就没话了，白扬一直陪杜娟走到文工团楼下，才说：我不上去了。杜娟就一个人往里走。这时，白扬又把杜娟叫住了问：你和林斌真是老乡？

杜娟说：是呀，怎么了？

白扬摆摆手说：没什么。

杜娟以为这个晚上会很愉快，没想到却过得没滋没味的。杜娟有些失落。

七

接兵的人回来了，同时带回来一条不好的消息，王参谋光荣负伤了。他的一条腿被运新兵的火车轧断了。往回运新兵时，在一个兵站有两名新兵因上厕所掉队了，王参谋为了让那两个新兵上车，自己的一条腿不小心陷在轮子下，现在王参谋就住在军区总医院里。

大梅得到这个消息时，她正在练功房里练功。她差点摔倒，杜娟扶了她一把，然后大梅白着脸，匆匆忙忙地去了军区总医院。

杜娟回到宿舍时，大梅已经从医院回来了，她正趴在床上撕心裂肺地大哭。杜娟站在一旁一副不知如何是好的样子。她想起以前的王参谋，两条腿很结实，走在楼道里“嗵嗵”作响，现在王参谋没了一条腿，不知走路会是个什么样子。

团里领导，还有舞蹈队的人，轮番地来劝慰大梅，走了一拨又来一群，他们七嘴八舌地说着吉利话，都试图避开王参谋的腿，可又没法避开，于是人们就在那里咬文嚼字结结巴巴地说着。

大梅渐渐平息了下来，人们陆陆续续地走了，宿舍里只剩下大梅和杜娟了。大梅不哭了，睁着一双红肿的眼睛望着杜娟，杜娟觉得有一肚子话要对大梅说，可她不知从何说起，只问了一句：你还和王参谋结婚吗？这么问过后，她才知道，这件事才是她最关心的。

大梅半晌说：王参谋的腿断了，可他还是王部长的儿子呀。

杜娟这才明白，大梅看中的不是王参谋，而是王参谋的父亲，王部长。从那以后，大梅似乎就不务正业了。她几乎整日泡在医院里去陪受伤的王参谋。那阵子大梅很忙，她一面去陪王参谋，一面张罗着结婚。她抽空在商场里买回了大红的被面，那上面印着两只恩爱的鸳鸯。

王参谋终于出院了，那条残腿装上了假肢，如果站在那里不走路的话，和以前没什么两样，只是走起路来才发现那是一条假腿。王参谋一出院，就闪电似的和大梅结婚了。

那是一个星期天，王部长的专车到舞蹈队来接大梅，车上扎着红花，大梅穿了一件大红外套，胸前也扎了一朵花。文工团好多人都参加了大梅的婚礼，杜娟自然也去了。这是她第一次走进王部长家。那是一栋很漂亮的俄式风格的小楼，红色的木地板，楼上有四个房间，楼下三个房间，好多人第一次见到这小楼的真实面貌，不停地咂嘴，大梅的新房就安排在一层的一个房间里。床是钢丝床，家具是实木的。好多人都说：呀，真漂亮。

大梅精神焕发，一脸的骄傲。杜娟就想，要是王参谋的腿不断，大梅会更骄傲。喝喜酒的时候，人们不断举杯冲着大梅祝福，人们说：大梅，祝你幸福。

人们还说：祝大梅永远幸福。

人们再说：愿你们白头偕老。

……

大梅终于住进了那幢二层小楼，但集体宿舍的床并没有拆掉，她在结婚前就和团领导说好了，宿舍里这张床她仍要保留着，原因是她中午还要在这里休息。她现在已经是王部长的儿媳妇了，说话很有分量，团领导自然不好说什么，床位再紧张，不就是一张床吗，就当大梅还没有结婚不就完了吗，领导在这件事情上看得很开。

大梅一搬出宿舍，白扬到杜娟这里来的次数就勤了。刚开始，他还能有条不紊地和杜娟说些桃红李白的话，后来，他一进门就来搂抱杜娟，杜娟又紧张又兴奋。两人撕撕扯扯的，样子像打架。过一会儿，杜娟就老实了，她半推半就地让白扬吻她、搂她，后面的结果是，白扬想往床上躺，并开始解杜娟的衣服，直到这时，杜娟仍保持着清醒，她一方面不让自己躺在床上，也不让白扬解自己的衣扣，这时她是果决的，也是寸土不让的。

白扬努力一番没能得逞，便气咻咻地说：没见过你这样的人。

杜娟就想，自己不是这样，那么以前和白扬谈过对象的“小常宝”和唱歌的那个女孩一定是那样的人了。往下想，她似乎看见白扬搂抱着那两个姑娘往床上躺的情形，这种情景一旦产生，反倒让杜娟冷静下来了。她想，白扬和那两个姑娘恋爱都没有成功，那两个姑娘的命运都不是很好，要是自己也步入那两个姑娘的后尘该怎么办？这么一想，她更加坚定了自己的信念，也就是说，要誓死保卫自己最后的防线，只要最后的防线不被突破，那她就还是一个姑娘。

每次和白扬在一起时，她总是下意识地想起林斌。林斌从来没有像白扬这样急三火四的，他只拉过她的手。后来他们又去看了一次电影，当然是林斌买好票约她的，影院一黑下来，林斌的手就伸了过来，大大的，热热潮潮的，她的手很顺从地让他抓住，一直到电影结束，她脑子里只剩下了林斌那只热潮潮的大手，电影演的是什么，她已经不记得了，可是那只大手仍挥之不去。

白扬抱她吻她时，有时她就想，要是林斌抱自己、摸自己，怎么办？她想象不出来是个什么样子。白扬对待她的样子，显得很老到，游刃有余的样子，有时她的身体随着白扬的动作热了一阵又热了一阵，有几次，她差一点把持不住自己，让白扬解开了她两个扣子，最后她还是及时地清醒了。

有时白扬也玩腻了这种把戏，不动她，只和她说些话，这时她脑子里是清晰的。

她问：以前和你谈过对象的那两个女孩，是你和她们提出分手的吧？

白扬就说：她们和你不一样。

她说：有什么不一样？

他说：她们不值得我爱她们。

她又说：你都和她们那个了，还说不爱？

他这才说：哪个了？刚开始觉得还行，后来就不喜欢她们了。

她再说：你现在觉得我还行，以后你也觉得我不行了。

这时，他又把她抱过来，让她坐到自己腿上，手就放在她的胸上。他气喘着说：我和你是认真的，我喜欢你。

她当时没说什么，心里想：也许以前他和别的女孩子也说过这样的话吧。

他又说：答应我吧，我会让你幸福的。

幸福？幸福是什么，大梅那个样子是幸福的吗？大梅自从结婚以后，整个人似乎都变了，晚来早走的，脸上整日里挂着笑，体重与日俱增，队长曾说她这样下去，怕是跳不成舞了。

杜娟也曾私下里问过大梅：你不跳舞，以后想干什么？

大梅就满不在乎地说：军区这么大干什么不行，干什么都比跳舞有出息。杜娟你以后也要做好准备，不然就来不及了。

后来大梅又问到她和林斌、白扬两个人的进展情况。自从大梅结婚之后，不知为什么，杜娟也不想把她和两个男人的事事无巨细地告诉大梅了。大梅规劝杜娟的还是那句话，谁让你幸福，你就嫁给谁。

谁能让自己幸福呢？杜娟看不清楚。

初春的时候，林斌约杜娟去公园里走一走。林斌每次约杜娟总是户外活动，或者是集体方式的活动，一点也不像白扬。白扬总是在房间里，最后的目的是床上，杜娟却一次也没有让白扬得逞，白扬有些急，又不好发火。杜娟也说不清自己的感受，她似乎喜欢林斌这样，也喜欢白扬那样，杜娟矛盾着，困惑着。

那天在公园里，杜娟很高兴，绕着一排柳树疯跑，柳树刚发芽，样子很是可爱。

站在一旁的林斌不错眼珠地望着杜娟，后来他说：杜娟，我太喜欢你的身材了，真好，就像梦。

什么梦？杜娟这么问他。林斌说：梦是说不出来的，你就是我的梦。

在那个初春的公园里，林斌温柔地把杜娟拉到近前，仿佛怕伤害她似的，吻了她。轻轻的，柔柔的，让杜娟回味了许久。这是不同于白扬粗暴式的吻，但这种吻还是让她战栗了。她闭着眼睛，以为林斌还会有什么动作，结果什么也没有。

最后，林斌拉着她的手，顺着柳堤往前走，天是蓝的，空气是清新的，他们在潮湿的土地上向前走去。

后来，林斌冲她说：我要上学。

高考恢复了，部队的干部、战士可以报考地方院校，只是名额有限。林斌冲杜娟说：我要争取。

杜娟不知道林斌报考院校去上学是好事还是坏事。但她意识到，林斌将离她远去，一种忧伤袭上了她的心。不知为什么，林斌上学只是个设想，但还是影响了杜娟的情绪。

林斌似乎看出杜娟的心思了，忙说：上学才四年时间，到时，你才二十六岁，一切都不晚。

其实林斌说这句话是一句暗示，杜娟也听懂了这种暗示，也就是说，她要给林斌一个正面的答复。她想起了白扬，她没法给他一个答复。她只能沉默。也就是这种举棋不定的心理，使杜娟的命运发生了不可逆转的变化。

八

世上没有不透风的墙，这句话果然在杜娟身上应验了。

杜娟又一次赴林斌的约会时，被白扬发现了。

白扬发现时没说话，他狠狠地看了一眼林斌，又狠狠地看了一眼杜娟，气哼哼地转身就走了。杜娟好半晌才回过神来。她想该如何向白扬解释，他会听她解释吗？如果解释不通，那就和他彻底断绝关系。其实林斌也不错，可林斌一直没有说爱自己，也没有什么大胆的举动。后来又想，林斌不是说喜欢自己的身材吗，还说她是他的梦什么的，这么想过之后，她的心里就踏实了下来。

林斌说：白干事怎么了？

杜娟说：他脑子一定进水了，毛病。

林斌也说：就是，谁也没招他。

杜娟说：别提他了。

两个人就自然不自然地往偏僻一些的地方走去。杜娟横下一条心，身子主动又向林斌靠近了一些，林斌似乎受到了杜娟的鼓励，也大胆地把手伸出去，揽住了杜娟的腰，她的腰第一次被林斌搂着，过电似的那么一抖，身体里有一种东西很不安分地乱蹿起来，那一刻，她的心头洋溢着不尽的幸福感。

这一刻，杜娟又想起了大梅。她想：大梅就是了不起。大梅说和王参谋结婚就是幸福，并让她在两个男人中选择幸福。现在她已经体会到了这种幸福。那个下午，她和林斌在一棵树后做了许多亲热的举动。她的身体被林斌抵在树上，仍然抑制不住一阵又一阵过电般的感觉。她想：生活是多么好哇！

那天晚饭后，杜娟刚回到宿舍，门便被白扬“砰”地推开了。

她很镇静地望着白扬，白扬的一张脸是扭曲的。白扬就变声变调地说：

你们今天下午都干什么去了？

杜娟不说，她已经横下一条心，她认为自己和白扬的关系就此结束了，这是迟早的事，她现在觉得自己找到了幸福。

好哇，你脚踩两只船。白扬这么说。

杜娟仍然什么也不说，冷静地望着白扬。

白扬又说：你们都干什么了？

杜娟说：你管不着。

白扬再说：哼，你道德败坏，你是一个骚货。

杜娟说：恋爱自由，你管不着。

白扬真的生气了，他扬起手，似乎要打杜娟，最后终于没有落下来。但他仍吼：你们多长时间了？还骗我，说你们是老乡。

白扬似乎终于明白为什么还拿不下杜娟这块高地，原来有另外一个人在捣乱。

他说：好，你在搞三角恋爱，我告诉你，有他没我，有我没他，咱们走着瞧，不把你们搞散了，我就不姓白。说完一摔门就走了。

杜娟对白扬的威胁一点也没有害怕，白扬来后，她还冷笑了两声，心想，只要我和林斌愿意，谁也别想拆散我们。

第二天中午的时候，大梅来宿舍午休，杜娟忍不住把最近发生的事都对大梅说了。

大梅就一副痛心疾首的样子。她所说的幸福，其实是偏向白扬的，林斌只是一个陪衬，那是退而求其次的选择。事情已经这样了，大梅自然就没什么好说的了，只能一遍遍地替杜娟惋惜。又说王参谋准备转业到地方的话题。

这事之后没多久，林斌突然告诉杜娟，部里那个考学名额给自己了，现在他要全力以赴复习文化课。

白扬自从和她吵过后，一次也没有来找过她。平时在路上碰见了，他也像没看见似的别过脸去。中午在食堂吃饭时，白扬故意不坐她出现的桌子上，而是坐到别处去，大着声音和其他人说话，仿佛是故意说给她听似的。她也就装得没事人似的，该干什么还干什么。如果事情仍然这样往下发展，便注定没有什么新意了，结果事情很快发生了变化，故事又得重新讲起了。

九

林斌先是参加了考试，在等待考试结果的过程中，他又和杜娟见了两次面。第一次在他的宿舍里，他买回了菜，做好之后，他才让杜娟来，这次没人打扰他们，但林斌似乎情绪不是很高，满怀心事似的。两人坐在一起时，气氛有些寡淡。

林斌说：白部长最近对我好像有什么看法。

杜娟和白扬的事林斌还被蒙在鼓里，林斌不挑明，杜娟也不好说什么，心情复杂地望着林斌。

第二次见面的时候，是一个晚上，在公园里。正式录取通知书还没下来，但林斌已经知道自己考取了地方一所师范大学的中文系。那天晚上，林斌情绪高涨，他见到杜娟便把杜娟抱在怀里，这大大出乎了杜娟的意料，她身体抖了一下，又抖了一下。

林斌耳语着说：娟，我考上了，我马上就成为一名大学生了。

杜娟不知是喜还是忧，她被林斌的情绪感染了，于是，她由被动变为主动，也紧紧地把林斌抱住了。借着夜色两人的胆子比白天大了许多。他们先是接吻，从温柔到凶狠，再从狂风暴雨到小桥流水，两人的情绪似乎都有些失控，后来林斌就把手伸进杜娟的衣服里，只一下，杜娟似乎被一颗流弹击中了。白扬也曾摸过她，但白扬击中她的力度远不如林斌这么厉害。她几乎半躺在林斌的怀里了。接下来，胸前的几颗扣子不知怎么就开了，林斌迷乱着把头埋在她的怀里。

他说：娟，我喜欢你。

她语无伦次地说：我也是。

在那张狭窄的排椅上，他压住了她，她在下面感受到了他的冲动，她没有制止，那时她闭上了眼睛，什么都不想了，精力都集中在对他的感受上。如果他想要的话，她不会有一丝半点的反抗，结果，林斌草草地收兵了。

他只是反复地说：娟，我喜欢你，你是我的梦。

她不明白，他说的梦指的是什么，难道是他写的那些诗，那么缥缈，又那么委婉，甚至，还有一缕淡淡的忧伤。总之，她有些落寞和失望。

不久，林斌就去外地上学去了。她到火车站去送他。

后来火车就开了，一点点地驶出她的视线。

接下来的时间里，她便开始日思夜盼他的音信。

杜娟没有等来林斌的信，却等来了白扬。那天傍晚，白扬敲开了杜娟的宿舍，白扬敲门前，杜娟正坐在桌前发呆，她收不到林斌的信，心里早就胡思乱想了。她正在乱想时，白扬敲响了她的门。

杜娟看着白扬，她在生林斌的气，如果林斌给她来信了，说爱她，那么她现在一定会把白扬轰出去。

白扬说：娟，我对你是真心的，我知道这事不怪你，怪那个姓林的，是他先勾引你的。

杜娟不同意白扬用“勾引”这样的字眼，她和林斌往来，是她自愿的，她这么想，但没有说。

白扬又杂七杂八地说了一些什么，后来走了。

这一段时间，杜娟的情绪灰暗到了极点，没有了笑声，没有了欢乐。

大梅早就发现了这一点，开导了杜娟好长时间。

大梅说：杜娟，我劝你还是实际一点吧，林斌走了，他一封信都不来，你不必为他上火。

大梅又说：白扬的条件就算不错了，他父亲马上就提拔为副军了，也算是高干了，日后还能让你吃亏？

大梅还说：林斌再好，他那么远，见不到摸不着的，谁知道四年以后会是什么样子呢，他有可能回机关，说不定还会分去教书呢，他考的可是师范大学。

……

杜娟听了大梅的话就一点主张也没有了。

白扬又一次出现在她的宿舍里，又恢复了以前的样子，到屋三两句话之后，便把她抱在怀里。她本能地拒绝着，因为她现在还没有忘掉林斌，林斌的影子不时地从她脑海里冒出来。

她抓咬着白扬，似乎白扬就是林斌。白扬一声不吭，任凭她抓咬。等她折腾得没力气了，他亲她，摸她，她像死了似的挺在那里，一点反应也没有。

白扬就叹口气说：你这是何必呢，就算林斌比我强，可他不理你了呀。

杜娟听了这话，“哇”的一声大哭起来。

白扬似乎很会掌握火候，这段时间，他三天两头来找杜娟，从家里给她带来一些好吃的，杜娟刚开始不吃，别着头，连看也不看。

白扬就说：这是我爸妈让我带给你的，我爸说，他看过你的演出，他也很喜欢你。

白扬还说：我妈说了，让我什么时候把你带回家里去。

……

在那天晚上，杜娟的防线终于被白扬突破了，在那一瞬，她的脑子里又闪现出林斌，她在心里说：林斌我恨你。

她想把床单洗了，可走廊里到处都是声音，她只好把床单收起来，放到床头柜里。第二天中午，她以为大梅睡着了，便悄悄下床，从床头柜里抓过床单准备出门。

这时，大梅一把抓住了她，大梅板着脸说：杜娟你傻呀，这东西，说不定什么时候还能用上。

大梅显然比杜娟有先见之明，杜娟最后的防线被白扬攻破之后，杜娟便一点招架之功也没有了。那些日子，每天的傍晚，白扬都会来杜娟的宿舍里，杜娟每次都想遏止白扬的作为，但最后还是一次又一次地让他得逞了。白扬显然很有经验，他总是能很好地掌握自己，也能掌握杜娟，让杜娟尝到了肉体带来的快乐。

一天，杜娟把自己的这种感受冲大梅说了。大梅就说：你快点催白扬结婚吧，男人和女人不同，男人的新鲜劲一过，他就不把你当回事了。

杜娟似乎也感受到了白扬这种态度。两个月之后，白扬来杜娟宿舍就不那么勤了，每次来，他也不在这留宿了，态度似乎也没有以前那么温柔体贴了，每次都有些恶狠狠的。他抽空还问：你和林斌每次都是怎么亲的？

一次，她和白扬躺在床上，她忍不住问：咱们现在这关系算什么？

他说：什么算什么？恋爱呀，谈恋爱嘛。

她说：不想谈了，我想结婚。

他一下子冲她温柔起来，把她抱过去，一边吻她一边说：咱们这么年轻着什么急呀，再玩两年，差不多再结婚。

她一下子看清了白扬的把戏，她不顾白扬的劝阻，很快把门打开了，她冲着楼道大声地说：今天我向大家宣布一个秘密，我和白扬恋爱了。

许多女伴都不知发生了什么，纷纷打开门，向杜娟的宿舍张望。

白扬一边穿衣服一边冲杜娟说：干什么呀你！白扬那天晚上灰溜溜地从杜娟宿舍里走掉了。

白扬走了之后，便开始躲她，一见到她的影子，比老鼠见了猫溜得还快。她从大梅的床头柜里找出那条床单，塞到挎包里，然后她就找到了文工团团长的办公室。

几天之后，白扬终于露面了，他像一只老鼠似的见了她说：我同意还不行吗？

显然她的吵闹起到了结果，领导，包括他的父亲一定找了他。

十

“十一”的时候，杜娟和白扬如约地结婚了。

白扬在第一个月的时间里，总是能在下班的时候和杜娟结伴回到家里，然后一起做饭，鸡、鸭、鱼、肉的自然少不了。那些日子，杜娟昏头昏脑地沉浸在一种幸福之中。

新婚一个月之后，白扬似乎先发生了变化，下班的时候，有时他不能准点回来，有时回来后，吃过饭，夹着一副象棋就冲杜娟说：我去单身楼了。

日子疙疙瘩瘩地过着，不经意间她怀孕了。白扬和她一直很小心的，他们都不想这么早就要孩子，但孩子还是不约而至。

孩子生下来了，是个女孩。日子一下子就忙碌了起来，孩子昼啼夜唤的，白扬为了孩子似乎也瘦了一圈，他不再早出晚归了，虽然天天唉声叹气，但也知道守着这个家了。杜娟又想，这样也不错。但随着孩子慢慢长大，又有母亲带着，白扬又自由了起来。

白扬又迷上了跳舞，白天上班，晚上他就换上便装去跳，回来自然是晚了。杜娟又开始生气。吵闹了几次，也没能阻止白扬去跳舞，杜娟只能独自在家里带着女儿默默生气。

一次，女儿半夜里发起了高烧，白扬跳舞还没回家，杜娟只好自己抱着孩子去了医院。

从此，两人又开始吵闹上了。杜娟现在真后悔嫁给了白扬这样的人。

有一次为了白扬不回家两人吵了起来。白扬指着杜娟说：你现在看看你这样，简直就是个家庭妇女。

杜娟说：家庭妇女怎么了，我当然不如那些小姑娘了。

话是这么说，杜娟还是为自己的变化感到吃惊。她自从怀孕以后，便再没跳过舞，身材自然今非昔比了。她现在已经和别的女人没有什么区别了，肚子松弛，乳房下垂。有时，她看到团里那些十八九岁的小姑娘活蹦乱跳地在自己眼前走过去，她会忌妒得要死。

白扬现在整个晚上带着这些小姑娘偷偷地去跳舞，部队有规定，军人不能到地方舞厅去跳舞。可白扬他们总是能钻空子，偷偷地出去。白扬的舞伴，自然是那些如花似玉的小姑娘。

白扬半夜回来，杜娟气愤地望着白扬。白扬就说：别那么看着我，我又不是罪犯，不就是跳个舞吗？有什么大不了的。如果你不平衡，明天你也去。

杜娟自然没有心思去，一个人的时候，她就想未婚时候的事，那时她青春正茂，她能在男性的目光中感受自己的存在。那时她是骄傲的，心里自然是愉悦的，现在呢？她又想到了大梅。大梅的公公王部长已经退休了。大梅的公公退休不久，团里就研究决定让大梅转业。大梅在团里已经这么闲着好几年了。大梅没什么特长，只会跳舞，现在身体发福，舞也跳不成了，只好去了少年文化宫，那也是一个清闲得让人害怕的单位，只有寒暑假的时候，才有孩子们到文化宫来学习。

转业后的大梅，身体越发地胖了，据说她爱人王科长分了一套房子，但那套房子远离市区，上下班不方便，一直没去住。杜娟每次见到大梅，大梅都一刻不停地在吃零食。以前她们跳舞时，最怕的就是吃零食。大梅似乎要把以前少吃的零食补上。她一边吃一边冲杜娟感叹：啥事业前途的，我现在是看好了，这日子怎么舒服就怎么过。然后像街头妇女似的冲杜娟“哈哈”大笑。

杜娟从大梅身上似乎看到了自己的未来。她现在舞是不能跳了，也和大梅以前一样在带学员。也许有一天，团领导会找自己谈话，告诉她该转业了，然后她也去少年宫什么的单位去报到。难道这就是她的命？这就是大梅曾经说过的，也是她日思夜想的幸福？

她隐隐地感到有些不安。

十一

四年的时间转眼间就过去了，林斌毕业后又回到了机关，他是带着军籍上学的，回到机关是他唯一的出路。

杜娟是在送孩子上幼儿园的途中碰见林斌的。

杜娟看到林斌的一刹那，她张着嘴巴叫了一声：你。林斌看了她一眼，又看了一眼，终于认出了她，也惊怔在那里，他说：是你，杜娟。杜娟想转身带着孩子走开，女儿默涵冲林斌说：叔叔好！

林斌蹲下身，用手指碰了碰默涵的脸，抬起头问：这孩子是你的？

杜娟点点头，泪水差一点涌出来。她原以为见到林斌不会再有任何感情色彩了，没想到，却来得那么强烈。她掩饰着，拉起女儿的手，匆匆忙忙地走了。

杜娟听到林斌在她身后重重地叹息了一声。他为什么要叹息？

第二次见到林斌的时候，是一天黄昏，林斌在幼儿园门前的小路上徘徊，他似乎知道这时候杜娟会来接孩子。杜娟看到林斌想绕过去，林斌突然说：你等一下。

她只能站住了，他说：为什么不给我回信，哪怕是一封也行。

这回轮到她惊讶了，原来他给她来过信，可是她一封也没有收到。她马上想到了白扬，每次舞蹈队的信都放在团里，下午的时候，由队里的人拿回来，一定是白扬从中做了手脚。原来是这样，她突然什么都明白了，泪水再也忍不住，疯狂地流出来。

杜娟和白扬的架是晚上吵起来的。

杜娟突然说：白扬你是个阴险的小人。

白扬转身冲杜娟说：你说什么？谁是小人？

杜娟：是你，你为什么把林斌写给我的信扣住？

白扬听到这松了一口气，轻描淡写地说：我当什么事呢，这么多年了，你还想着他呀，要不是我当年来这么一手，你能跟我吗？

杜娟突然挥手打了白扬一个耳光。

白扬这时回过神来，激动地说：好哇，我知道你忘不掉那个姓林的，那你就嫁给他去好了。

杜娟不知道哪里来的力气，突然疯了似的跃起来，扑向白扬，和他撕打起来，两人在床上滚作一团。疯打的结果是，惊醒了婆婆和女儿。他们醒了，女儿哭着出现在他们面前，婆婆一脸严峻。

婆婆说：够了，你们不怕丢人我还怕呢，要打你们出去打。

她开始后悔，当初死乞白赖地要嫁给白扬，那时，她想的是不能让白扬的阴谋得逞，她不能让他白玩，她要嫁给他，绝不步那两个姑娘的后尘，当时的动机就这么简单。结果，现在她为此付出的代价太沉重了。别人都说她幸福，可幸不幸福只有她自己知道。结婚四年了，女儿都三岁多了，她对白扬已经忍无可忍了。如果不知道白扬扣了她的信，她还能接受白扬，现在她真的是不能再接受他了。她一连想了十几天，终于下定决心，她要和白扬离婚。

第二天，杜娟搬到了集体宿舍。

不久，杜娟离婚的事就多了许多风言风语，人们都知道杜娟离婚是为了林斌。

林斌突然间休假了，回了一趟老家，不多久又回来了，他从老家带回了一个姑娘，是他大学时的同学，现在在一所中学里教语文，他回部队是和这个姑娘结婚的。

林斌这种闪电式的回家，又回来结婚，眼花缭乱的举动，把大家弄得不知所措。文工团许多人还是参加了林斌的婚礼，杜娟没有去。别人去参加婚礼时，杜娟把自己关在了宿舍里，她在默默地流泪。

年底的一天，白扬突然出现在杜娟的宿舍里，他说：你真想离婚吗？

她说：我说过一千遍了。

他又说：那孩子怎么办？

她说：孩子我带着。

他没再说什么，转身就走了。

年底的时候，突然又传出一段新闻，林斌自己申请转业了。

在林斌忙着转业的这一过程中，杜娟和白扬办理了离婚手续。

从此，杜娟又过起了单身生活，女儿她自己带着。有关杜娟的一些闲言碎语从此销声匿迹了。

那年的五一节，白扬重新结婚了。嫁给白扬的是一个唱歌的女孩，那个女孩杜娟也认识，许多人都喜欢听那个女孩唱歌，那个女孩把一首《牧羊歌》唱得深情动人。那个女孩二十二岁，正是杜娟和白扬结婚时的年龄。女孩欢天喜地、满脸幸福地住进了白扬的家，住进了军职楼。

人们直到这时才真正地意识到，杜娟已经和白家没有任何关系了。

那年年底的时候，部队开始精简整编了，许多人不管自己愿不愿意，都要离开部队了。文工团领导在确定第一批转业人员的名单里就有杜娟。杜娟对这一切早就预料到了，这么多年不跳舞了，不让自己转业，让谁转业呢？

春节一过，杜娟就办理了转业手续，她被安排到老家少年宫当了一名舞蹈老师。她当年就是从这里走进部队的，转了一圈现在又回来了。此时，已是物是人非了。

十二

杜娟回到了老家，开始了一种新的生活，仿佛她是一个旅人，终于又回到了曾经出发的地方，只不过身边多了一个女儿，那年女儿默涵五岁。

林斌早一年回到了这座城市。

杜鹃回来的时候，是悄悄回来的，正如她悄悄地走。刚开始她住在父母家里，年迈的父母无声地接纳了她。

她回到老家后，曾无数次地想过林斌，她不知道林斌现在怎么样了。但她一想到林斌身旁那个戴眼镜的女孩，她想见到林斌的愿望便淡了。

杜娟转业那年的八一节，她突然接到一个战友的电话，他在电话里约她，希望他们这些战友能聚一聚，并说林斌也要参加。她听到林斌的名字，最后还是拒绝了。她怕见到林斌，她不知道如何面对他，不知为什么，她一见到他就想流泪。

那次聚会没几天，那位战友又打电话说起了上次聚会有多少人都参加了，大家如何怀念部队生活，有人还哭了。他又说：林斌也哭了，他是最先哭的。后来他说：林斌似乎并不幸福。

得到这一消息后，她的心里难受了好长一段时间，从那以后，凡是有关林斌的消息，自然不自然地都会深深地吸引她，仿佛林斌是她什么人似的。

后来，那位战友在打电话跟她聊天时，似乎是无意中告诉她，我这有林斌的电话，你要不要和他通通话。

她当时心里动了一下，但还是拒绝了战友的好意。她没有要林斌的电话，她不知道和林斌讲什么。她相信林斌也能轻而易举地找到她的电话，他不给她打电话，她为什么要给他打呢？

她有几次在电话响过之后，抓起听筒，可对方却没有声音，两三次之后，她警觉起来，她想说不定这个人会是林斌。这么一想，她心里什么地方动了一下，一股温暖又柔弱的东西从心底里泛起。从那以后，她又接过几次这样的电话，她先喂了一声，见对方没有反应，便也不急于挂断电话，就拿在耳边那么听着。这时，她真希望对方是林斌，她心里焦急地想：林斌你说点什么吧，哪怕是骂我几句也好。对方每次都没有出声，最后还是挂上了电话。那一刻她的心里空了，又有了要哭的欲望。

不久，她先听说林斌辞职了，林斌转业后去了文化局，当了一名普通的科员。林斌辞职后，当上了书商。又是一个不久，林斌离婚了，林斌结婚后一直没有孩子。

她前一阵子还听说林斌在深圳，后来再听到林斌的消息时，林斌又去了海南，那一阵子，林斌像只风筝，一会儿从这飘到那，一会儿又从那飘到这。

在这一过程中，先是女儿上了小学，后来又上中学了。她一直一个人孤单地过着，在这期间曾有很多同事朋友什么的，给她介绍过男人，她一个也没有见。有了和白扬第一次失败的婚姻之后，她不相信别人会给她带来幸福。

一晃女儿默涵就上大学了，也许女儿自小受到了文工团那种气氛的感染，虽然她没有学舞蹈，但还是深深受了母亲的影响，她考上了一所舞蹈学院的理论专业。杜娟虽然觉得学习舞蹈路子太窄，将来不会有什么更好的发展，但既然女儿喜欢，她还是欢天喜地把女儿送走了。

很久没有关于林斌的消息了。

战友们仍能在一起聚一聚，没有了林斌，她每次都能出现在战友的聚会上。其实，她去聚会还是希望能得到关于林斌的一点点消息，哪怕是蛛丝马迹，她也会感到心满意足。战友聚会的时候，她总是躲在人群的后面，不显山不露水的。

现在战友们很少提及林斌了，似乎林斌也很少和这些人来往了。人们传说林斌的消息大多是道听途说的。一个人就说：几天前我们单位一个人出差去北京，见到林斌了。这小子发了，开着宝马领着一帮人去海鲜楼吃饭了。

另一个说：林斌在北京开了一家房地产公司，手下员工就有几十号。

……

后来林斌的消息就越来越少了。再有这样聚会的机会，她也很少去了。渐渐地，关于林斌和一些往事，很少在她脑海里出现了。

十三

女儿默涵一天在电话里喜洋洋地告诉她：自己现在利用课余时间，在一家公司里打工。女儿还说：以后要靠自己养自己。

后来，她隔三岔五地就能接到女儿的汇款，数目也越来越大。以前她有事找女儿总是打学校里的传呼电话，现在女儿告诉自己一个手机号，女儿在电话里说，以后随时随地都可以找到自己。她责备女儿不该给自己寄来这么多钱，女儿在电话里说：妈妈，我就是愿意让你幸福。

杜娟没有感到幸福，她开始感到不安了。女儿现在刚上大学三年级，利用打工挣钱也不能挣这么多呀。她暗自算了一下，这半年来，女儿寄给她的钱不少于一万元。她担心女儿不学好，她在电话里一次次劝慰女儿，提出自己的担心，每次女儿都轻描淡写地说：妈，你放心，我是幸福、快乐的。

她放心不下女儿，没有事先通知女儿，她赶到了女儿的大学。女儿并不在宿舍里，问同学，同学想了想说：可能在公司里吧。

杜娟只好打通了女儿的手机，女儿听到她的声音惊呼一声：妈，你怎么来了？

不一会儿，女儿就出现在了她面前，女儿的打扮让她吃惊不小，女儿已不是学生打扮了，而像一个贵妇人。母女相见感叹一番之后，女儿打了一辆车把她接到一个小区里，这是一套两居室的住房。

她惊讶地打量着这套居室，房间里的一切应有尽有，可就是没有家的感觉，更像一个宾馆。

她说：这房子是谁的？

女儿说：向朋友借的。

女儿为母亲安顿好之后，说下午学校还有两节课，女儿就走了。杜娟人留在这里，心却不踏实，这摸摸，那看看。她在大衣柜里看到了男人衣服，同时也看到了女儿的衣服，女儿有一件毛衣是她去年亲手织的。她一下子惊怔在那里。

傍晚女儿回来了，见她一脸不高兴，忙问：妈，你这是怎么了？

她把大衣柜打开，让女儿看。

女儿说，这有什么，这是一个朋友的房子，他出国了，房子借给了我。

女儿虽然这么说，但她不相信女儿和这个男人的关系这么简单。

女儿晚上要请她去外面吃饭，她不去，她在女儿面前哭了。她威胁女儿说：要是女儿不说实话，她就不吃饭。

女儿还是不肯说出实情，她意识到了问题的严重性，她要去买两张当晚返程的车票，她宁可不让女儿读书，也不希望女儿就这么不明不白地生活着。她历数自己这么多年一个人的生活，为的都是女儿将来能够幸福。

女儿毕竟是女儿，女儿什么都说了，她说自己现在和一个老板在一起。她还说：这个老板姓王，没有家室，是她自愿的。杜娟明白了，女儿说的打工就是在这个老板这儿打工，房子、钱自然都是这个老板的。

杜娟执意要见这个姓王的老板，女儿刚开始不同意，她说这么办事就太俗了。杜娟执意要见，女儿要是不答应，她就要在这里死给女儿看。后来女儿就出去了，答应把王老板叫来。

女儿回来了，她看到了那个王老板，她惊呆了，叫了一声：是你?!

接着她就疯了似的扑向那个王老板，一边撕扯一边叫着：姓林的，咱们的恩怨是咱们的，干吗害我的孩子?

林斌也怔住了，他没想到眼前站着的会是杜娟。

女儿在一旁喊：妈，你这是干什么?这都是我愿意的，不关王老板的事。

杜娟这才知道，现在林斌已改称王姓了。她大声冲女儿说：出去，这里不关你的事。

女儿被母亲的样子吓得呆住了，但还是走了出去。

杜娟说：姓林的，你这是害我。

林斌一时语塞，他喃喃着：怎么会是你的女儿，这不是做梦吧？我以为又找到了多年前的梦，正因为她长得太像你了。你的女儿该姓白呀，怎么姓杜了？

林斌自然不知道，杜娟离婚后她就把女儿改成自己的姓了。

林斌又说：默涵姓杜，和你当年一模一样。那天她到公司应聘，我见到她，我以为自己是在做梦。

杜娟气喘着，无力地望着林斌。

林斌又说：默涵说自己的老家是H市，我就没有多想，我以为是上天可怜我，让我圆一个没有实现的梦。我对默涵是真心的。

杜娟什么都明白了，她突然蹲下身痛哭了起来。

林斌颤抖着手伸过来，试图把她扶起来。

林斌说：我以为我又找到了幸福，原来真的是一场梦。

杜娟抬起头，看到眼前的林斌，此时她觉得自己在做一个冗长繁杂的梦，她希望梦早点醒来。梦里的幸福永远是虚幻的。

门外是女儿一阵紧似一阵的敲门声。

（完）

幸福的完美

上　篇

一

娴静、端庄、貌美的师医院护士李静爱上了师部警通连的警卫排排长梁亮，似乎这一切顺理成章。

梁亮是住进师医院之后，才和李静发生爱情的。在这之前，梁亮并不认识李静，但李静却认识梁亮。梁亮差不多是师机关的名人，不仅因为梁亮长了一副挺拔的身板，更重要的是，梁亮当战士的时候，就有一副极好的身材。他是全师学雷锋标兵，还是学习毛泽东思想的积极分子。每年师里都会组织两次演讲比赛，梁亮就是那会儿脱颖而出的。很多人都认识他，不论是干部还是战士。

梁亮成为师里的名人是有基础的，他刚当新兵不久，中央的 8341 部队来师里选人，梁亮差点就被选中。8341 部队是很著名的，那是中央的警卫部队，专门给国家和军委的领导站岗放哨。不仅要求这些人政治合格，而且还要相貌英俊，个头儿也得一米七六以上。那时候谁要是能进入 8341 部队，那是一种至高的荣耀。

那年 8341 部队来师里选人，选来选去，最初选了十几个人，那十几个新兵站在一起，简直是一个模子刻出来的，小伙子个个精神、挺拔，后来又选了两轮，最后只剩下三个人了，这当中仍有梁亮。8341 的人已经首肯这三个人了，回去就能给他们发调令了，后来的情况就有了变化。这是 8341 部队给师里的一封信，信中说，警卫任务有变化，部队不需要那么多人了。最后梁亮他们谁也没有去成 8341 部队。过了一阵子，有小道消息说：8341 部队来选人，是给周恩来总理做贴身警卫，后因周总理住进了医院，不需要警卫了，梁亮他们才没有去成。不管这小道消息是真是假，在师里上上下下着实传说了一阵子。因此，梁亮也跟着著名起来。许多出入师部大院的人，都想找机会一睹梁亮的风采。那时的梁亮已经新兵连结束，在师机关的警通连负责在师部大院站门岗，人们很容易就能看到梁亮站在哨岗上的身姿，不论谁看到梁亮都会在心里赞叹：这小伙子不错，有英武之气。

这种认识只是对梁亮表面的一种认可，随着时间的流逝，人们才真正发现，原来梁亮不仅人长得英武俊美，他还很有才气：能写一手好字，还会画画，出口成章，古典诗词张口就来，尤其是朗读毛泽东的诗词，简直和电台播音员不分高下。这样的一个人物，在小小的师机关里，很快就脱颖而出了。梁亮是个勤奋上进的小伙子，当满三年兵时入了党，提了干。那时他年轻，才二十三岁，人们在梁亮身上看到了无限的前途和光明。

梁亮很活跃，只要师里有出人头地的事都会和他有关。比方“八一”“十一”等重大场合的晚会，还有师部院里的各种标语、口号的书写，都有梁亮的参与。师医院许多女孩子都在暗恋着梁亮，她们把梁亮想象成白马王子、梦中情人。梁亮这是第一次住进师医院，他不像有些年轻干部有事没事总爱往师医院跑，为的就是能和师医院那些女兵套套磁，或者为得到一张笑脸、几句玩笑什么的。梁亮不，他见到师医院这些女孩子时，从来都是目不斜视，他越是这样，就越是惹得那些女孩子心里痒痒的。

前不久，梁亮在一次越障训练中，不小心把小腿摔骨折了，没有办法，他住进了师医院。骨折的小腿重新接过了，打着厚厚的石膏，在医院里休养。梁亮住院，成了师里那些女孩子的节日，她们整天嘻嘻哈哈、有事没事地就来找梁亮。梁亮住院的确够闷的了，平时陪伴他的就是一台“红灯”牌半导体收音机，能有人来陪他说话，他是不会拒绝的。但他和这些护士，还有女兵一直保持着合适的界限和距离。那些日子，他换下来的衣服总有人抢着去洗，包括他的内衣。梁亮觉得这样很不好，就自己拄着拐，挪到水房里自己去洗。

李静是负责梁亮这间病房的护士，每天她都要出入病房几次，给病人分药、打针、测体温什么的，李静似乎对梁亮没有那些女孩子那么热乎，她和梁亮打交道从来都是严肃认真的。没事也从不多说什么，她对他说得最多的一句话就是：梁亮，这是你的药。说过了，盯一眼梁亮就出去了。李静不和他多说什么，也是因为李静的漂亮。李静被称为师里的第一美女，别人都这么说，这一点她心里也清楚，也有陈大虎的追求为证。

陈大虎是师机关训练科的参谋，这些都不能说明陈大虎的身份，要想说明陈大虎身份的最好办法就是提他的父亲，他的父亲不仅全军区的人都知道，差不多全国的人都知道，那就是军区的陈司令员。

陈司令的公子陈大虎有一阵子追求李静都到了走火入魔的程度，只要一下班，他几乎就泡在师医院里，不停地觍着脸冲李静微笑，千方百计要讨得李静的欢心。师医院里那么多女孩子，他不对别人动心，偏偏对李静动心，这足以说明李静不是一般的人物。李静不仅人漂亮，家庭出身也好，她父亲是省军区的政委。虽然省军区和大军区还差着一大截，但是那也算是高干了。李静的父亲和陈司令关系也不一般，传达室说李静的父亲曾给陈司令当过通信员，那时陈司令还只是名营长。这子一辈父一辈的关系，谁看了都眼馋。就在人们认为陈大虎和李静这对金童玉女就要走到一起时，突然很少见到陈大虎在师医院里出入的身影了。不久就有消息说，陈大虎又爱上了军区文工团的独唱马莉莎。所有的人都认识马莉莎，因为他们看过她的演出，她最拿手的曲目是《南泥湾》和《绣红旗》。她用嘹亮的嗓子唱歌时，让人们不由自主地想起了郭兰英。陈大虎爱上马莉莎，人们能够理解，很快人们就不再关心李静和陈大虎的关系了，但人们心里都清楚，是陈大虎把李静给甩了，人家看上更好的了。

也可能是经历了这样的一次挫折，李静变得与众不同起来。她用冷漠和尊严把自己遭受挫折的心灵包裹了起来。她不再相信男人的花言巧语，更不愿意随便把自己的初恋交给男人了。

李静对梁亮是有好感的，在那个审美单一的年代里，谁见了梁亮这么优秀的军官都会动心的。李静在私下里也对梁亮动过心，只不过她不会像那些女孩子一样那么表现罢了。因为她漂亮，因为她和陈大虎有过那么一段，还因为自己的父亲是省军区的政委，诸如此类的优越条件，足以让李静卓尔不群起来。

梁亮对李静的看法也是与众不同的。她越是表现得不一样，他越觉得李静和那些热情似火的女兵不能等同。梁亮很少来师医院，因此，他对李静和这些女兵的情况几乎一无所知。但他一眼就能看出李静和其他女兵是不一样的，不是因为李静的冷漠，也不是因为李静的漂亮，而是李静身上有股与众不同的劲儿，这种劲儿让梁亮对李静充满了好奇和好感。他每次见到款款走进病房的李静，心里的什么东西就会动一动，然后他的目光就随着李静的身影动来动去的。

李静不和他多说什么，分完药，交代几句服药的注意事项就走了。有时不经意间，两人的目光快速地碰撞在一起，就又很快地躲开了。李静走后，梁亮躺在病床上望着天棚，呆呆地愣一会儿神。

二

处于朦胧恋情中的男女，他们之间有时就隔着纸那么薄的一层东西，一旦捅破了，就会进入一种崭新的天地。

拉近两个人距离的，还是梁亮那种追求完美的精神。因小腿骨折而在病床上躺了一个多月的梁亮，终于迎来了拆掉腿上石膏的日子，也就是说，他拆掉腿上的石膏，就可以自由地走路了。石膏拆掉了，医生和梁亮都怔住了，梁亮的小腿在接骨时并没有完全复位，也就是说，他现在的大腿和小腿并没有在一条直线上，直接的后果就是，他的伤腿将永远不能像摔伤前那么行走了。梁亮傻了，医生也因失误哀叹连连。豆大的汗珠从梁亮的头上滚落下来，他变腔变调地说：医生，有没有办法让我的腿再重新接一次？

医生下意识地答：除非再断一次。

梁亮盯着自己接错位的腿看了一会儿，又看了眼医生，然后一瘸一拐地向病房走去。他走进病房后，用被子蒙住了头。他在床上躺了好久，在这期间李静来查了几次病房，她看见梁亮就那么一动不动地躺在那里。她看到这个样子，想说点什么，但看见他一动不动的，安慰的话都到了嘴边，又咽回去了。梁亮这种样子一直持续到了中午。此时，正是医生和护士交班的时候，他们听到梁亮的病房传来石破天惊的一声巨响。当医生、护士拥进梁亮的病房时，他们被眼前的景象惊呆了，梁亮把那只伤腿插在床头的栏杆里，床头是铁的，刷了一层白漆。梁亮用铁床头再一次把自己的伤腿弄折了，此时的梁亮已晕在了床上。

梁亮把自己接错位的腿再一次弄折的消息，被演绎成许多版本传开了。不管是哪种说法都让人震惊，他们一律被梁亮追求完美的行为深深地折服。那种疼痛不是一般人能够忍受的，就是能够忍受，也不一定有勇气去那么尝试。梁亮这么做了，做得很彻底，他让自己那只不完美的腿，又从伤处齐齐地断裂了。

当李静闯进病房时，她看到昏死过去的梁亮的嘴里还死死地咬着床单，让她无法使梁亮的嘴与床单分开，最后她只能用剪刀把床单剪开。当场梁亮就被推到手术室里，又一次接骨了。

第二天，李静走进病房见到梁亮时，梁亮早就清醒过来了。他重新接过的伤腿被高高地悬吊起来，正神色平静地望着自己的伤腿。李静走进来时，他的眼皮都没有眨一下。

李静就站在他的床旁，先是把药放在他的床头柜上，平时她交代几句就走了，今天却没走，就那么望着他，他意识到了，望了她一眼。这一次，她没有躲避他的目光，就那么镇静地望着他。

她说：昨天那一声，太吓人了。

他咧了咧嘴。

她又说：其实，不再重接也没什么，恢复好的话，外人也看不出来。

他说：我心里接受不了，那样我自己会难受。

她不说话了，望着他的目光就多了些内容。

从那以后，两人经常在病房里交流，话题从最初的伤腿开始，后来就渐渐广泛起来。梁亮情绪好一些时，他会躺在床上抑扬顿挫地为她朗读一段毛主席的诗词，他最喜欢“数千古风流人物，还看今朝”那一首。梁亮二十出头，正是血气方刚、年轻气盛的年纪，他向往那些风流人物，又何尝不把自己也当成一位风流人物呢？

李静被梁亮的神情打动了，以前在师里组织的联欢会上，她曾无数次看过梁亮的朗诵，但没有一次是在这种距离下听到的，这是他为自己一个人朗诵的，这么想过后，心里就有了一种别样的滋味。

时间长了，两人的谈话就深入了一些，直到这时，李静才知道梁亮出身于知识分子家庭。梁亮的父亲是大学中文系的教授，从小在父亲的影响下，读过很多书，梁亮能写能画也就不奇怪了。

有一次，梁亮冲李静说：能帮我找本书吗？我都躺了快两个月了，闷死了。

第二天，李静就悄悄地塞给梁亮一本书，书用画报包了书皮。梁亮伸手一翻，没看书皮就知道这是那本《钢铁是怎样炼成的》。上高中时，他就读过它了。但他没说什么，还是欣然收下了。他躺在床上又读了一遍，发现再读这本书时，感觉竟有些异样起来。他觉得自己越来越像书中的保尔了，这本书显然是李静读过的，书里还散发着女性的气息。他的手一触到那本书，神经便兴奋起来。

那天下午，太阳暖烘烘地从窗外照进病房，梁亮手捧着书躺在床上，望着天棚正在遐想，李静推门走了进来。她没有穿白大褂，只穿着军装，这说明她已经下班了，她神情闲散地坐在了凳子上。自从那天的巨响之后，她心里的什么地方也那么轰隆一响，之后，她对待梁亮就不那么矜持了，她的心被打动了。她对他的好感已明显地落实在了她的行动中，经过这一段的交往，她有些依赖梁亮了。在她的潜意识里，有事没事地总爱往他的病房里跑。这是四个人一间的病房，师医院很小，主要是接收师里的干部、战士，虽然每天出入医院的人很多，但真正有病住院的人并不多，所以，梁亮的这间病房就一直这么空着。

她坐在阳光里，笑吟吟地问：书看完了？

他望着阳光中的她，她的脸颊上有一层淡淡的绒毛，这让他的心里有了一种甜蜜和痒痒的感觉。他没说什么，只是点点头。接下来，两人就说了许多，他说“保尔”，她说“冬妮亚”。在那个年代里，“保尔”和“冬妮亚”就是爱情的代名词。两人小心翼翼地触及这个话题时，他们的脸都有些发烧，但他们还是兴奋异常地把这样的话题说下去。

她突然问：如果你是保尔，你怎么面对那些困难？

他沉吟了半晌答：我要完好地活着，要是真的像保尔那样，我宁可去死。

他这么说了，她的心头一震，仿佛那声巨响又一次响了起来，并且声音越来越大，越来越强，反复地在她的心里撞击着。

过了片刻，她说：我要是冬妮亚就不会离开保尔，因为他需要她。

他神情专注地望着她，因为太专注，他的眼皮跳了跳。他的呼吸开始有些粗重，她的脸红着，一副羞怯的样子。一股电击的感觉快速地从他的身体里流了过来，此时她在他的眼里是完美的。漂亮、娴淑的李静，就这样锐不可当地走进了梁亮的情感世界。

感情这东西，有时是心照不宣的、势不可当的，不该来时，千呼万唤也没用；该来了，挡都挡不住。在病房里，两个同样优秀的青年男女，他们朦胧的爱情发出了嫩芽。

第二天，她又为他找了一本书，那本书叫《牛虻》。在这之前，他同样读过，可他又一次阅读，就读出了另一番滋味。他阅读这本书时，仿佛在阅读着李静和自己，是那么深邃和完美。他陶醉其中，不能自已。

因为有了梁亮，李静单调的护士生活一下子有了色彩，生活的意味也与众不同起来。就在两个人的感情蒸蒸日上的时候，梁亮的腿第二次拆掉了石膏，这一次很理想，他的腿已经严丝合缝地复位了。

梁亮怀着完美的心情出院了，他和李静的关系并没有画上句号，他们又掀开了一个新的篇章。梁亮有时候暗中庆幸自己住院的经历，如果不住院，或者第一次接骨成功，他就不会和李静有什么了。

三

梁亮和李静的恋爱掀开了新了一页，人们经常可以看到如下的场景：每天黄昏时分，李静和梁亮就会走在师部营院外的一条羊肠小路上，路很窄，两人几乎是挨在一起走，样子很亲密，他们在低声地交谈着。具体说的是什么，没人能够知晓，只有他们自己才知道。

一有时间，梁亮就会迈着军人的标准步伐出现在师医院里，他成了师医院里的常客，许多医生和护士也都和他熟悉起来。也许要过许久，也许用不了多久，梁亮又会满面笑容地从师医院里走出来，仿佛他被李静注射了一针强心剂，样子鲜活无比。

警通连的宿舍里，也经常能见到李静的出入。警通连一半男兵一半女兵，按道理说，警通连是阴阳平衡的，他们不会为一个女兵的到来一惊一乍的，然而李静每次出现在警通连都会引起一阵不小的骚动。李静太漂亮了，让警通连的女兵自惭形秽，她们学着李静的样子装扮自己，或弯出一绺刘海儿，或翻出一角碎花衬衫的领边，但不管怎么收拾，始终出不了李静的那种效果。李静的美丽是骨子里流露出来的，学是学不像的。她们一面忌妒着李静，一面又模仿着李静。虽然，梁亮就是她们的排长，天天生活在一起，但梁亮的女朋友却是李静，他只能是她们的梦中情人。

……

那些日子里，师部院内院外留下了梁亮和李静亲密的身影，也铭刻了他们发自内心的幸福。有许多人猛然意识到，他们走在一起竟是那么般配，那么和谐，他们是天生的一对，除此与谁相配都不合适。

正当梁亮沉浸在爱情的愉悦中时，他得到了一个消息——李静和陈大虎谈过恋爱，且时间长达半年。在这期间，李静利用休假曾随陈大虎去过省城军区的陈大虎家，一星期后两人才返回。

梁亮得到这一消息时，如同在炭盆里浇了一瓢冷水。在和李静的交往中，李静从来没有提过那一段经历。

对于陈大虎，梁亮当然认识，他们都在师部机关，可以说是低头不见抬头见。陈大虎要比梁亮早两年入伍。他入伍的时候，陈大虎刚提干，走起路来目不斜视的。他对陈大虎没什么好印象，在他得知陈大虎的父亲就是军区的陈司令员时，他在心里得出个结论，那就是狐假虎威。而他自己是优秀的，靠的是自己的本事走到今天，陈大虎肯定是靠他的老子。这是他对陈大虎的印象。两人年龄差不多，有了这种印象后，他开始从骨子里瞧不上陈大虎。他的先入为主注定了和陈大虎之间的距离。他不主动和陈大虎有什么联系，陈大虎肯定也不会主动和他有什么联系，两人经常在师部大院里走个对面，他们你看我一眼，我瞧你一眼，有时点个头，有时连个头都不点。两人可以说都是师机关的名人，梁亮是因为多才多艺，什么样的活动都少不了他，陈大虎则是因为出身，许多年轻干部对陈大虎又羡慕又奉迎，就是范师长也经常把陈大虎叫到家里去喝几杯。

范师长那会儿还是排长，他后来经常在全师大会上讲起当年那些战争岁月，每次一提到战争，就离不开陈司令员。他说：陈司令员哪，可是一员猛将，都当师长了，还和我们一样打冲锋，抱着一挺轻机枪，左冲右突，杀出一条血路，陈司令员当年可是了不起的人物！……范师长每次这么说时都是一脸神往的样子。渐渐地，人们就知道范师长和陈司令员的关系不一般了。

有一次，陈司令员到师里检查工作，在范师长汇报工作时，别人并没看出陈司令员和范师长间有什么特别的。汇报结束后，两人在范师长办公室里喝了一次酒，酒是范师长从家里拿来的，也没什么菜，一盘油炸花生米、一盘鸡蛋，最后两人都喝多了，都说到了过去的战争岁月。他们越说越激动，恨不能再回到以前那种趴冰卧雪的日子里去，最后陈司令员提议，让范师长陪他到士兵的宿舍里住一个晚上。范师长回到家，抱着自己的铺盖真的和陈司令员来到了士兵的宿舍。他们把士兵赶到上铺去，两人睡到了下铺。据那天晚上有幸和司令员、师长一起睡过的士兵讲，他们一晚上都没睡着觉，刚开始是兴奋，后来司令员、师长都打起了呼噜，两人的呼噜都很有水平，比赛似的，弄得六个士兵天不亮就蹑手蹑脚地起床了。他们门里门外地自动给司令和师长当起了警卫。

陈大虎和范师长的关系也不一般，因此，陈大虎在师里也不会正眼看几个人，心高气傲得很。

关于和李静恋爱的事情的确是有过，当然是陈大虎主动的，凭他的条件，只要他主动，没有几个姑娘不动心的。他曾带着李静回过一次家，但没敢把李静领回家，他怕父亲把他踹出来。这事一切都由母亲做主，母亲曾偷偷来到军区招待所见过李静，当然李静并不知情。母亲用挑剔的眼光左左右右地把李静打量了，观察了。最后，母亲总结地说：这孩子好看是好看，但不富态，老了就不行了。

这是母亲的话，没了母亲的支持，陈大虎就凉了一半。但那时他和李静正在热恋中，他舍不得抛下李静，但又不好反对母亲，仍偷偷跑到招待所和李静见面。母亲只能把文工团的马莉莎叫到家里和陈大虎见了一面，马莉莎是母亲在文工团为陈大虎看上的未来儿媳。马莉莎果然长得丰满异常，她又很会来事，见第二次面时，陈大虎觉得已经离不开马莉莎了。马莉莎热情似火，还有那一双水汪汪的大眼睛，让陈大虎招架不住，从此他决心和李静断了那层关系。

那次恋爱的失败，让李静备受打击，她差不多有几个月没缓过劲儿来。那时她就发誓，以后自己再找男朋友，一定要比陈大虎强。结果梁亮出现了，梁亮只是背景没有陈大虎那么强，但各方面都要比陈大虎优秀。她和梁亮捅破了那层窗户纸后，便一心一意地和梁亮谈起了恋爱。就在这时，梁亮知道了她曾和陈大虎有过那么一段，于是两人的故事有了转折。

四

梁亮是从王参谋那里得知陈大虎和李静谈过恋爱的。王参谋和陈大虎在一个宿舍里住，他对陈大虎的私生活应该说是了如指掌。

那天，梁亮和李静约会刚刚回来，就看到在操场上散步的王参谋。王参谋笑眯眯地望着梁亮，一副欲言又止的样子。那阵子，梁亮正处在巨大的幸福之中，他所见到的事和人都是那么美好，当然在他的眼里，王参谋也不例外。他看到王参谋便停下来，掏出烟来递给王参谋一支，两人一边往前走，一边吸烟。王参谋就说：去约会了？

梁亮就笑一笑，他这是默认了。

王参谋就说：李静这姑娘真的不错，你们俩是天生的一对，在咱们师，你们俩能走到一起，是最合适不过了。

梁亮已经听了很多这样的话了，但今天王参谋这么说，他还是感到很受用，于是他就一边笑着一边往前走。

王参谋这时突然叹口气，然后又转折着说：陈大虎是没福气呀，李静对他那么痴情，他说不要人家就不要了，真是个命呀！

梁亮听了王参谋的话，一下子站住了，他回过头冲王参谋说：你说谁不要谁了？

王参谋也睁大眼睛说：陈大虎和李静谈过恋爱，你不知道？

梁亮张大嘴巴道：李静和陈大虎谈过？

王参谋道：我以为你知道呢，他们俩谈了那么长时间，陈大虎还把李静领回家过，你真的就不知道？

梁亮的心跳陡然加速，感到血液都涌到了头上，他痴痴怔怔地望着王参谋。

王参谋说：李静是个好姑娘，她太善良了。她和陈大虎谈恋爱时，陈大虎的袜子她都洗，她对你也一定错不了。

梁亮的眼前忽然就黑了，他不知道自己是怎么走回连队的。通信排排长朱大菊正在往晾衣绳上搭水淋淋的衣服，通信排都是女兵，朱大菊是女兵排的排长，她当然也是个女军人。朱大菊人生得很黑，力气也大，她经常和警卫排的男兵掰手腕，有许多男兵都掰不过她。她也主动要求和梁亮掰手腕，梁亮没有和她比试过，他不是怕比不过她，总觉得她是个女人，就是赢了脸上也光彩不到哪里去。于是，朱大菊就一直耿耿于怀。她看见梁亮神情不对，气色不好，就跑过来说：小梁子，咋了？是不是李静欺负你了？

梁亮不想和朱大菊多说什么，他和朱大菊同岁，但朱大菊比他早一年入伍，在他面前处处摆出一副老兵的架势，她一直称呼他为“小梁子”。

梁亮越是这样，朱大菊越是想了解其中的底细，她一冲动，就跟着梁亮回到了宿舍里。她走在后面，进门后用脚后跟把门踢上。他们都是警通连的干部，两人自然很熟，熟到朱大菊有事找梁亮从不敲门，推开就进。有一次梁亮曾含蓄地对她说：朱排长，这是男兵宿舍，你这样进来不怕看见不想看到的吗？

朱大菊大咧咧地说：咳，有啥呀，你们男兵能有啥，不就是换个裤子啥的，那有啥，我见得多了。

梁亮这么说了，她依然我行我素，她和梁亮说话总是粗门大嗓，不分你我的样子。朱大菊在师里也算个人物，她曾有着光辉的背景。她是从老区入伍的，她的养母可是全国拥军模范。解放战争那会儿，养母是拥军队队长，什么做棉衣、鞋垫，还有家乡的红枣什么的，通过养母的手源源不断地送到前线子弟兵手中。部队过长江时，养母曾推着小车一直随大军南下到了海南岛。养母的名气显赫得很。养母做出的最大的贡献是救过范师长。范师长在解放战争那会儿是排长，在孟良崮战役中被敌人的炮弹炸伤了。按范师长的话说，自己快被炸碎了。是朱大菊的养母，带着担架队把范师长抬了回来，范师长在野战医院住了几天，部队就转移了，范师长因伤势太重没能随部队一起走，只能安置在老乡家。朱大菊的养母主动请缨，把范师长背回家，然后用小米和红枣熬粥，一点点把范师长将养起来。半年后，范师长又是一个面色红润、活蹦乱跳的小伙子了。范师长临离开救命恩人时动了感情，他跪在救命恩人面前，声泪俱下地说：大姐，你是我的亲姐，要是我小范活着回来，我一定报答你的大恩大德。

养母也哭了，半年多的时间里，她已经和范排长处出感情来了，她早就把范排长当成自己的亲人了。她抱着范排长的头，哭着说：你去杀敌吧，要是伤着了就找大姐来，只要你还有一口气，大姐一定能用小米粥把你救活。

部队越走越远，后来范师长和救命恩人就断了往来。直到几年前，范师长在报纸上看到了朱大姐的事迹。那时朱大姐已经有名字了，就叫朱拥军。他越看越觉得朱拥军很像当年自己的救命恩人。于是他去了一趟老区，果然是当年的朱大姐。范师长和朱大姐又一次动了感情。他们拥抱在一起，百感交集就不用说了，临走时范师长对朱大姐说：大姐，你有啥事就说，我就是头拱地也为你办。

那会儿，朱大菊刚放学回来，朱拥军一见朱大菊就有了心事。朱大菊不是她亲生的，这辈子她没生养过，病根自己也知道，年轻那会儿她雨里水里地随大军南征北战落下了毛病。于是，在她年纪大时抱养了朱大菊。她没别的愿望，就是想让朱大菊去当兵，她太爱人民子弟兵了。她的想法刚和范师长说了一半，范师长就摆摆手说：大姐，啥也别说了，你真的能舍得姑娘和我走？

朱拥军一拍腿说：当兵保祖国，有啥舍不得的。

当天，范师长就把朱大菊带走了。

朱大菊果然不负重望，老区的丫头吃苦受累不算啥，从小就受养母的影响，她的觉悟没啥说的，男兵干不了的她都能干。于是很快入党后，又很快提干当了排长。朱大菊深得范师长的喜爱。范师长经常在全师大会上表扬朱大菊，表扬她老区的本色没有丢。范师长一说到老区就眼泪汪汪的。范师长是个重感情的人，他的心里不仅装着部队，同时还盛着老区人民的深情厚意。

因为朱大菊的经历，梁亮对她也是崇敬有加。那时一个人的出身和背景是至关重要的。

朱大菊一进门，就一手叉腰，一手舞动着说：是不是那个李静把你甩了？你说，要是她甩了你，我去找她说理去。

梁亮现在没心思和朱大菊磨牙，便不冷不热地说：朱排长，让我一个人清静一会儿，你忙你的去吧。

朱大菊似乎没听出梁亮的弦外之音，仍叉着腰说：李静有啥呀，不就是长得漂亮吗，当初陈大虎甩她时，她咋不牛哄哄的？

梁亮从朱大菊的嘴里再一次印证了李静和陈大虎谈过恋爱的事实，并且结果是让人家陈大虎给甩了。看来，许多人都知道李静和陈大虎的事，唯有自己不知道。这说明当初和李静谈恋爱就是一个错误。

按理说，李静和别人谈过恋爱与否，跟他应该没有什么关系，让梁亮无法接受的是，他是一个追求完美的人。他从王参谋那里得知，李静连袜子都给陈大虎洗，况且还去过陈大虎家，看来两人的关系已经非同一般，但结果还是被陈大虎给甩了。这么说来，李静在陈大虎眼里已经是个破瓜了。这是其一。还有重要的一点，那就是梁亮在心底里从来没有瞧得起过陈大虎，陈大虎是什么人，除了他爸是军区司令员外，自己哪儿都比陈大虎优秀。好多人背地里都在议论陈大虎，说他是个花心大萝卜，仗着家里的背景不断地谈恋爱，以谈恋爱的名义玩弄女性。

那一刻，梁亮猛然意识到，李静是陈大虎丢掉的，别人用过的东西，自己凭什么捡起来。一时间，李静留给梁亮的那些美好的印象荡然无存。

梁亮恨自己有眼无珠，怎么就看上了一个被别人甩掉的烂瓜，同时他也恨李静，恨她为什么要隐瞒自己。他躺在床上心绪难平，一会儿气愤，一会儿懊悔，一会儿又是悲伤，他的脸孔从热到凉，血液忽地涌到头上，又忽地涌到脚底。总之，心里一时半会儿说不清到底是个什么滋味。

他恨不能立刻见到李静，质问她为什么欺骗自己，然后告诉她，从此两人再也不会有什么关系，你走你的阳关道，我走我的独木桥。陈大虎能甩了她，他为什么不能？陈大虎算什么？他梁亮可是师里的才子，不仅人长得标致，还能写会画，以后的前途无可限量，凭自己的条件什么样的女人找不到，何苦去啃人家咬过的烂瓜？在今天的约会中，他吻了李静，虽然她开始有些躲闪、羞怯，可后来就火热地迎合了他。那一刻，他以为自己很幸福，可现在他却觉得自己受到了前所未有的羞辱。李静和陈大虎谈了那么久的恋爱，连袜子都给人家洗，还去人家住了好几天，他们之间还有什么事不能发生？唉，这样的烂瓜怎么能配得上自己？

五

梁亮气冲冲地来到了师医院，他一路上心里只有一个念头，那就是：李静是个烂瓜，烂得不能再烂的破瓜。

梁亮来到师医院的时候，李静正在班上。她惊诧梁亮怎么挑这个时候来，而梁亮却冷着脸冲她说：你出来一下。

李静说：有事儿？

他说：有事儿。

李静看梁亮从来没有这么严肃过，她和别的值班护士交代了几句，就随梁亮出来了。在这过程中，因为梁亮的脚步过于匆忙，她还拉了他一下道：又不是着火了，看你急的。梁亮不说话，径直往前走去。

最后，他们在医院外的一棵树下停了脚步，李静有些气喘着问：怎么了？看你急的。

梁亮定定地望着李静单刀直入地问：你和陈大虎谈过恋爱？

李静没料到梁亮会问这个，她不解地说：怎么了？

梁亮没好气地喊：我问你和他谈过没有？

李静白了脸，她预感到他们之间要有什么事情发生了，小声地说：和他有过那么一段，这又怎么了？

梁亮：那你为什么不早说？

李静：他是他，你是你，过去的事都过去了，还提它干什么？

李静说这话时心里有些虚，目光也显得游移不定。

梁亮又提高了一些声音道：你们谈恋爱时都干了些什么，你以为我不知道哇？别把我梁亮当傻子耍，没门儿！

梁亮说完，一甩胳膊就走了，留下呆呆愣愣的李静。梁亮这一去情断义绝，以前两人所有美好的过去，被他这一甩烟消云散。他来之前已经想好了，他和李静要当断则断，李静是个烂瓜，他怎么能和一个烂货谈恋爱呢？

李静站在那里呆怔了足有五分钟，她一时不知自己在哪儿，她不明白今天的梁亮是怎么了。她和陈大虎谈恋爱很多人都知道，她没想隐瞒什么，也没想把谁当傻瓜，这一切是怎么了？一下午，她都心不在焉，干什么都丢三落四的。科里那部电话，她从来没有这么关注过，她希望有人喊她去接电话，当然那电话一定是梁亮打来的。以前两人约会时，他就是打电话约她的，可今天那电话响了无数次，却没有一个电话是找她的。

李静煎熬了一个下午，下班后她都没有去吃饭。在宿舍里想了半天，她也没有想清楚，梁亮为什么在这件事情上发这么大的火。那一刻，她还没有意识到，自己和梁亮的缘分已经到此结束。她一直认为，这次只是他们之间的一个小误会，过去了也就过去了。

晚上，她主动来到梁亮的宿舍，梁亮的日子似乎也不好过，他正把自己关在房间里吸烟，满屋子乌烟瘴气的。李静推门进去时，梁亮似乎已经冷静下来。李静进来时，他看也没有看她一眼，一心一意地吸着手中的烟。

李静就那么静静地坐在他的床沿上，望着他的半张脸。以前两人在宿舍里聊天时，大都是这种姿势。李静一时没有说话，梁亮自然也没有说话。

李静沉默了一会儿，她心里忽然就多了几分柔情，在这一点上，女人比男人念旧。她把手放在梁亮搁在桌子上的手臂上，柔声道：还生气呢，你听我给你解释嘛。

梁亮把手臂抽出来，挥挥手道：不用解释了，咱们的关系到此结束了。

李静慢慢地站了起来，她的脸红一阵白一阵的，所有的困难她在来之前都想过了，但她从没想到梁亮会和她分手。她的脑子一时没有转过弯来，就那么怔怔地望着他。

梁亮把身子靠在椅背上，眼睛望着前方说：我不能和一个烂瓜谈恋爱。

李静一时间有了泪水，她语无伦次地说：你、你说我是烂瓜？

梁亮闭上眼睛道：谁是谁知道，我梁亮不缺胳膊不少腿的，凭什么让我和一个烂瓜谈恋爱？

瞬间，李静什么都明白了，她认真地看了梁亮一眼，又看了一眼，然后抹一把脸上的泪水，一字一顿地说：梁亮，你是不是说咱们就此一刀两断了？

梁亮有气无力地说：对——

李静猛地转身，头也不回地跑了，她的脚步声很快就消失了。梁亮宿舍的门没有关，就那么敞开着。

朱大菊拿着值班日记走进来，她已经来了有一会儿了，刚开始看见李静走了进来，她就没有进来。

朱大菊把值班日记放在梁亮的面前，大咧咧地说：下周该你值班了。

梁亮看也没看地说：放那儿吧。

朱大菊似乎并没有要走的意思，她背着手这儿看看，那儿瞧瞧，似乎看出了一些事情的苗头，声音透着兴奋地道：咋的，你和李静吹了？

梁亮没有说话，他又点了支烟。

朱大菊又说：李静出去的时候，我看见她哭了，你也不送一送？

梁亮说：她哭不哭跟我有什么关系。

朱大菊的判断得到了验证，这下她真的有些兴奋了，背着手一遍遍地在屋子里转来转去，她一边转一边说：说的是嘛，小梁子，你这么优秀，凭什么找她？她哪儿好了？就是脸蛋漂亮点，有啥用？好看的脸蛋又不能长出高粱来，你说是不是？

梁亮苦笑了一下，不置可否的样子。

朱大菊意犹未尽地说：再说了，她和陈大虎谈了那么长时间的恋爱，他们都到了啥程度，谁能说得清。怎么着，你小梁子也不能找个二手货，是不是？

梁亮心里一下子又乱了起来，他可以说李静是烂瓜，但别人这么说李静，他心里还是不舒服。他突然回过头，冲朱大菊说：朱排长，你别在我这屋转了，转得人头晕，我要休息了。

朱大菊忙说：好好，小梁子你休息吧，明天你要是起不来床，我替你带队出操。

梁亮不耐烦地冲朱大菊挥了挥手。朱大菊一走，他一头就躺在了床上，可却一点也没有睡意，他睁眼闭眼的，都是和李静来往这几个月的细节——李静的笑容和他们说过的悄悄话，还有甜蜜的热吻，这一切都在他的眼前挥之不去。但他意识到，这一切都将成为过去，不复存在。他和李静情断义绝后，并没有获得轻松，反而在痛苦不堪中一遍遍地煎熬着自己，他又陷入了新的一轮痛苦之中。他不能忍受李静的不“干净”，但又割舍不下和李静曾经拥有过的美好。他是爱她的，就这么一刀两断了，他心里也不是好受的。

这一晚，对李静来说也是一个不眠之夜，她蒙着被子流泪痛哭。他谈过的两次恋爱都以失败告终，而且都是人家把她甩了，这时她想起了一句老话：自古红颜多薄命。她相信这句话的真理，此时，在她身上明白无误地得到了印证。两次恋爱，她都是全力以赴地投入。和陈大虎在一起时，她初次体会到了爱情的快乐，虽然陈大虎身上的优点不多，但她喜欢陈大虎身上的那股男人劲儿，什么问题在他眼里都是小事一桩。陈大虎在她心中的形象，也是勇猛无比，她喜欢他那种狂风暴雨式的表达方式。后来陈大虎退出了，是因为马莉莎那个女人。她曾见过马莉莎，人的确漂亮，她为陈大虎的退出找到了理由。她伤心过、痛苦过，但很快就心如止水了。再后来，她遇到了梁亮。梁亮和陈大虎相比，简直是另外一道风景，不仅人帅，重要的是他身上有着那么多的优点，医院里那些小姐妹都羡慕她，说他们是郎才女貌，天生的一对。正在她沉浸在幸福甜蜜中，晴空一声炸雷，她和梁亮就此了断了。这给她的身心造成了无比沉重的打击。从小到大，她还没有受到过这样的重创，她的自尊心一时间灰飞烟灭。和陈大虎的分手，她用三个月的时间才走出了困境，因为那是她的初恋；而这次和梁亮的分手，更让她无法接受，也无法面对。

李静在那一晚，理智的底线已经走到了边缘，她没有退路了，经过一夜的斗争，李静已经看不到一点希望了。于是在黎明时分，她推开了宿舍的窗子，奋力往下一跃，她从三楼跳了下去。

李静并没有结束自己的生命，二楼的晾衣绳在她下落的过程中挂了她一下。楼下的花坛里正开满争奇斗艳的鲜花，李静在繁花丛中发出一声惨叫。事后经检查，她的左手骨折了。

事发的第二天，省军区的政委、李静的父亲用一辆上海牌轿车把她接走了。李静走了，就再也没有回来，她的调动手续是一个月后办走的，她调到了军区总院，从此，关于李静的消息就中断了。

六

梁亮没有料到事情会以这样一种结局收场，他不想给任何人造成伤害，他提出和李静分手，是因为他觉得李静欺骗了他，他受到了一种无法言说的伤害。他是个追求完美的人，不允许自己所爱的人有丝毫的污点。况且，李静和陈大虎的恋爱，又是一件谁也说不清楚的“污点”。这种污点，自从他得知李静和陈大虎有过那么一段恋爱后，他的心理和生理都发生了明显的变化。他的脑海里一次次臆想着李静和陈大虎在一起的画面，这种想象源于自己和李静在一起的感受。以前，他心里的李静是他的，她是完整的、纯洁的，而现在的李静已经不纯洁，更谈不上完美了。他无法忍受已经被人玷污的李静。

这一系列生理和心理上的变化，导致了他痛下决心，快刀斩乱麻地结束和李静的恋爱关系。他以为，这件事情过去了就过去了，正如当初陈大虎甩了李静一样，风平浪静，水波不兴。没想到，李静竟会用跳楼的方式来结束自己的生命。他如今着实被李静的这种行为震惊到了，虽然没人找他的麻烦，但他的心里还是受到了空前的震撼。

那些日子，他不知自己是怎么过来的，他一次次地设想，如果自己不和李静分手，当然设想这种结局的前提是要容忍李静的过去，但这样的污点他能忍受得了吗？答案是否定的。随着李静的调走，他的心里也渐渐地恢复了正常。

直到这时他才发现，朱大菊此时已经频繁地出现在他的生活中。他和朱大菊是一个连队的两个排长，他们平时在工作上总是低头不见抬头见的，他们男兵宿舍在一层，女兵宿舍在二层，大家又都在一个食堂吃饭，就是两人不想见面都困难。

在梁亮刚刚失恋时，情绪最低落的那一阵子，朱大菊表现出了对梁亮无微不至的关心。梁亮的值班被朱大菊代劳了，梁亮经常不去食堂吃饭，朱大菊每次都关照炊事兵给梁排长做病号饭。其实病号饭也没什么特殊的，无非就是下一碗挂面，打两个鸡蛋，在汤里多放些油和葱花什么的。每次都是朱大菊亲自把病号饭端到梁亮的床前，然后坐在那里嘘寒问暖。

她说：小梁子，快趁热吃吧，人是铁，饭是钢，天大的事也要吃饭，不吃饭咋行？

她又说：梁子，失个恋算啥，那个李静跳楼又不是你推的，男子汉大丈夫，说出的话泼出去的水，没有往回收的。

她还说：梁子，你是不是后悔了？可千万别这样，好姑娘多的是，凭你的条件还怕找不到好姑娘？

……

情绪低落中的梁亮把朱大菊的话当成了耳旁风，并没往心里去。那会儿，他正在一遍遍地回忆着自己和李静热恋中的每一个细节。不是为了怀念，而是为了遗忘。他想到自己和李静这些细节时，不自然地就会幻想出李静和陈大虎的种种情形，越这么想，他心里越是难受。

渐渐地，他在创伤中慢慢平复下来后，才开始留心起朱大菊来。警通排负责师部的门山脚，还有弹药库的岗哨，包括晚上师部大院的流动岗，作为警卫排排长，他每天晚上都有查哨的任务。这段时间，梁亮每次出去查岗，都能看到朱大菊的身影。她提着手电，从这个哨位走到那个哨位，不辞辛劳的样子。当她发现梁亮后便说：梁子，你回去歇着吧，这里有我呢。

这让梁亮心里很过意不去，他是警卫排排长，这是他的职责，自己的工作让别人干了，他心愧疚得很。朱大菊见梁亮执意不走，她也不走，在一旁陪着他，一边走还一边劝道：梁子，我知道你这些日子心里不得劲儿，你就多歇歇，我替你查岗就行了。

梁亮说：朱排长，你有你的工作，我的工作让你干了，我怎么忍心。

朱大菊轻描淡写地说：梁子，我和你不一样，我们农村人劳苦惯了，这点事算啥！

两人就并着肩往前走，查了一遍岗后就往宿舍走去。走到一楼梁亮的宿舍时，朱大菊就停在他的门口，这时已是夜深人静了，梁亮查岗前已经睡过一觉了，被子已经铺过了，他进宿舍时并没有开灯。朱大菊就打着手电为梁亮照亮，梁亮感觉不太自然，便说：朱排长，你也回去休息吧。

朱大菊并没有理会梁亮的不自然，嘴里还说：你睡吧，等你躺下我再回去。

梁亮就躺下了，朱大菊这才熄灭手电，蹑手蹑脚地离去。当梁亮迷糊着睡去时他发现一束手电光照了进来，还有人轻手轻脚地给他掖被子，待那人转身离去时，他才发现是朱大菊。清醒过来的梁亮，心里就有了股说不清的滋味。他朦胧地意识到，最近的朱大菊有些反常，究竟哪里反常，他一时又说不清楚。

其实朱大菊早就开始暗恋梁亮了，自从梁亮来到警通连那天开始，她就对梁亮充满了好感。她最先看中的是梁亮一表人才的外表，这在他们老区要想见到这样的小伙子，打着灯笼都难找，就是在部队，这样的小伙子也并不多见。少女时期的朱大菊对梁亮就动了心思，那时的情感对她来说还很朦胧，也有些说不清，当然也很遥远，因为部队条例中明文规定，战士不能在驻军当地谈恋爱。后来，两个人双双提干，又都在一个连队里当排长，朱大菊觉得自己的暗恋有了些目标。在平日里的工作生活中，她暗暗地关心着梁亮。她们女兵通信排，在朱大菊的倡导下，经常帮男兵们洗衣服，养母的拥军本色在部队里又被她发扬光大了。在女兵们抢男兵的衣服去洗时，梁亮的衣服差不多也被她一个人承包了。每次，她都把他的衣服叠得见棱见角地送回来。

那时，梁亮并没有意识到朱大菊对自己的这种特殊情感，他总是说：连里的好人好事都让你们女兵做了，我们男兵可就没地位了。

朱大菊就笑笑说：你们男兵辛苦，风吹日晒的，我们女兵做这些是应该的。

在梁亮的理解中，他们是一个连队的，相互取长补短地做些好事也都是应该的。有时通信排外出查线路，他也会让自己排的战士去帮忙，总之，在警通连里，男兵和女兵的关系很融洽。

就在朱大菊以含蓄的方式表达自己对梁亮的爱慕时，她突然听说梁亮和李静恋爱了。那些日子里，对朱大菊来说灰暗无比。她没想到自己离梁亮这么近，却被李静抢了先。当李静出现在警通连时，这是朱大菊第一次近距离观察李静，她也被李静的美丽打动了，同样都是女人，看人家李静生得要身材有身材，要脸蛋有脸蛋；再看自己，又黑又瘦，她从那时也学会了照镜子，学会了往脸上涂抹擦脸油，她希望自己一夜之间能变得和李静一样的漂亮。在梁亮和李静恋爱的时间里，她自己都不知道是怎么挺过来的，她尝到了失眠的滋味，有几次她甚至蒙着被子哭过。她的心里难受极了，是一种被人抛弃的滋味，眼见着自己没有希望了，她的眼里整日都是梁亮和李静成双入对的身影。就在近乎绝望时，梁亮突然又和李静分手了，这是她没有预料到的，正如她当初没料到梁亮和李静会恋爱一样。机会又重新出现在她的面前，她不想失去这样的机会了，她要全力以赴向梁亮表白自己的爱意。

七

朱大菊不想失去梁亮了，她不是那种拐弯抹角的人，她要直来直去，明白无误地表达出自己喜欢梁亮。

她表达的方式纯朴而又厚道。星期天的时候，梁亮还没有起床，自从和李静分手后，他的情绪一直很低落，干什么事情都是无精打采的。虽然，是他主动提出和李静分手的，结果真分手了，他又无所适从，不知如何是好。朱大菊象征性地敲了敲门，便进来了。梁亮已经醒了，他正瞅着天棚发呆，他现在已经学会了发呆。朱大菊突然破门而入已经不是第一次了，他看着朱大菊，朱大菊就挓挲着两手说：今天天好，我把你的被子拆了吧。

梁亮说：朱排长，过几天我自己拆吧。

朱大菊不想听梁亮解释什么，她掀开梁亮的被子，卷巴卷巴就抱走了。梁亮躺在床上，他下意识地蜷起身子，朱大菊却已经头也不回地走了。没多一会儿，他的被子已经旗帜似的悬挂在院里的空地上。梁亮站在门口，望着自己已被拆洗过的被子就那么堂而皇之地晾在那儿，他似乎想了许多，又似乎什么也没想，只是呆怔地望着自己的被子。

朱大菊像一个麦田守望者一样，专心地望着梁亮的被子，一会儿抻一抻、掸一掸，似乎晾在那里的不是一件被套，而是一件价值连城的工艺品。心情麻木的梁亮恍然明白了朱大菊的司马昭之心，想起朱大菊他竟有了一点点感动。他和朱大菊的关系似乎一直有些说不清。他刚到警通连时，朱大菊已经当了一年兵了，虽然两人同岁，但朱大菊处处摆出一副老兵的样子，有几次夜晚他站在哨位上，朱大菊那时还是话务兵，她们每天夜里也要交接班，下班后她总是绕几步来到哨位上，看见他便走过来，捏捏他的衣角道：梁子，冷不冷哇！

有一天夜里刮风，她就拿出自己的大衣，死活让他穿上，当时才入秋，还没有到穿大衣的时候。他就轻描淡写地说：朱老兵，谢谢你了。朱大菊挥挥手，没事人似的走了。

对于朱大菊，他真的没往深处想，他一到警通连便知道朱大菊是拥军模范的养女，她所做的一切，都被他和拥军联系在了一起。他穿着朱大菊温暖的大衣，心想：朱大菊这是拥军呢。

现在的一切，梁亮知道朱大菊已经不仅仅是拥军了。关于和朱大菊的关系，如同一团雾一样，让他看不清也摸不着，直想得他头痛，他干脆也不再去想了。

晚上，他盖着朱大菊为他拆洗过的被子，那上面还留着洗衣粉的清香和阳光的温暖，很舒服。冷静下来的梁亮真的要把他和李静以及朱大菊的关系想一想了。李静当然要比朱大菊漂亮，漂亮不止一倍，重要的是李静身上那股招人的劲儿，朱大菊身上是没有的。那股劲儿是什么呢？想了好半天，他只能用“女人味”来形容了。他和李静在一起，时时刻刻能感受到李静是个温柔的女人；而朱大菊是他的战友，他们是同事，有的只是一种友爱。他想起朱大菊有的不是冲动，只是冷静。他正胡思乱想的时候，突然门就开了，朱大菊出现在他的面前。她显然是梳洗过了，身上还散发着淡淡的雪花膏的气味。朱大菊以一个查夜者的身份来到梁亮的床前，她为他掖了掖被角，当她附下身的时候，看见梁亮正睁着一双眼睛望着她，她伸出去的手就停住了。

她问：被子还暖和吧？

他望着她，半晌才答：你以后就别查我的夜了，让干部战士看见不好。

朱大菊见他这么说，就一屁股坐在桌前的椅子上，她想敞开天窗说亮话了。她道：梁子，除了女兵宿舍，我可没查你的男兵宿舍，我是专门来看你的。

梁亮坐起来，披了件衣服，他点了支烟道：查我干什么？我一个大活人还能跑了不成？

朱大菊把椅子往床旁挪了挪，说：梁子，你是真不明白呀，还是装糊涂？

梁亮望着她，她也望着梁亮。

她索性一不做二不休了，又道：梁子，我朱大菊心里有你，这你没看出来？李静有啥好的，我也是个女人，比她少啥了？

梁亮把手电拧开，把外面的灯罩取掉，光线就那么散漫地照着两个人。他没有开灯，部队有纪律，熄灯号一吹就一律关灯了。

梁亮口干舌燥地说：这种事，是两个人的事，一个人怎么能行呢？

他这话的意思是朱大菊喜欢他还不够，得让他也喜欢她才行。

朱大菊误解了，她马上道：咱们就是两个人，你和李静行，咱们也能行。

梁亮怔在那里，他没想到朱大菊这么大胆，这么火热，简直要让他窒息了。

朱大菊激动地站起来，说：梁子，我可是干净的，没和谁谈过恋爱，我的手还没让男人摸过呢，当然握手不算。梁子，我知道你就想找一个囫囵个儿的，李静和陈大虎谈过恋爱，她不干净了，你才不要她。我可是干净的，你就不喜欢我？

朱大菊的这番表白，着实让梁亮惊呆了。他坐在那里，望着光影里的朱大菊，此时的朱大菊神情激动，面孔红润，眼里还汪了一层泪水。那一刻，他真的有些感动，一个女人、一个干净的女人，如此真情地向一个男人表白自己的情感，对方就是块石头也被焐热了，何况梁亮是个有血有肉的人，他那颗的失恋的心需要慰藉和关爱。梁亮哆嗦了一下，他觉得自己被朱大菊热烈的情感击中了。他呻吟着说：朱大菊同志，我理解你的情感，这事你让我再考虑考虑。

朱大菊一拍手道：这么说你同意咱们在一起了？

梁亮低下头有气无力地呢喃着：让我再想一想。

朱大菊什么也不想说了，她走上前来，像对待孩子似的扶着梁亮躺下，又把他的被角掖了，轻松地说：梁子，你明天只管多睡会儿，我带队出操。

说完转过身子，异常温柔地走去，又轻轻地为他关上房门。

那一夜，梁亮几乎一夜没合眼，他眼前晃动的都是朱大菊的身影。朱大菊已经无声无息地走进他的生活，他想赶都赶不走。

这事很快就在连队中传开了，干部战士们望着他俩的眼神就不一样起来，冷不丁地会突然有人喊：梁排长、朱排长——那意味是深远的，所有听到的人都会发出会心的微笑。朱大菊听到了脸就有些红，然后笑意慢慢在脸上漾开。刚开始，梁亮却并不觉得舒服。

直到有一天，指导员在办公室里对梁亮说：梁排长，我看你和朱大菊真是合适的一对。她那么能干，你小子就等着享福吧。

说完还在他肩上拍了一巴掌。梁亮想和指导员解释几句，想说那都是没影儿的事儿，指导员却又说了：不错，你们两个排长要是能结合在一起，咱们连队那还有啥说的。

连队所有的人都把这件事当真了，梁亮开始觉得有口难辩了。他只能摇摇头，苦笑一下。

不久，他和朱大菊恋爱的消息像风似的在师机关传开了，许多机关干部一见了他就问：梁排长，什么时候请我们喝你们的喜酒呀？

他忙说：哪有的事。

人家就说：你还不承认，朱大菊早就招了，你还不如女同志勇敢呢，真是的。

他听了这话怔在那里，他没想到朱大菊会这么大胆。

一天，师长一个电话把他叫到办公室。当兵这么多年，他还是第一次来到师长办公室。师长很热情，也很高兴的样子，让他坐，又给他递了支烟，然后笑着说：大菊把你们的事都向我汇报了，我看挺好。她是老区的后代，对部队有感情，她自己不说哇，我还想帮她张罗呢。看来大菊的眼光不错，看上了你，大菊这孩子挺好，也能干，不愧是咱们老区的后代。

范师长一直称朱大菊为孩子，师里盛传着范师长已经收朱大菊做了干女儿。有关范师长和朱大菊养母的关系，全师的人也都是清楚的，那是救命之恩，非同一般。范师长这么对朱大菊关爱有加，也是理所当然。

范师长又说：你们俩什么时候成亲啊？到时候我给你们做证婚人，

没什么问题就早点办吧。我们当年打仗那会儿，部队休整三天，就有好几对结婚的，你们要发扬传统，拿出作战部队的速度来。

范师长已经板上钉钉了，他还能说什么呢，他不得不认真考虑和朱大菊的关系了。

八

梁亮在人前人后的议论声中选择了沉默。他无法辩解，也说不清自己和朱大菊之间的关系。此时，朱大菊这个人在他心里还很模糊，他说不清自己是否喜欢她。

朱大菊这些日子里一直处于幸福之中，她脸色红润，走起路来虎虎生风，见人也多了笑脸。她在爱情的滋润下，人一下子竟妩媚了许多。大庭广众之下，她也不避讳别人看她和梁亮的眼神，她望着梁亮的目光也多了许多内容。只要梁亮一出现在她的视线里，她的眼睛便开始水汪汪的；和梁亮走在一起时，会时不时地抻抻他的衣角，掸掸他的衣领什么的。梁亮在众人面前无法接受她的这种举动，就小声说：不用，这样不好。朱大菊则大声道：怕啥，我喜欢你帅气的样子，这样多好。

朱大菊对待梁亮的这种无微不至，梁亮不可能无动于衷，他开始想朱大菊的种种好处了。这么一想之后，他有些喜欢上她了。她除了长得不如李静那么娇媚，剩下的一点也不比李静差，起码她比李静能干，重要的是朱大菊是完美的，朱大菊是初恋。这么想过之后，他的心里竟涌动出许多甜美来。

朱大菊每天晚上查完女兵宿舍，她都忍不住走进梁亮的宿舍，给他掖掖被角，或者站在他的床前，凝视着她的心上人。自从两人的关系公开后，她再出入梁亮的宿舍似乎理直气壮、顺理成章起来。

这一天，她毫不例外地又一次走进了梁亮的宿舍。梁亮刚查完夜班岗回来，他还没有睡着。朱大菊打着手电就进来了。进门时，她把手电熄灭了，轻车熟路地来到梁亮的床前，她又习惯性地伸出手去为他掖被角，做这些时她的心里洋溢着强烈的母爱，似乎她在对待一个幼儿。就在这时，梁亮攥住了她的手，她的嗓子里“哦”了一声，身体就顺势扑在了梁亮的怀里。她抱住梁亮，嘴里含混不清地说着：梁子，我喜欢你，真的喜欢你。

梁亮一时也无法克制自己的冲动，用胳膊死死地搂住她，后面的事情便可想而知了。当两人冷静下来，朱大菊翻身下地穿好衣服后，她第一件事就是把床上的单子扯了下来，然后打开手电，用光影照着上面的痕迹说：梁子，你看好了，我可是完整的。此时的朱大菊在梁亮看来，她的脸和床单上的某个地方的颜色一样鲜红。

再接下来的一切都发展得很快，两人很快到当地政府领了结婚证。养母从老区也风尘仆仆地来了，六十多岁的养母身体很好，人也收拾得干净利索。她不是空手来的，而是带来了许多拥军用品，比如鞋垫、大红枣什么的。老人家把自己纳的一双双鞋垫分送给人民子弟兵，当然也有范师长和梁亮、朱大菊的。梁亮接过鞋垫时感动得差点流出了眼泪。自从他和朱大菊好上后，他从朱大菊嘴里知道不少养母的事迹，以及拉扯朱大菊的种种不易。在没有见到朱大菊的养母时，他已经感受到了养母的情和义了。

婚礼的场面完全是一场革命化的婚礼，师部礼堂被张灯结彩地布置过了。这是个星期天，师机关的干部战士大都参加了梁亮和朱大菊的婚礼。婚礼果然是范师长主持的。他从解放战争说到了部队建设，然后又说到了眼前的这对新人。最后他把拥军模范请到台上，这时全场氛围达到了高潮，所有人都在为拥军模范鼓掌，感谢她对部队的支持，同时也感谢她为部队培养出了朱大菊这样的优秀女儿。在一对新人郑重地向毛主席像敬礼，又给师长敬过礼后，他们把军礼又献给了拥军模范。此时新人的眼里已经有了点点的泪花，养母拉着两个孩子的手说：孩子，今天你们结婚了，明天要为部队再立新功。

婚礼后新人进入洞房，拥军大妈也被范师长接回家中重叙旧情。

梁亮和朱大菊婚后已经不住在警通连的宿舍了，他们住进了家属区的一排平房里，许多临时来队的家属都住在这里。婚后不久，因工作的需要，梁亮被调到师政治部宣传科，当了宣传干事。当排长对梁亮来说是大材小用了，他写写画画的专长到了宣传科后，才真正派上了用场。

婚后不久，师机关的参谋陈大虎找到了梁亮，两人在陈大虎的宿舍里喝了一次酒。陈大虎也已经结婚了，就是军区文工团的歌唱演员马莉莎。每个周末，陈大虎都要回军区和新婚妻子团聚。两人的相聚是陈大虎主动提出来的，他拉着梁亮来到了宿舍。这是梁亮第一次和陈大虎这么近距离地面对面说话。陈大虎用水杯为两人倒上酒，两人沉闷地喝了几口酒后，陈大虎才说：梁干事，新婚有什么感受？

梁亮就笑一笑，婚后的朱大菊比婚前对他更温柔，他正沉浸在新婚的幸福中，见陈大虎这么说，就幸福地咧咧嘴。

陈大虎小声说：梁干事，你应该和李静结婚，她是个好姑娘。

梁亮有些错愕地望着陈大虎。

陈大虎不管梁亮的诧异，只管说道：我和李静谈过一段，许多人都知道，后来我和她吹了，她没啥；可你和她吹了，她就跳楼了，她受不了了，这足以证明，她更爱你。

陈大虎抬起头，红着眼睛说：你明白吗？

这一点在这之前，梁亮还真没仔细想过，此时陈大虎这么一说，他的头一下子就大了，酒劲儿似乎一下子就上了头。

陈大虎小声说：你甩了李静，却娶了朱大菊，你会后悔的。

梁亮放下杯子，怔怔地望着陈大虎。

陈大虎说：我知道你为什么和李静吹了，还不是因为我和李静谈过那么一阵子吗？告诉你，我和李静什么都没有，那都是别人胡说八道，我们是干净的。

梁亮又一次惊呆了，他不明白陈大虎为什么要对自己说这些。莫名地，他就有了火气，他也说不清这火气从何而来，他用手指着陈大虎说：陈参谋，你没有必要对我说这些，你认为李静那么好，你为什么不娶她？

陈大虎不慌不忙地又喝了口酒才道：我和马莉莎一结婚，我才发现自己错了。你现在和朱大菊结婚，你就没发现错了吗？

梁亮热血撞头，他不知如何回答陈大虎，在这之前他真的没有想过。

陈大虎似乎有些喝多了，他大着舌头说：李静是个好姑娘，咱们俩都瞎了眼了。说完就大笑起来。

梁亮摇摇晃晃地站起来，他一把抓住陈大虎的脖领子道：那你这些为啥不早说？

陈大虎仍笑着说：怎么，你也后悔了？你以为师长给你们主持婚礼就了不起了，你也后悔了吧？

梁亮突然出拳打陈大虎，陈大虎挣扎着和他撕扯起来，过了一会儿俩人住了手，他们坐在地上醉眼蒙眬地盯视着对方。

陈大虎用手抹抹嘴角的血道：姓梁的，你狗咬吕洞宾——不识好人心。要是李静能为我跳楼，我保准不离开她。

梁亮站了起来，他拉开门，摇晃着走了出去。在漆黑的走廊时，他哭了。

下　篇

九

在朱大菊和梁亮婚后的几年时间里，朱大菊已经是警通连的指导员了，梁亮仍在宣传科当干事，级别由原来的排级变成了正连。他们一晃在部队也工作十几个年头了。生活让他们对一切都不再有激情，包括他们的婚姻。母性十足的朱大菊，照旧关心着梁亮的生活起居，每天晚上，梁亮都要回家写稿子，朱大菊不时地披衣起来为梁亮端茶倒水。在梁亮伏案忙碌的时候，朱大菊就披着衣服，背着手在他的身前身后踱步，很是一副指导员的样子。梁亮就受了干扰，他回过头没好气地说：你能不能消停会儿，你这样我都没法集中精力。

朱大菊便蹑手蹑脚地回到了床前，慢慢躺下，可她又睡不着，过一会儿又悄悄地起来，坐在那里，很小心地往梁亮那边望。在梁亮抬头点烟的空当，她不失时机地小声说：梁子，要不我给你做碗面去，都半夜了，我怕你饿了。

梁亮心不在焉地挥挥手说：随便。

朱大菊如同得到了命令，她麻利地从床上下来，走到厨房，又小心地把门关上。不一会儿，一碗热腾腾的汤面就端到了梁亮的案头。梁亮一看到那碗冒着热气的面就写不下去了，他狼吞虎咽地把那碗面吃了。

在平时，朱大菊似乎有许多话要对他说，只要一进家门，看见梁亮她就有说话的欲望，从连队战士的入党到复员。她在连队是指导员，要不停地给战士们做思想教育工作，回到家里，她仍然是指导员的工作状态。梁亮对连队那些鸡零狗碎的事热情不起来，但他也不好打击朱大菊的热情，任由她喋喋不休地说着。猛不丁地，他就会想起李静，如果他和李静结婚了，会像朱大菊这样吗？如果不是这样，又会是什么样呢？

在婚后的几年时间里，他不时地想起李静，当然都是在他思维真空的时候。他一想起李静，心里就多了份内容，也多了番滋味。他说不清这到底是一种什么滋味，心里空空的，无着无落的样子。

梁亮潜意识里，他非常关注李静的消息，可自从得知李静离开师医院，就再也没有听到过她的消息。他只知道，李静调到军区总医院去工作了。在这期间，宣传科的刘干事因阑尾炎去军区医院手术了一次，住了十几天医院。刘干事出院后，他去看望刘干事时就希望能从刘干事的嘴里打听到李静的消息，可刘干事只字未提。他就没话找话地说：你在那儿住院就没见到什么熟人？

刘干事不解地摇摇头，然后醒悟似的说：你是说李静吧，我没见过，总院太大了，全院的人有上千呢，我住的是内科。

他就有些失望地疲疲沓沓地往回走。

这阵子，朱大菊一直在他耳边说孩子的事，结婚几年了，他们一直没要孩子，是他不想要，怕有了孩子拖累自己的工作。自从结婚，朱大菊就希望生个孩子，可他一直没能让她得逞。最近一阵，朱大菊的中心话题一直在说孩子。她说的时候很有策略，先是从别人的孩子说起。朱大菊真是喜欢孩子的女人，她一见别人的孩子就走不动路了，眼神都是直的，为了接触别人的孩子，她舍得给人家小孩买礼物，然后就用这样那样的借口把礼物送过去，借机和那小孩玩上一会儿，那时的她是幸福的。

朱大菊对孩子的问题有些迫不及待了，她开始和梁亮直截了当地探讨。

她说：梁子，你为啥不想要孩子？

梁亮对这个问题已经回答一百遍了，他已经懒得回答了，就那么疲疲沓沓地望着她。

她又说：我知道你为啥不要孩子，怕以后咱们离婚，孩子拖累你，是不是？

梁亮就把眼睛睁大了一些，他对朱大菊已经没了激情，但离婚他还真的没想过，况且孩子和离婚又有什么关系呢？

朱大菊乘胜追击，她又说：梁子，你别占着茅坑不拉屎，你放心好了，生了孩子我不耽误你啥事，你跟现在一样，想干什么就干什么，行不？

梁亮道：你真的就那么喜欢孩子？

朱大菊说：只要让我有孩子，干什么都随你。

梁亮就不好说什么了，然后和朱大菊齐心协力地生孩子。终于，朱大菊怀孕了，当她挺着腰身走路时，部队裁军的消息传到了师里，在没有确切消息时，什么样的消息都有。有的说，这个师保不住了，要取消编制，还有的说这个师要减编一半，和别的师合并，种种消息像草一样疯长着。

朱大菊原本在一心一意地呵护着肚子里日渐长大的孩子，这样的消息对她来说并没有让她意识到问题的严重性，按她的话说：哪儿的黄土不埋人，转业也好，留在部队也好，都不会耽误她生孩子。

梁亮却很急，他知道这时候部队裁军对朱大菊是不利的，要是离开部队就得换一个新环境，部队转业干部的工作本来就很难找，朱大菊拖着个刚出生的孩子，哪个单位愿意接收啊！他把自己的担忧说出来了，朱大菊也意识到了问题的严重性，但当她看到梁亮愁眉不展的样子，马上又说：你不用担心，大不了我不转业，还留在部队，就是咱们师没有了，部队不会没有吧，我要给范师长写信，让他帮帮我。

当年的范师长已经调到军区当部长去了，朱大菊说到做到，她热情洋溢地给范部长写了封信，但范部长一直没有回信。就在孩子出生两个月后，部队减编的命令终于下来了，这个师只保留了一个团，和其他单位合并。朱大菊因为情况特殊，她留在了部队，梁亮和大多数人一起被宣传转业了。

渡过难关的朱大菊这时才长嘘口气道：我说得没错吧，这就是命，啥人有啥命，范部长不会不管我。

接下来，整个部队就大变样了，留下的皆大欢喜，转业的那些干部开始为自己的再就业东奔西走，梁亮也加入了寻找工作的行列。他们这个师是军区直属单位，大部分转业干部都回了原籍工作，因为朱大菊没有转业，梁亮可以在本地找工作。

因为赶上裁军，转业的人很多，各接收单位为了能更好地和转业干部沟通，省里有关部门专门搞了一次部队转业人员的招聘会。所有接收转业干部的单位都在招聘会上设了展台。梁亮一直认为自己还年轻，又有能写会画的特长，总觉得自己有着极强的竞争力。当他赶到招聘会上时，看到黑压压一片转业干部吵吵嚷嚷奔波于各用人单位的展台前，他的自信顿时一落千丈。他把手里准备好的十几份个人材料，无声无息地放到了招人单位的桌子上，头也没抬一下，很快就离开了招聘会场。

那一阵子，梁亮的情绪灰暗到了极点。现在师里只是一个留守处了，朱大菊和他仍住在原来的房子里，从这里到省城还有几十公里的路呢，来往一趟很不方便，他只能等待消息了。那段时间，梁亮真的有些走投无路的感觉。朱大菊一副饱汉不知饿汉饥的样子，她宽慰着梁亮道：别急，急啥啊。找不到工作有我呢，我能养活你和孩子。

一提起孩子，梁亮就气不打一处来，这孩子早不来晚不来，偏偏这时候来，这不是雪上加霜吗？朱大菊生完孩子后，让养母从老区赶了过来。养母虽然七十多岁了，但身体还硬朗，帮助带孩子绰绰有余。养母一来，梁亮彻底放松了。他整日在提心吊胆的等待中过着日子。

突然有一天，他接到了一个用人单位的来函，通知他于某日去面试。迷茫中的梁亮似乎又看到了希望。

十

梁亮做梦也没有想到，接收单位负责和他谈话的人不是别人，正是李静。那一刻，梁亮以为自己是在做梦。

李静似乎早有心理准备，她的样子镇定而从容，她就那么平静地面对着梁亮。他不明白李静怎么会坐在这里。最后还是李静先开了口，她手里翻着他的个人资料，说：你也转业了？

他不看她，望着桌角说：是。

她似乎轻轻叹了口气，然后就又翻那几页纸，她不看他，继续问：你希望到我们单位工作？

他没有说话，目光就盯着她手里属于自己的那几页纸。

她站起来，一边收拾桌上的东西，一边说：如果你想来，过几天就来办手续吧。

李静说完，看也没看他一眼，便走进了里面那间办公室，把他一个人扔在了那里。事后，他才有思考的时间来品味李静。李静还是那么年轻，她胖了一些，不穿军装的李静更加动人了。当年她悲恸欲绝跳楼时的样子已经不存在了，她又是一个丰满美丽的女人。事后他才知道，当初李静调到军区总院没多久就转业了，她现在是这家单位的人事科科长。

其实，这么多年他一直没有忘记李静，刚开始的时候，他一厢情愿地认为李静欺骗了他，自从那次和陈大虎打了一架后，他便开始有了一种懊悔感，这种感觉很复杂，不仅仅是对李静，还有对自己的那份责难。他和朱大菊结婚之后，并没有体会到朱大菊带给他的那份幸福和快乐。朱大菊在婚前的确是完整的，这也是他追求和希望的。当朱大菊成为他生活中的一部分时，他并没有珍惜这份生活，他想高兴，可是又高兴不起来。朱大菊的确处处关心、体谅他，但他并不幸福。这种不快并不是因为有李静的存在，如果没有李静，他和朱大菊也并不快乐。在他的意识深处，他一天也没有忘记李静，不知什么时候，他的脑海里就会闪现出曾和李静相处时的片段，这些片段让他留恋和怀念。这是无法言说的，像一张张底片，在他心底里越来越清晰。

他到新单位报到后，被分到了机关的工会，他仍发挥他在部队时的特长，写写画画，还负责机关的福利和一些业余活动，干这种工作是他的专长。机关工会和人事科在一层楼上办公，他经常可以看到李静的身影，那个身影还像当年那么美丽。当他得知李静还没结婚时他的心里就

“咚”地响了一声，这对他来说是一种巨大的震撼。从那一刻开始，他留意起李静的一举一动来，也就是说，此刻的李静又深深地吸引了他。

他到机关工作后就住在了机关提供的宿舍里，在地下一层，只有周末时才回一趟在部队的家。不是他不想回去，因为实在不方便，来往一趟足有几十公里呢。这样一来，他的时间就很富足，每天他差不多都是最后一个离开办公室。

有一天，当他离开办公室时，看见人事科办公室的门虚掩着，李静在屋里不知和什么人通电话。当他发现人事科就李静一个人时，他的心跳突然加快了节奏，这时他才清楚地意识到，他一直在寻找机会，单独和李静见见面。他停在人事科门口，等李静放下电话后，他及时地敲响了她的门，只听李静在里面问：谁呀？

他推门走了进去。李静看了他一眼，似乎一点也不意外。她一边忙着手里的事，一边道：是你呀，有事？

他坐在屋里的沙发上，一时不知道要对她说些什么，沉静了半晌，才道：谢谢你啊。

她抬起头，专注地望着他说：谢我什么？

谢谢你接收了我。他小声地说。

她笑一笑，才说：这事呀！谁让咱们曾经是战友呢，你条件那么好，这个单位不要你，别的单位也肯定要你。

他的心又抖了一下，她居然还认为他的条件那么好，在部队时有阵子他也骄傲自己的条件，那时他以为自己的前途一定不可限量。结婚后，这种优越感随着时间的冲刷一点点地消失了。这次转业到了地方，那种残留的骄傲感可以说是完全丧失了。在这种时候，她还说他条件好？他心里顿时涌出一股暖流。这句话似乎一下子又把两人的关系拉近了，起码他是这么认为的。他又鼓足勇气道：当年，是我对不住你。

说完很快地看了她一眼。她听了这话，似乎是被一枪击中了，她的脸白了一下，眼圈顿时红了。半晌，她才说：那事早就过去了，还提它干吗？

他看着她的样子，心里更加内疚，觉得自己此时有千言万语要对她说，可就是不知从何说起。他用力地绞扭着双手，无助地说：我现在真后悔，后悔当初不该对你那样。

这时的李静已经平静了下来，她把桌上的一沓东西放到了包里，冷静地看着他。

他又说：听说你现在还没成家，我心里更加难受。

她笑了笑：这事和那件事没有因果关系，你和那个朱大菊还好吧？

他无言地点点头，又摇摇头。她似乎没看他，拿过包挎在肩上，站了起来。他明白她是要走了，他也忙站了起来，提前一步跨出人事科的办公室。她关门的时候才说：你和朱大菊当年在部队可是一对红人呢。

她似乎不想听他的回答，就向电梯口走去，电梯门一开，她头也不回地走了进去。在电梯门关上的那一刻，他看见她对着电梯里的镜子整理着自己的头发。他立在那里，看见电梯停在一层，发了半天呆，才按亮电梯的按钮。

那一晚，他躺在宿舍的床上怎么也睡不着。以前和李静曾经有过的一切又一幕幕地闪现出来。那时的李静对自己是满意的，甚至有些崇拜，那份感觉现在回忆起来仍让他感到满足。然而现在呢，他却成了朱大菊的丈夫，朱大菊对他是满足的，可两人在交流时，朱大菊对梁亮的现状并不满意，原以为自己的丈夫在部队会前途无量，否则她当初也不会毅然决然地嫁给他。别说朱大菊对自己失望，连他自己都看不起自己了。青春年少的梦想永远是份理想，而现实永远是现实，这是他对生活的总结。他想到这些，又想到了眼前，他转业进入机关，成了一名国家机关的公务员，每天上班就是为了领那一个月的薪水，时间就这么一天天地过去了，可自己的理想呢？这种生活将注定他和芸芸众生一样，平静而平淡地生活，一直到老。当年壮怀激烈的理想已经离他远去，三十出头的男人只能学会务实了。说到现实生活，他不能不考虑朱大菊和刚出生不久的孩子，他爱她们吗？他自己也说不清楚。想到朱大菊，他就又想到了李静，想起李静时，他又有了那种脸热心跳的感觉，正如他和李静的初恋。那时，他也是这种感觉。和朱大菊恋爱时，他几乎是被动的，在他还没有任何感觉时，就稀里糊涂地结婚了。

他躺在夜深人静的黑暗里，隐隐地预感到自己和李静的关系还没有结束，因为李静就在他的生活中。是她把自己留在了这家单位，这一切一定预示着什么。这么想过之后，他的身体开始变得燥热起来。

十一

李静如同灯塔一样在梁亮的眼前闪耀起来，这份感觉和当初已经发生了很大的变化。那时梁亮和李静在一起是天经地义的事，他是师里公认的最英武最有前途的青年军官，他和李静在一起是正常的。然而时过境迁，他的命运和百万军人一样，都纷纷转业到了地方，开始了又一次艰难的创业。而李静依旧那么年轻貌美，三十出头就已经是人事科科长了，一直未婚的李静还是那么清纯高雅，如同雪山的白莲般在他的眼前绽放。

直到这时，梁亮才深深地清楚他和朱大菊的关系，因为此时有了李静的存在，他猛然意识到，自己和朱大菊在一起并不幸福，从结婚到现在，他从没有真正地爱过她。在和朱大菊的整个相处过程中，他一直是被动的，朱大菊牵着他的鼻子走到了现在。他半推半就还没有醒过味儿来便和朱大菊结了婚，接下来，他又稀里糊涂地和朱大菊有了孩子。他现在转业了，和朱大菊拉开了距离，这种距离让他看清了他们之间的关系，同时他也清醒地意识到，这么多年来，他爱着的仍是李静。如果这次不碰上李静，也许他会把这份爱埋在心底，冷不丁地会想起李静，但现在李静就在自己的面前，那么惹人注目，他无法忍受自己的沉默了，他要行动。接着，他想到了和朱大菊的关系，一时间他浑身就出了层细汗，他努力地劝说自己，就是没有李静，自己和朱大菊的婚姻也维持不长，因为他根本就没有真正地爱过她。这样想过之后，他心安了一些。

他再关注李静的时候，眼神就异样起来，一天见不到李静，他的心里就空空落落。他们工会办公室和人事科只隔着几间房子，有时他站在门口就能听到人事科那边的动静，他在嘈杂的声响中很快就能分清李静甜美圆润的声音。

经常地，他会不由自主地在人事科的门前走来走去，希望能看到李静的身影。按道理讲，他们都是同事，他推门进去也无妨，但他还没有这样的勇气。他只能远远地看上一眼李静，李静在这时偶尔也会抬起头来无意地往门口望上一眼，他们的目光碰在一起，只是短短的一瞬。他一接触到李静的目光便不能自已，浑身上下抖动起来，如同青春年少的初恋。这份感觉，他只和李静才有，和朱大菊从来没有过种感受。这么想过后，他又和朱大菊拉开了一些距离。没人的时候，他又一次想到了和李静的初恋，每一个眼神、每一个细微的动作，都让现在的他心驰神往。

一天晚上，快下班的时候，他突然接到了陈大虎的电话。陈大虎在裁军前就调到军区机关工作了，陈大虎约他晚上坐一坐。他下班后，来到了约好的那家饭店，陈大虎已经先到了，菜呀酒呀的都点好了。陈大虎一见他，离很远就冲他招手。陈大虎的样子很轻松，似乎比以前老练了一些。

陈大虎就说：你小子，到了新单位也不跟我联系，我查了一大圈才查到你的电话。

他就冲陈大虎笑一笑。

两人一边吃吃喝喝一边说着闲话，在部队那会儿，他有些瞧不起陈大虎，总觉得他背后有陈司令在那儿撑着，他的进步并不是自己有本事，而是陈司令员的影响，包括他被调到军区机关工作。这次裁军时，陈司令也离休了。此时，他在陈大虎身上并没有看到遗老遗少的味道，反而似乎比以前更滋润了。

突然陈大虎说：你小子跟我说实话，到底和朱大菊过得怎么样？

他一下子就怔住了，不明白陈大虎的用意，就那么望着他。

陈大虎爽快地喝了一口酒道：我跟你说，我和马莉莎离了。

梁亮就又把眼睛睁大了一些，马莉莎可是全军区最漂亮的女人。这次裁军，他听说军区文工团也裁了不少人，马莉莎也名列其中。

陈大虎又道：真的，不骗你，就是今天办的手续。说完，又抬胳膊看了一眼手表道：这会儿如果不发生意外，她已经到了南方了。

梁亮这才知道，离婚的事是马莉莎提出来的，她转业后并没有找工作，而是要去南方当歌手，她要去闯荡，去当明星，但走前她唯一的要求就是和陈大虎离婚。陈大虎说到这儿，梁亮就有些同情他了。

陈大虎却一丝一毫也没有让人同情的意思，他一边喝酒，一边说：离就离呗，这算啥，咱们又不是找不到女人。

陈大虎冷不丁地又突然问：听说李静就在你们机关，都当科长了？

他点点头。

陈大虎沉默了，猛地吸了口烟，望着头顶上的吊灯道：李静是个好女人，我后悔当初了。

陈大虎的目光移下来，盯在梁亮的脸上又问：你呢？

他这么问，让梁亮浑身激出了一层冷汗，他张口结舌地面对着陈大虎，不知作何回答。

陈大虎就笑了，他一边笑一边说：咱俩都是一对傻瓜蛋，要是回到从前，我一定会娶李静，而不是马莉莎。

看样子，陈大虎和马莉莎从结婚到现在也并不幸福，一时间，梁亮就找到了同感，他现在已经不再小瞧陈大虎了，他们现在是一对难兄难弟。在酒劲儿的驱使下，他突然说：大虎，我和朱大菊早晚也得离。

他这么说完后，就连自己都吓了一跳。

陈大虎怔了一下，然后就哈哈大笑起来。他伸出手拍着梁亮的肩膀道：好，好。顿了一会儿又说：听说李静还没结婚，你要是离婚了，咱们就又回到了从前，看咱们谁能把李静再追到手。

陈大虎半真半假的玩笑话，一下子让梁亮的酒醒了一半。他清楚自己深爱着李静，他不能再失去她了，他要把握住最后的机会向她表达爱意，但前提是得先离婚，如此看来陈大虎又一次抢先了。此时的梁亮热血冲顶，脑子里只剩下了一个念头，那就是离婚。后来陈大虎又说了些什么，他一句也没听清。

第二天，他就回了一趟家。朱大菊对他的突然归来有些手足无措，她正带着孩子在里屋的床上玩儿。朱大菊抱着孩子迎出来，依旧是嘘寒问暖的样子，她显然很高兴。梁亮望着朱大菊和孩子，突然就没有了勇气。一直到了晚上，孩子都睡下了，他还在外间不停地抽烟。朱大菊过来了，坐在他的身边问：梁子，怎么了，是不是有啥事？

他不看她，眼睛冲着地下，呻吟着说：大菊，咱们离婚吧。

她倒吸了一口气，足足有几分钟没有说话，身子就僵在那儿，不错眼珠地望着他。

他靠在沙发上，闭着眼睛说：离吧，我已经想好了，咱们在一起不合适。

朱大菊小声地问：你、你下决心了？

他点点头，看了她一眼，她的脸孔有些变形，这让他的脑子快速地闪现出李静那美丽而又青春的面庞。

她的泪水涌了出来，她用双手捂住脸道：我早就知道会有这一天，梁子，从结婚到现在，我知道我配不上你，我以为你看孩子的面能接受我，没想到，你这么快就不想和我过了。

这时，他才明白，她为什么那么强烈地想要孩子，他的心痛了一下，他有些可怜眼前的朱大菊了。这时又一个声音在他的耳边说：同情不等于爱情，梁亮你要挺住。果然，他就挺住了，为了自己完美的人生和爱情，他要和朱大菊离婚。

那天晚上，两人就那么坐了一宿，朱大菊不停地抹眼泪，他则不停地吸烟。该说的都已经说了，再说多了就没有必要了。天亮的时候，他离开了家，坐上长途车的瞬间，他一下子轻松了起来。来到机关后，当他再看到李静的身影时，他的心里又是另外一种境界了。

十二

朱大菊是在一个月之后给梁亮打的电话，她在电话里说：我想通了，如果你方便就回来办手续吧。

梁亮在接到朱大菊这个电话时，他觉得朱大菊是个好人，但他知道这并不是爱情。在这期间，他再也没有回过部队那个家。他的决心已定，况且在这期间他和李静的关系也正朝着良好的方向发展。有一次，李静曾主动来到他的办公室，当然那是在大家都下班后。李静就坐在他桌前对面的位置上，默默地望着他，半晌才说：这里你还适应吧？

他真诚地看着她说：谢谢你了。

她笑一笑，很含蓄的那种表情。他太熟悉她的笑容了，终于，他鼓足勇气道：我、我要离婚了。

她认真地看了他一眼，眼里掠过一抹亮色，顿了一会儿问：这么说，你过得并不幸福？

他想和她倾心而谈，这对他来说是个绝好的机会。就在他摆出倾诉的架势时，李静挥手打断了他，背起小包道：我还有事，你是否离婚是你自己的事。说完，就走了出去。

他坐在那里，心凉了又热了，热了又凉了。李静虽然在关心他，关注他的感情和生活，但她并没有接受他的感情，这是令他心凉的原因。很快，他就理解了，自己毕竟还没有真正离婚，他现在还没有权利对李静示爱。他期待自己能快点离婚，然后就能一身轻松地向她表达自己的情感。李静这么多年一直没有结婚，这一切足以说明他还有机会，至少除他之外，她还没有遇到更合适的人选。这些自然是梁亮一厢情愿的猜测。从那以后，虽然他没再和李静单独谈过什么，但李静每次出现在他面前都是笑着的。他在她的笑容中，看到了她的那份情意，仿佛在笑容的背后她在问他：你怎么还没离呀？

他终于和朱大菊离了，他没想到事情发展得这么顺利。当他出现在朱大菊面前时，朱大菊早就冷静了。她平静地说：梁亮，你要离咱们就离吧，你不爱我，在一起还有啥意思？我别的条件啥都没有，你也不用为我担心，我是部队上的人，有困难部队不会不管我。我只求你一件事，你好好看看孩子，这是你的孩子，从他生下来到现在，你还没有认真地看过一眼你儿子呢。

他下意识地来到儿子的床前，儿子已经一岁多了，他正在梦中甜甜地睡着。说真的，要这个孩子时他很不情愿，孩子还没出生，部队就开始裁军，然后就是转业、找工作，这一年多的时间里，他真是没有心情抱抱儿子，哪怕仔细地看他一会儿。现在，他就要离开儿子了，突然间他觉得有些对不住儿子。当他抬起头来的时候，有泪水落在儿子的脸上，小家伙在梦中激灵了一下。

朱大菊在一旁长出了口气道：行了，只要你还认这个儿子，我就知足了。我不希望自己的孩子长大后，还不知道自己的爹是谁。

他听了朱大菊的话，一下子百感交集起来。结婚前和结婚后，他还从来没发现朱大菊有这样的优点——大度和宽容。

离婚三天后，他的情绪又恢复到了常态，他要寻找机会向李静表白。中午的时候，见办公室没人，他就给李静打了个电话，在这之前他看见李静回到了办公室。李静拿起电话后，他说：是我，晚上我想请你吃饭。她没说话，接着他说了时间和地点。她那边仍没说什么，却先放了电话，他随后也放下电话。她没说话就意味着她答应了，只有恋人才会这样心照不宣。一下午，他的感觉都是美好的。

下班后，他早早地来到了那家餐厅，酒也点了，菜也点了，就等着李静赴约了。果然，在他约定的时间过了十分钟后，李静出现在他的眼前，她无声无息地坐在了他的对面。他为她倒了一点酒，然后拿起自己的杯子，准备和她碰杯。她没有动，只平静地说：梁亮，有什么事你就说吧。

他喝了口酒，笑一下道：李静，告诉你我离婚了。

她没动，仍然那么望着他。

他又说：李静，当年是我对不起你，不该提出和你分手。

她仍望着他，眼圈却一下子红了。

他的心动了一下，道：李静，你知道吗，我这次离婚就是为了你，因为这么多年我一直爱的人是你。

她用手擦了一下眼睛，哽着声音道：梁亮，你也终于有今天，当年你说甩就把我甩了，我当时就想死，可惜没死成。你知道我这么多年是怎么过来的吗？陈大虎甩了我，你也甩了我，你们是当初师里公认的两位条件最好的军官，我却被你们甩了，这么多年我都没有勇气去谈恋爱。我看过心理医生，可是没用，我知道只有你和陈大虎才能治好我的心病。前几天陈大虎来找过我，他也说最爱的是我，今天你也这么说……

她说不下去了，掏出纸巾拭泪。

他一时语塞，不知说什么好。

她又说：现在好了，我终于看到你们的结局了，你们过得都不幸福，我的心病也就好了，我在你们身上丢失的自信总算又找回来了。梁亮，你什么也别说了，对不起，我走了。

李静就那么走了，挺着美好的身姿消失在梁亮的视线里。有一会儿，他不知道自己在哪儿，就那么呆呆地坐着。结果，那天的他就喝多了。回到宿舍后，他关上门蒙着被子号啕大哭。

不久，机关改革，人事上又做了一次新的调整，李静离开机关去公司任职了。又是一个不久，李静结婚了，许多机关的人都去参加了她的婚礼，只有梁亮没去。

第二天上班的时候，不知谁在他的办公桌上放了一袋喜糖，那是李静的喜糖。他下意识地吃了一颗，又吃了一颗，结果一袋喜糖都让他吃光了。一个小时后，他大吐了一场，从此他再见到糖就有要吐的感受，梁亮对糖已经过敏了。

幸福没有终点

一

这是一场露天电影的前夕，操场上的银幕扯了起来，秋风使那块白色的幕在微微地抖动。大院里晚餐的号声已经吹过，太阳在西边的楼群里只剩下一个边缘了，操场上仍然很空，只有一些半大的孩子，三五一伙地聚在操场上兴奋地议论着什么，也许在说着今晚电影的内容。

马八一就是这时候出现的，他的双手插在那条肥大的军裤里，上身穿着紧身的海魂衫，一件军衣搭在肩上，他端着肩膀走路，目光散淡得毫无内容。这场电影他本来是不打算看的，已经看过许多遍了，再看还有什么意思呢？他到操场上的银幕前走一走，完全是没什么事可干，就是到这走一走。

吃晚饭的时候，马八一又和父亲吵了一架。父亲是作战部的部长，不管什么时候，总是一脸的阶级斗争，那样子仿佛战争会随时打响，说话办事总是急火火的，没有一点通情的余地。自从高中毕业，马八一闲在家里无事可做，作战部部长就看他哪儿都不顺眼了，尤其是吃饭的时候，马部长的话就多。马部长每到晚饭的时候总要喝两口，“刺溜”一口酒，“吧嗒”一口菜，然后马部长的眼睛里就没别人了，只剩下马八一了。那一阵子马八一成了父亲的眼中钉、肉中刺，怎么看都不顺眼。马八一在晚饭的时候是最不安心的一段时间，他抱着碗，埋着头，打冲锋似的吃饭，然后就逃离家门，该咋样就咋样了。这天他刚放下饭碗，正准备逃离马部长的视线，马部长在又喝完一口酒后，把酒杯重重地放在桌子上，厉声喝道：你别走，你的事还没说完呢。

马八一是怕父亲的，从小到大他都怕。他小时候父亲不说他，而是打他，上来就一下子，他留下后遗症了，一听见父亲从后面走来的脚步声，他就有一种要撒尿的感觉。他大了，父亲也开始老了，父亲很少打他了，而是改成了训斥，他仍然怕父亲，心里多了许多自己的主张，还有些仇视父亲，但只能在自己的心里装着，表情上是不敢带出一丝半毫的。父亲不让他走，他就只能在那里站着。

父亲说：你毕业都几个月了，这么闲混，你想咋地吧？

马八一不想咋地，在他没毕业前，父母已经无数次地议论过他毕业后的去向了，按父亲的话说，当兵是最理想的。父亲当了这么多年兵，可以说是战友遍天下，放到哪个部队，都会有战友关照着他马八一，还愁他进不了步？第二个选择就是下乡，这是父亲不愿意看到的一种结果，但退而求其次，也不是不可以接受，下乡的地点父亲已经给他找好了，那就是回老家靠山屯，父亲就是从靠山屯走出来的，父亲一直思念着靠山屯。第三个选择是母亲说出来的，那是就业，找一份工作，一个月挣个二三十元钱，也就这样了。这是父亲最不想看到的。

马八一对当兵提不起什么兴趣，吹号起床，吹号吃饭睡觉的日子，他从小就看在眼里，现在仍然坚决执行着，他不执行也没有用，父亲在执行，母亲也在执行，一家人都在执行。他对军人的这一切可以说是烦透了，要多烦有多烦，他决定不去当兵。下乡也是他不愿意的，从小到大老家靠山屯经常来人，一来不是要这就是要那的，还理直气壮得很，仿佛是他们培养了作战部部长，拿了东西拿了钱，理直气壮地走了，留下一屋子臭烘烘的气味。还有的是，院子里有人去下乡插队了，他们经常往回跑，把农村说得跟地狱似的，要吃没吃要喝没喝。马八一是不想受这种二茬罪的。唯一的出路就是就业工作，到那时马八一就可以养活自己了，想吃啥吃啥，想喝啥喝啥，如果父亲不高兴，他还可以搬出去住，那样的日子就是属于自己的了。然而，就业并不像马八一想的那么容易，母亲领着他去街道登记找工作，在他之前已经记下了一大本了，那些人还没有找到工作，接下来的时间里，马八一只能忍辱负重地等待。

马八一在那天晚上受了马部长一顿训斥以后，他晃晃荡荡地从家里走了出来。他无所事事地走到操场上，想找个人说两句话，但他只看到了一些半大的孩子在那激动地议论今天晚上电影里的情节。他正要走开，忽然听见有一个人叫自己的名字，接下来他就看到一个漂亮的女兵向自己走来。对于女兵他并不陌生，从小到大就生活在有兵的院子里，母亲就是女军人。在他五岁前，母亲是带着他去女澡堂子洗澡的，洗澡的人都是女兵，可以说，从里到外他对女兵已经熟悉透了。这个女兵一边叫他的名字一边向他走来，这还是第一次，他实在有些茫然的样子。

那个女兵走近了，女兵不依不饶地说：马八一你装什么装，不认识我了？

他呼啦一下子认出来了，眼前的女兵是两年没见的初中同学杨五月。杨五月两年前初中毕业没上高中，就去当兵了。走了两年了，他差不多都快把她忘了。

他说：杨五月，是你。

杨五月就灿烂地冲他笑，神态是大姑娘的样子。两年没见，杨五月该十九了，十九岁的姑娘可以了，杨五月又穿着军装，经受了两年部队生活的洗礼，一举一动都透露出一个成熟女性的魅力。在那一刻，马八一的眼睛都不够用了，他上上下下地把杨五月打量完，才问：休假？

杨五月说：休假。

然后杨五月又看了看他，再然后轻轻淡淡地说：下一步干什么？

杨五月这么问，马八一就不好回答了，他正为这事闹心呢。他抓抓头，一副不知从何说起的样子。

杨五月就说：当兵去吧，你看我，都两年了，已经是个老兵了，洗脚水都有人给打了。

杨五月举手投足果然就是个老兵了。马八一对这一切是熟悉的，新兵就是新兵，老兵就是老兵，学是学不来的，这是骨子里的东西，骨头硬了，自然就是老兵了。杨五月穿着有些发白的军装，合体而又自然，头发是那种标准式，齐耳短发，刘海用梳子弯过了，很漂亮地在额前飘着。

在那一刻，马八一的心里“咣当”响了一声，两年前的杨五月和两年后的杨五月简直不可同日而语。两年前的杨五月长得又黑又瘦，他们都不愿意跟她玩；现在的杨五月，标兵似的立在他的面前，让马八一有一种透不上气来的感觉。

杨五月又说：当兵吧，当兵你就是个大人了，在部队里想干什么就干什么，津贴费自己支配，想买什么就买什么。

马八一还想说几句什么，杨五月看到了几个初中女同学，她们似乎约好了。杨五月不理他了，冲他摆摆手说：要当兵去二十一师，我在那里。

杨五月说完就走了，冲那群女同学走去，空气中留下了一缕雪花膏的气味，是茉莉味的。在那初秋的傍晚，马八一深深地吸了一口。

那天晚上的电影，马八一本来是不想看的，因为杨五月他还是坚持看完了电影。与其说是看电影，还不如说他在暗中一直关注着杨五月。

杨五月和几个女同学站在一起，叽叽喳喳地说话，马八一站在暗影里不远不近地观察着杨五月，他浑身的每一根神经都被杨五月吸引了。杨五月的每声轻笑、每个手势都针扎似的印在了马八一的心里。他自己也不知这是怎么了，直到电影结束，人群散去，杨五月招手和那几个女伴告别，又头也不回地向自己家走去，一直从马八一的视线里消失，他才摇晃着回去。就在那一刻，马八一下了一个决心：当兵去，去二十一师。他的这一决定，在初秋的夜晚，显得坚定不移，理直气壮。

二

马八一参军的过程顺理成章，可以说是轻而易举。马部长没想到马八一这么快思想的弯子就转过来了，马八一只提出一个要求，那就是去二十一师当兵。这对马部长来说简直不是什么要求，一个电话打到二十一师军务科，立即就有一个参谋来领马八一了。当时在部队有个不成文的规矩，部队干部子女优先参军，不分时间。

马八一离开家前，父亲是高兴的，父亲希望自己的儿子能像一棵树苗一样栽种在军营这块肥沃的田地里，让儿子生根、开花、结果。父亲一高兴，把儿子马八一当成大人了，还在饭桌上和马八一肩并肩地整了几盅酒。马八一像大人似的喝了酒，然后就带着酒气和军务参谋一起踏上了开往二十一师的列车。

那一阵子，马八一睁眼闭眼的都是杨五月的影子。在那天晚上电影结束后，马八一又创造了几次和杨五月见面的机会，她的家他是知道的，他就在她家楼下附近转悠，果然又见到了杨五月。大白天见杨五月效果比那天晚上好多了。在马八一的眼里，杨五月简直是耀眼夺目，晃得他都有些不敢正视。她是笑着的，那笑声和笑脸哪一样都是光彩鲜活的。见到杨五月那一刻，马八一跟傻子似的立在那里，没有了呼吸，没有了思维，就那么傻呆呆地站立在她的面前。她什么时候离开的，又说了些什么，他全然不记得了。直到杨五月休假结束，回到了部队，他才结束这傻子一样的游戏。那一阵子，他不知自己怎么了。从那一刻开始，他就走进二十一师了。

二十一师在内蒙古的草原深处，火车要行驶二十多个小时，然后还要换汽车。在这二十多个小时里，马八一没有合过一次眼睛，他睁眼闭眼的都是杨五月的笑容。

马八一被分到师机关的警卫排，工作和任务就是站在师部大门口站岗放哨，保卫师机关的安全。马八一对自己这份工作很满意。因为杨五月就在师部机关的门诊部工作，军装外面套着白大褂，她的工作是卫生员，给人家打针拿药什么的。

马八一到了师部的第二天，他就见到了杨五月，排长王长贵带着他去门诊部体检。马八一入伍比较特殊，参军前并没有体检，但到部队后这一关一定补上。马八一一走进门诊部就看到了杨五月，杨五月手握一个水淋淋的拖把正在擦地。杨五月很积极很勤劳的样子，脸上的汗珠在太阳的照耀下正晶莹闪烁。

杨五月抬起头来一眼就看见了站在王长贵身后的马八一，她“呀”了一声，把水淋淋的拖把放在了一旁，张着手一副要扑过来的样子。她叫了一声：马八一，真的是你？

马八一在那一会儿心跳如鼓，就是过了挺长时间，军医给他听心肺时还以为他紧张，因为他的心跳已经超过了一百六十次，好在医生没听出别的什么来。

从那以后，马八一幸福的日子就来到了。他站在师部门口的哨位上，轻而易举地就可以望见门诊部。杨五月经常在门诊部门前的铁丝上晾晒纱布、口罩以及白床单什么的，杨五月在一片白色的衬托下，像鲜花一样盛开绽放，美丽青春得让人眼晕。马八一就幸福地站在哨位上享受着这一切。

马八一没事找事地在业余时间里经常去找杨五月，杨五月就住在门诊部后边那栋女兵的小楼里。马八一每次去找杨五月，都是有理由的，比如扣子掉了，到杨五月那儿去找针线，其实他的针线包里是有针线的；还比如借个信纸、信封、邮票什么的，总之，这一切都是借口。马八一每次去找杨五月，发现杨五月都没有虚度时光，不是在读部队卫生兵手册，就是在读《毛泽东选集》，杨五月已经把《毛泽东选集》读到第四卷了。杨五月对马八一的到来说不上热情也谈不上冷漠，微笑加热情，还有礼有矩的，让马八一既看到了希望又不敢再过分地奢望。

从马八一来到二十一师才知道杨五月自从入伍以来就是五好战士，每年都会受到几次嘉奖。更让人钦佩的是，杨五月默默无闻地当了两年无名英雄。事情是这样的，杨五月所在的门诊部有一名来自山东老区的战友，是个男战士，家里的情况很不好。这个战士当兵后，父亲推着小车去送公粮，连车带人翻下山崖摔死了，家里剩下母亲还有一个妹妹，生活很艰难。在这两年时间里，杨五月在每个月发放津贴的日子里都要把津贴费全部寄给这位战士的母亲，当然是以这位战士的名义。整整两年，直到这位战士在两年后探了一次亲，谜底才被揭开，杨五月无名英雄的身份才水落石出。不仅这些，这两年的时间里，杨五月每年都会被评为学习业务的标兵，还有学习毛泽东思想的积极分子。有那四本厚厚的《毛泽东选集》为证，这是马八一亲眼所见的，那四卷本的“红宝书”差不多都被杨五月翻烂了。没有毅力的人能做到这一点吗？不能。

马八一了解了这一切后，深感汗颜。杨五月这两年的时间里出落得美若天仙，起码在马八一的眼里，已经让马八一够汗颜的了，再加上杨五月这些光辉业绩，显得马八一几乎睁不开眼睛了。其实在马八一最初的想法里，当兵来到二十一师能和杨五月在一起，他就知足了，如有可能和杨五月发展恋情，当满三年兵后复员回去，然后和杨五月成个家，那也是别样的一种日子了。一到部队，马八一从前的鼠目寸光就被彻底粉碎了。他觉得杨五月离自己遥远得很，杨五月像灯塔似的在他前进的道路上照耀着。马八一要赶上杨五月，只有到那时，两人才会是一个战壕里的战友，也只有到那时，他才敢向杨五月表达自己真实的想法。

马八一经过短暂的思考后，他决定把对杨五月的爱暂时埋在心里，待自己经过努力之后，能和杨五月比翼齐飞了，他再表达自己的想法。也就是说，马八一要卧薪尝胆了。是爱情改变了马八一，可以说马八一对杨五月的这份爱情是纯洁而伟大的。

做出一番不平凡的事情想起来很难，做起来更难，好在马八一身边就有这样的人，比如他们的排长王长贵同志。王长贵同志的老家也叫靠山屯，不过王长贵的靠山屯，不是父亲那个靠山屯，在北方农村，凡是有山又有村落的地方，十有八九这个村子就叫靠山屯。王长贵同志只有初中文化，当满了五年兵后提升为排长。在这五年时间里，四次受师机关嘉奖，一次三等功。王长贵当战士的期间里，每天晚上都是抱着扫把睡觉，连里的扫把有限，一大早做好事的人很多，经常抱不到扫把。这样一来，王长贵为了做好事只能和扫把同睡了。你做好事，我做好事，大家都做好事，就没什么了。王长贵的好事做绝了，别人五点起床，他就四点起床，别人四点，他就三点，总之，他要比别人强。有一段时间，两点多一点，王长贵就抱着扫把起床了，一直到天亮，别人都起床的时候，他已经把整个师机关大院扫得一尘不染了。王长贵同志正站在路灯下，倚着电线杆子学习毛主席著作，那是怎样感人的场景呀！毛主席说：做好事不难，难的是一辈子做好事。在这五年战士时间里，我们的王长贵同志一直坚持下来了，风雨无阻。有几次感冒，发着三十九度的高烧王长贵仍然做好事，雷打不动。不仅如此，他学习毛主席著作已经炉火纯青了，只要你点出任何一篇来，王长贵都能一字不差地背下来。王长贵每年都是全师学习毛主席著作的积极分子，每年都要到军里、部队里学习讲用。在这五年时间里，二十一师师长都换了两茬，最后王长贵的事迹终于感动了师党委。经过研究决定，王长贵被破格提干，任命为警卫排的排长，把警卫师部大门的光荣任务交给了王长贵。

在这样一个积极向上的氛围里，马八一怎么能不积极要求进步呢？从远到近他都有学习的样板和标兵。

三

爱情的力量是伟大的，马八一被爱情改变着，马八一开始在做好人好事了。马八一自认为自己是聪明的人，警卫排共有三十二人，除了排长王长贵外，另有三十一名战士，马八一用了半个月的时间把全排的人大致情况都了解了一遍。这三十一人中，有二十五人都是农村入伍的，不是出自这个屯就是那个庄，剩下的六人当然包括马八一在内，是城市入伍的。马八一又进行了一番了解，另外五名城镇入伍的战士，都是来自小城市，只有一人来自地级市，其他的都是出身县城，又都是初中毕业。马八一在这些人中，找到了自己的优势，只有自己来自省城，可以说是大城市了，又高中毕业，况且又有着良好的背景，父亲是军区作战部部长，也可以算得上是高干子弟了。也就是说，马八一觉得自己的层次在那儿摆着呢，他要进步，要上进，起点应该是很高的。别人的进步都是学《毛泽东选集》、抱着扫把睡觉什么的，他不，他看出来门道了。在每周两次的排务会上，他总是积极发言，别的战士发言，虽然是老兵了，但还是有些打怵，结结巴巴的，脸红心跳的，发言的时候，你谦我让的。马八一不这样，从小就生活在部队大院里，睁眼闭眼的都是军人，面前的排长王长贵算什么？一个小排长。在军区大院的时候，他随便就能见到部长、参谋长什么的。马八一总是抢着发言，脸不红心不跳的，从国外说到国内，又说到自己的警卫排，每次开排务会都能听到马八一朗朗的声音。

马八一每次发言的时候，排长王长贵总是眯着眼，样子似半睡半醒状态。马八一说完之后，过了半晌，王长贵才睁开眼冲马八一说：完了？马八一说：完了，我先说到这，一会儿想起什么再补充。

王长贵就把目光冲向别人，有了马八一带头发言，别的战士也是跃跃欲试的样子。别的战士发言的时候，马八一感到了一种前所未有的满足，因为别人发言的声音都没有他洪亮，更没有他那样引经据典，显得灰溜溜的。几次之后，王长贵在排务会上总结发言时，他把目光落在马八一身上，然后说：以后开排务会大家都要踊跃发言，这一点要向马八一学习。马八一还希望排长更加隆重地说自己一点什么，可排长点到为止，说到这儿，排务会就结束了。马八一一副意犹未尽的样子。

这种情形只是开始，几次之后，虽然马八一仍抢着发言，声音也越来越洪亮，但是每次结束之后，排长不再表扬他了，甚至连看他一眼也不看了，把笔记本合上，很沉闷地说：今天就到这吧。就到这了，这种结局是马八一没有想过的，他如被人兜头浇了一盆冷水。

后来马八一又找到了一项表现自己的机会，排里每周都要出一次板报，把上周的旧人旧事擦去，换上这周的新人新事。这一点是马八一的强项，他把这个活抢到手了。马八一知道黑板报不仅要写好人好事，更重要的是点缀，上面一定要花红柳绿。于是经过马八一精心编排的板报隆重登场了，有鲜花有松柏，还有五角星钢枪什么的。在这之前，王长贵是给过马八一文字稿的，那上面有好人好事，还有一些时髦的标语口号什么的，这一切都被马八一忽略了。他要重形式，两个字：“热闹”。让马八一没想到的是，他前脚出的板报，后脚就让排长王长贵给擦去了。排长亲自出板报，换上了许多好人好事。新出的一期板报，总是能吸引众多的人前来围观。当然，大都是那些上了黑板报名字的人，没上到黑板报上的人，脸红脖子粗地在心里发誓，下期一定要让自己的名字写在上面。也就是说，黑板报成了一块表扬板，那是一块竞争的舞台。

有一次，马八一发现住在自己下铺的一个战士，给家里写信，其中就有这样一句话：爸爸，这个星期我的名字又上了排里的黑板报了，是排长亲自写上去的……

马八一这种投机取巧的努力终于化为泡影了。在这次挫折中，他终于明白，想进步、想表现，不来点实的是不行了。

每天清早，离吹起床号的时间还有一个多小时，战士们就起床了，他们要做好人好事。因为头天晚上马八一没有抱着扫把睡觉，第二天他自然没有扫把，看别人舞着扫把热火朝天地干着，自己站在一旁，有一种多余人的感觉。但起床还是要起，站在一旁，帮着别人从地上捡起一根草刺，或捡起木截砖头什么的，师部院子并不大，那么多人都做好人好事，地已经差不多被刮地三尺了，还有多少垃圾可扫呢。那些舞着扫把，热火朝天做好人好事的人，其实已经没有什么实际内容可扫了，但这事一定还要做下去，做得越彻底越好。

在最近几周的排点名的排务会上，排长总会点上几个人的名字表扬一番，那几个人都是抱着扫把睡觉的。排长王长贵在点这几个人的名字时，最后总要加上一句：还有一些同志也不错，一起提出表扬。然后用目光把这些人包括马八一都扫了一遍，就算是表扬了。马八一在排长王长贵蜻蜓点水的目光里感受到了一种轻蔑，以及不被重视的感觉。

马八一又一轮的努力就这么失败了。在这期间他也试着搂着扫把睡觉，可是都没有成功，夜晚睡得太死，搂着的扫把在第二天早晨醒来的时候，总是不见了踪影。他每天差不多都能见到杨五月几次，例如他站在哨位上，杨五月在他眼皮底下进进出出，或者站队去战士食堂吃饭，总能见到杨五月。杨五月在马八一眼里越来越光彩照人，看得马八一心里一抖一抖的。杨五月此时在马八一的眼里，仿佛是水中月，镜中花，又高高在上，同时又有些模糊不清。这种感受，让马八一既痛苦又甜蜜，总之，这种爱情的滋味很不好受。

马八一也试图接近过杨五月。在晚上熄灯前，杨五月站在操场的灯下，手捧《毛泽东选集》很标准地在学习，马八一在操场上跑步，他在她面前停了下来，杨五月抬起头来，叫一声：是你呀，马八一。杨五月每次见到马八一差不多都这么大呼小叫，让马八一心里一颤一颤的。马八一就心虚地说：五月，还在学呢？

杨五月就笑一笑，路灯下杨五月的样子更加迷离朦胧了。马八一站在那里，看着杨五月此时的样子，心在抖，浑身都在抖。杨五月似乎没发现他的抖，很平静地说：八一，我没骗你吧，二十一师是个好地方。

当初就是因为杨五月的一句话，马八一来到了二十一师。也可以说，是杨五月改变了马八一的生活。后来杨五月又说：八一，还习惯吧？有什么困难来找我，我是老兵了，会帮你的。马八一再也不敢回头了，他蹽开大步跑去了。他在心里说，五月你等着，我一定要超过你。

又有一次意外的发现，给马八一的努力带来了转机。警卫排每一班岗都是两个小时，二十四小时轮着排。有一次马八一站夜班岗，他上岗没多久，接马八一下班岗的战士就来了，他是来接马八一岗的。马八一说：你看错时间了吧，我刚接岗。

战士说：你是新兵，我是老兵，该爱护你，你回去吧。

马八一听了这话心里暖乎乎的，推辞了几次，马八一就回去睡觉了。周末排务会时，这个战士受到了排长的表扬，被称为是爱护关心新战士的典范。别人被表扬时，马八一的脸红到了脖子根，别人在抬高自己的时候，他明显地被贬低了。他在这种失败中吸取了教训，也找到了上进的方法。

在夜晚接岗时，不仅不再让别人替岗了，还要为别人站岗，他想一个人承包所有人的岗。他站在哨位上，头重脚轻，两眼发酸，他在月光下望见了杨五月那栋女兵宿舍，在那里的某个房间里就住着杨五月，他在心里热热地叫了一声：五月。泪水就滚了出来。

四

马八一已经找到了上进的感觉，他经过一个多月的努力，共站满了八个夜班岗，在白天的训练中因睡眠严重不足，晕倒了两次。在排务会上马八一被排长表扬了两次，排长王长贵表扬马八一的神情一点也不隆重，在马八一看来仍有些轻描淡写，这是马八一的遗憾。但排长毕竟表扬他了，这是他欣慰的。不仅是这些，还换来了一次排长亲自找他谈话。

排长王长贵找马八一谈话是一天的傍晚，时间在七点左右，这段时间是自由活动，因为一到八点又要组织政治学习了。太阳西下，师部大院里有一种懒懒的情绪，有三三两两的男兵或者女兵站在树下或者别的什么地方在谈话，也有一些干部战士手捧《毛泽东选集》在苦读。王长贵就是在这种气氛中和马八一谈了一次话，两人是一边走一边谈的，当时被人们称作散步式谈话。

王长贵说：马八一你是高干子女。

马八一直到这时才意识到被人称作高干子女并不是件什么好事，简直成了落后的代名词。如果马八一不求上进，爱谁谁，混满三年走人，那就另谈了，现在的马八一是要求上进的，排长称他为高干子女，似乎打了他耳光一样难受。马八一就小声地说：排长你别误会，我只是一般军人家庭。

王长贵不理他的话茬儿，自故说下去：我知道，你是后门兵。

马八一的汗就下来了。他入伍的时候是有些特殊，他们那批兵，是在他入伍两个月后，才来部队的。

王长贵还说：你这个样子算是不错了。

马八一听了排长的话，不知是表扬他还是批评他，他只能干干硬硬地叫了一声排长。王长贵又说：你不用进步也可以了。

马八一这回是真的糊涂了，他一下子站在那里，望着排长的后脑壳。他当时一点也不明白王长贵说这话的真正含义，直到他复员之后，才渐渐地明白。王长贵这些农村兵，费劲巴力地努力奋斗，归根结底是想改变自己的身份，和城里人一样地生活，他们靠自己的牺牲来拉平和城里人的距离。王长贵们虽然提干了，但他们对生活并没有太高的希望，就是希望以后离开部队过城里人的日子。想在部队有多么大的作为，那是他们不敢想象的，也是办不到的。牺牲自己十年或十几年的努力，就是为了换取以后和城里人一样的生活。

王长贵们对待马八一这样出身的士兵心情是很复杂的。从情感上来说，他有些恨马八一这些高干子弟，因为在王长贵们眼里马八一是不劳就能有收获的一群。另外，王长贵对马八一还是有些惧怕的，惧怕的不是马八一，而是马八一的父母。马八一的父母都在军区里当着大官，别说是王长贵，就是师长、团长们有些人的命运也操纵在军队首长的手里，不经意的一句话或者一纸命令，就会改变他们的命运。

王长贵们不希望马八一进步，因为那样的话会抢了王长贵们的饭碗，但对马八一的进步他又不能熟视无睹，这就造成了王长贵们复杂的心态。若说阶级的话，两种人代表着两个阶级。排长王长贵是站在农村兵的立场上的，他知道作为一个农民儿子的甘苦。王长贵逢人就说，自己是个孤儿，是叔叔婶婶把他带大的，靠山屯没有家了，部队就是他的家，自己要把青春和生命贡献给部队。王长贵态度的坚决，行为的彻底，让听到这话的首长和战士，不能不对王长贵刮目相看。也就是说，王长贵发狠了，所有的困难和险阻都已经不在话下了，王长贵要做生是部队的人，死是部队的鬼。

那天晚上，王长贵又和马八一说：晚上的岗该咋站就咋站，别影响别人的进步。

马八一明白了，排长王长贵并不希望他进步，因为他进步了，别人相比之下就退步了，况且长期这样下去，也影响正常的训练。

排长王长贵和马八一谈完话之后，马八一的脑子里乱成了一团。马八一从小没吃过什么苦，按父亲马部长的话说，他们这一代人的苦父亲都给他们受完了。马部长十六岁走出靠山屯，参加了辽沈战役，一直到全国解放，后来又参加了抗美援朝，一直到现在才当上了作战部部长。马八一别无选择地生在部队、长在部队，他的确没受过什么苦，一切都很顺利。高中毕业就来参军了，在部队为了杨五月他发奋努力，要求进步，他把没想过的苦都吃了，可还是不能让排长满意，排长代表着警卫排最高的组织，组织不满意那他的努力方向就迷糊了。就在马八一迷糊着不知是该进还是该退时，王长贵和杨五月之间发生了一件大事。

年底到了，二十一师组织了一个毛泽东思想积极分子的演讲团去军区汇报。这个演讲团聚集了二十一师所有的精英分子，当然，这里面还包括排长王长贵和女兵杨五月。这个代表演讲团，是元旦前走的，1 月中旬才回来。他们不仅去了军区演讲，同时还到友邻部队进行了演讲。

马八一发现排长王长贵这次演讲回来，人精神了，走路总是挺着腰板，脚上那双三结头的皮鞋也不离脚了。王长贵那双皮鞋平时是不怎么穿的，只有重大节日或活动什么的，他才从箱子里找出来，活动结束之后，又马上放回去。平时他和战士们一样，穿着胶鞋走路。这次的王长贵一反常态，他回来没有马上把皮鞋脱下来，去军区又抽空给皮鞋钉了铁掌，走在水泥地面上咔嗒咔嗒的。脚穿钉了掌皮鞋的王长贵挺胸走路，容光焕发。这是马八一发现的，王长贵回来不久，他还特意把马八一召到自己的宿舍兼办公室谈了一次心。

那天晚上是这么谈心的，王长贵容光焕发地说：听说你和门诊部的杨五月是同学？

马八一说：是初中同学。

王长贵：你们从小就在军区大院？

马八一：是。

王长贵：杨五月的父亲是军区后勤部的杨部长？

马八一答：是。

王长贵就微笑了，非常满足的样子，他一满足就用小手指去挖鼻孔，挖得马八一浑身难受，他就把视线望向别处。

王长贵就说：杨五月是你们高干子弟的骄傲哇！

王长贵这么一说，马八一就悲哀了。杨五月越优秀离马八一就越遥远。杨五月回来后，马八一远远地见过两回。杨五月理发了，头发剪得更短了一些，人就显得更加利索了。

那次杨五月远远地冲他说：这次回军区我见到你妈了，你妈让我告诉你，缺什么有什么困难给家里写信。

那天他在哨位上，杨五月站在远处朝他说了这番话。他只点点头。演讲回来的杨五月在马八一的眼里也不一样了。杨五月的神情举止跟明星似的，离马八一又远了一程。马八一不知道王长贵问这些干什么。直到不久之后，马八一听说杨五月要提干了，还有王长贵不停地去门诊部，杨五月隔三岔五地到警卫排来找王长贵交流学习心得。直到那时，马八一才意识到，王长贵和杨五月的关系不一般起来。这对马八一来说是一个致命的打击，他美好的希望从此夭折了。上进的欲望因为没有了目标，而就此作罢。

五

杨五月被师里树为部队子女先进典型，革命自有后来人的意思。王长贵是农民儿子的典型，两人的名字和事迹在二十一师著名起来。师政治部为了宣传这种典型，专门为两人组织了几场报告，马八一听了其中的一场。他对杨五月说的什么，印象并不深刻，但对排长王长贵的报告却印象深刻。

王长贵的报告很煽情，在煽情的背后，他还听出了那股狠劲儿。王长贵从自己的童年说起，当然离不开靠山屯，父母双亡，他是吃百家饭长大的，最后是远房的叔叔收留了他，于是他对人民和这个社会就有了更深的感情，走进部队他是回报社会。排长王长贵的报告字字血声声泪的。

马八一坐在台下，望着坐在台上的排长王长贵，他似乎又看到了王长贵对他的那种仇视。这是一个阶级对另一个阶级的仇视，马八一打了一个冷战，怕冷似的抖了起来。

很快杨五月就提干了，她被任命为门诊部的护士。从卫生员到护士，从士兵到军官，杨五月完成了一次质的飞跃。马八一在那几天里从天堂到了地狱。他以为通过自己的努力可以一点点地接近杨五月，没想到的是，他还在原地踏步，杨五月已乘着火箭起飞了，只留给马八一一场噩梦。

从那以后，马八一开始变得沉默起来，从熄灯号吹响，他一直睡到吹响起床号，上夜岗的时候，他分秒不差地把枪交给下一班岗的战士，所有的努力他都放弃了。还有放在枕边的那本《毛泽东选集》第四卷，他差不多都没有翻过一次。

对马八一这种表现，王长贵早就心明眼亮地看在了心里。王长贵嘴角上挂着微笑。马八一认识那种微笑，只有两个字：讥讽。他似乎也看到了王长贵内心想说的话：怎么样，你不行吧？

果然在排务会上，王长贵对马八一不点名地旁敲侧击起来。排长王长贵说：有的人啊，做好事目的不纯哪，只是做做样子，坚持不了多久，这样的人目的不纯洁啊，迟早会被历史的车轮碾碎的，啊——

王长贵这么发言时，目光谁也不看，很空洞地望着远处。但战士们是心明眼亮的，他们用目光寻找着马八一。马八一就被罩在一张网里，此时的马八一后悔自己当时一时冲动来当兵了。

当了护士的杨五月，人变得更加光彩照人了，脸上的表情永远保持微笑状，她这种微笑更加地迷人了。马八一一看见杨五月的微笑，心里就疼，说不清的一股滋味。杨五月在上班的时间里如何地全心全意为人民服务暂且就不说了，只说一到业余时间，王长贵就拿着一个小本找杨五月交流切磋去了。在夕阳西下的操场上，马八一轻而易举地就能看到王长贵和杨五月站在操场上的树下切磋的身影。

杨五月此时也是微笑着的，她微笑着说话，微笑着望着王长贵。王长贵在杨五月面前一副俯首甘为孺子牛的神情，谦逊极了，很忠厚老实的样子。

杨五月有时也主动找王长贵来，两人就在王长贵的宿舍里切磋，门开始的时候是虚掩着的，后来就关上了，但仍能听到两人说话的声音。王长贵说：五月同志，我的体会是一个“恒”字。干啥事没有恒心不行。

杨五月说：王长贵同志，我很佩服你这个“恒”字。

王长贵又说：五月同志，我发现咱们有许多共同之处。

杨五月说：我也是这么想的。

两人一唱一和，让马八一如坐针毡。马八一似乎看到了杨五月在王长贵面前那张美丽的面孔和迷人的神情。而王长贵呢，那张招牌式的农民的脸，猥琐，甚至有些下流，他怎么配和杨五月那张生动的脸在一起呢？马八一痛苦地想。

马八一看出了王长贵在打杨五月的主意，他一开始就看出来了。以前王长贵并不了解杨五月，直到去军区做报告，王长贵才知道杨五月的父亲是军区后勤部部长的女儿，两人的关系是从那以后建立起来的。这时的马八一心明眼亮，他了解排长王长贵，他知道王长贵打的是什么主意。然而杨五月呢，就仅仅因为王长贵那张农民的脸？这使马八一百思不得其解。

现在的杨五月一有时间就来找王长贵，有时熄灯号都吹响了，杨五月还没有走的意思，于是两人就黑着灯说话。

有一次马八一半夜起来去接岗，路过王长贵的宿舍门口时，听见王长贵说：五月，你答应吧。

接着又听见双膝跪地的声音，杨五月好半天没有动静。

这一声吓了马八一一大跳，他抱着枪怔怔地站在那里，仿佛王长贵是跪在了他的面前。后来他听到杨五月说：这事让我好好想想。

王长贵说：咱们多么般配呀，你是典型，我也是典型。

马八一又听杨五月说：这事还得征求我父亲的意见。

王长贵说：这事你别管，我去找首长汇报去。

接下来，马八一就逃兵似的走了。他站在哨位上，心跳如鼓，他不知道因为什么自己会这样。过了好久，他才看见杨五月的身影从王长贵的宿舍里走出来，走向杨五月的女兵宿舍。那天晚上，他有了一个大胆的想法，他要最后找杨五月谈一次。这个想法一冒出，他便开始兴奋了。那天晚上下岗后，他也没有睡着，睁着眼睛一直到天亮。

第二天中午，马八一在门诊部见到了正在值班的杨五月。

马八一两眼虚肿，神情疲惫。他开门见山地说，他只能开门见山了。他说：五月，你和王长贵是不是想那个？

杨五月吃惊地望着他，脸上的微笑，在一秒内就消失了。

杨五月说：马八一，你什么意思？

马八一说：昨晚你们说话我听到了。

马八一呻吟似的这么说完，绝望地望着杨五月。

杨五月说：八一，你这是关心我呀，还是有别的意思？

马八一口是心非地说：当然是关心你，我能有啥意思，我怎么会有别的意思。

杨五月微笑了，杨五月又迷人地呈现在了马八一面前。

杨五月说：我都提干了，是军官了，可以恋爱了。

部队条例规定，战士是不允许在部队当地谈恋爱的，这条件对马八一来说是一堵墙，对杨五月来说却是一片坦途，这就是两个人的差距。

马八一悲壮地望着杨五月，他还有什么可说的呢。最后，他有气无力地说：我看你和王长贵不合适。

杨五月又笑一笑，很军官地说：我都是干部了，我知道该怎么办。

她这么说，从心理到情绪上又把马八一往外推了一把。这就是距离，一个军官和一个士兵的距离。

马八一最后残存在心里的那点儿希望顿时化为乌有，他做梦似的离开了门诊部。在他走出门诊部大门时，杨五月又把他叫住了，他回头望着她，她说：老同学，谢谢你。

他想冲她笑一笑，显得绅士一些，可他没有笑出来。她在他背后又说：八一，你应该努力，争取成为一名好士兵。

杨五月说完，还冲他挥了挥拳头。

马八一感到眼前的阳光白花花的一片，他不知怎么走回到警卫排的。一直走到警卫排，他看见王长贵用一种怪异的目光望着他。莫名地，他对王长贵就有了一种仇恨，他说不清为什么要恨他，正如王长贵恨他一样。他横着膀子走过去，撞了王长贵一下，王长贵“咦”了一声。他头也没回向自己的宿舍走去。

六

在杨五月还不知爱情为何物的时候，爱情突然降临到了她的身边。对王长贵，她是没有分析和对比的，两人都是典型、积极分子，又同是年轻军官，两人的未来可以说是一片坦途。杨五月不知道自己是否喜欢王长贵，因为两个人都是积极分子，有了许多共同语言。杨五月刚开始接触王长贵完全是一种谦虚的态度，她要向王长贵取经，更好地成为模范样板。她是天真的，根本没有往恋爱婚姻上想。那天晚上，在王长贵的宿舍里，两人正谈着经验，突然王长贵抓住了她的手，“咚”的一声跪在了她的面前，说出了喜欢自己的话，她的心里当时乱七八糟的。她没有激动、惊喜什么的，有的只是慌乱和不知如何是好。她不知怎么回答王长贵，她只一遍遍地说：我父亲还不知道这样的事呢。

应该说杨五月是个听话的孩子。初中毕业的时候，身为后勤部部长的父亲对她说：你去当兵去吧。她就去当兵了。当兵之后，父亲说：你要好好干，别给部队抹黑。她果然就好好干了，并且吃苦耐劳，一坚持就是三年。在她的身上看不出骄娇二气，和别的工人子弟、农民子弟没有什么区别。那年月，想成为一个女兵是很困难的一件事，凡是能成为女兵的，家里都有一定的背景，凡是有背景的人，身上都会有骄娇二气，工作肯定干不好，这是成长中的大忌。然而，杨五月身上却没有这些缺点，她能吃苦，而且还有耐性，很自然地，杨五月就成了这些女兵中的代表，她成了典型。一路很顺利地走了下来。她牢记着父亲的话，干得果然出色。一个部队高干子女能干到这个份上真的是很不容易了，她得到的这一切也纯属正常。父亲是个军职干部，杨五月参军后不让她提父亲的身份，她就不提，每次来信都是母亲提笔，信封下面自然写着母亲的地址，一家街道小厂。在这之前，很少有人知道杨五月是后勤部部长的女儿。直到汇报团去军队，受到了军区领导隆重的接见，人们才知道，杨五月是高干子女。就凭这一条就够二十一师大做一番宣传了，于是入党、提干，杨五月一路绿灯。

王长贵斜刺里杀将出来，他是第一个向杨五月求爱的男人，他抢得了先机。在这之前他是不了解杨五月的。那会儿，杨五月是战士，先不说部队有这样的规定，在王长贵的心里，他是不可能和一般战士谈恋爱的。他走出靠山屯，能成为现在的排级军官，容易吗？他为此足足当满了五年兵。这五年的日子，他一天也没有松懈，眼睛睁得大大的，浑身上下每根神经都是绷紧的，他要努力，努力再努力。他知道在有关前途命运的问题上，只能靠自己。在五年的时间里，他为排长打了五年洗脚水，洗了五年的臭袜子。每天四点钟起床，打扫卫生，又为每个人洗脸盆里装满水，牙膏都帮着挤上，不论老兵、新兵他一律一视同仁，一做就是五年。

为了争取成为学习毛泽东思想的积极分子，他半夜起来去水房里背诵毛泽东的文章，困了就钻到水龙头下冲个凉，累了就坐在潮湿的水泥地上歇一会儿。王长贵能有今天，靠的是不平凡的毅力。他这股意志又来源于离开靠山屯，他们这些农村兵，当年只有一个出路，那就是当兵，走出去，成为军官。王长贵是在咬着牙做这一切，五年多的时间里，精神上的压力，体力上的透支，使王长贵的脸色青中透黄，一副贫农的样子。因为劳累和压抑，看上去他的年龄比实际的样子要大出去好几岁。今天王长贵则满二十五岁，看上去三十岁也有人相信。当他得知杨五月是军区后勤部部长的女儿时，他心里呼啦一下子就被大火烧着了。首长的女儿，他以前做梦也没有想过，要是能和杨五月有点什么，自己以后还用想吗？也就是说，别人有的，他也会有，别人没有的，他也会有。杨五月的身份对他来说太有吸引力了。以前，他并没有觉得杨五月有多么漂亮，自从从军区演讲回来后，他再看杨五月，简直是变成天上的仙女了。在这之前，他还隐隐地把杨五月当成了对手，他一直怕杨五月的风头压过他，在二十一师，他的事迹差不多头号地感人，师里也一直力保着树立他这个典型，但又杀出来一个杨五月，让他一直感到不安和不解，他不明白，出身很好的女兵为什么也受他这样子的罪。

刚开始，王长贵的想法是剃头挑子一头热的状态，他不知道杨五月会怎么想。那次去军区演讲回来不久，他借着和杨五月交流经验的借口去找过杨五月一次，没想到的是，杨五月对他那么热情，热情得都超出了他的想象。后来，他不去找杨五月了，杨五月都会来找他，就是在熄灯号吹响之后，杨五月也没有要走的意思，跟他热情地切磋、交流。在那一刻，王长贵就想，看来世界上没有办不到的事，就看你想不想。在这种想法鼓励下，他一下子跪在了杨五月面前，把自己的爱情表达了。结果他面临的状况也出奇的简单，杨五月只踢了一次球，把球踢到了自己父亲，后勤部部长的脚下。去军区演讲，后勤部部长他是见过的，王长贵有决心争取得到后勤部部长的同意。事不宜迟，说干就干。

王长贵以休假为名，去了军区一趟。他很顺利地找到了军区家属院里的杨五月家，他在自行车棚里守候了一夜，在第二天早晨，他很顺利地见到了后勤部部长，他见后勤部部长的场面是这样的：

他迈着军人标准的步伐走过去，在距后勤部部长五步远的地方立定、站好，给后勤部部长敬了个礼，同时报告道：首长同志，我是二十一师警卫排排长，王长贵。

杨部长不知道这个警卫排排长找自己是何事，便问：你有什么事？杨部长是怀着戒备的，因为他们中间隔着许多级呢，就是二十一师有什么事，也轮不到一个小小的警卫排排长来向自己报告。

王长贵脸不红心不跳地说：我是杨五月的男朋友，请你检阅。

王长贵没有想到什么词更合适，他只能这样说。

当杨部长听说面前这个青年军人是杨五月的男朋友时，他仔细地把王长贵打量了一番。

王长贵说：首长，我的老家是靠山屯的，从小就是个孤儿，我是吃百家饭长大的，是部队给了我第二次生命。我爱杨五月，我奉杨五月的命令，来征求首长的意见。

可以说王长贵这种别出心裁的谋面，在杨部长心里留下了深深的烙印。王长贵在叙述自己的身世时，是字字血，声声泪的。他的喉头哽咽了，眼里还闪着泪花。

杨部长的身世是这样的，他十几岁参军，父母惨死在日本人的枪口下。他参加革命是坚决彻底的，他没有家了，只有故乡，故乡的名字也叫靠山屯。现在眼前的王长贵这么一说，他马上想到了自己的身世。杨部长的心里热乎乎的。

杨部长热情地说：你真是五月的男朋友？我怎么没听她说过。

王长贵不失时机地又一次跪下了，此时，他已泪流满面了，他哽着声音说：首长，你年龄大了，等你退休后，我和五月让你安度晚年。

杨部长什么都见过了，就是没见过王长贵这样的。他用手把王长贵拉了起来，认真地看着王长贵的眼睛说：孩子，你起来，有话回家去说。

王长贵的举动彻底打动了杨部长。王长贵知道大功告成了，他没有迈进杨部长的家门，只在杨部长的家门前给杨部长敬了个礼说道：首长，我告辞了。

说完迈开大步，以一个成功者的姿态走出了军区家属院。

七

在杨五月还不知道爱情为何物时，便被王长贵一连串的举动击垮了。

王长贵离开军区家属院没几天，杨五月便收到了父亲的来信。这封信是父亲写的，父亲在这封信里说得语重心长，他肯定了王长贵，说到了婚姻也说到了将来。父亲在信里说：王青年这孩子好哇，他的老家也在靠山屯，农民的孩子本分，他是个孤儿，从小到大吃了很多苦，你们在一起要相互关心，多给王青年一些温暖，最后祝你们幸福美满。

父亲这封信给杨五月的情感定了性，也就是说，父亲是赞成她和王长贵的婚姻的，不仅赞成，还是双手赞成。从小就听大人话的杨五月，还能有什么说的呢？虽然父亲并没有记住王长贵的名字，他在信里只说是王青年，但这一切一点也不重要，重要的是，父亲喜欢王长贵，这就足够了。

在杨五月接到父亲来信的那天晚上，杨五月满面春风地走进了王长贵的排长宿舍，此时她心里多了份事情，望着王长贵的目光，就多了许多内容。这一切都在王长贵的意料之中，他稳稳地坐在椅子上，胸有成竹地望着坐在自己床沿上的杨五月。

杨五月含羞带怯地说：我父亲同意咱们的事。

王长贵很乡村地笑一笑，菜色的脸上浸出少许的红晕。他说：这我早就说过。

接下来，他就大胆地望着杨五月了，杨五月在他的逼视下，心情复杂地低下了头去。王长贵此时的心情也极其复杂，他的眼前是美丽的杨五月，是城里人杨五月，也是高干子女杨五月，她从小就很顺，要什么就有什么。自己呢，生下来就注定了一无所有，今天他所拥有的一切，他为此付出得太多太多了。这就是两种人，现在，他们的命运连在了一起，他不能失去眼前的机会，他要把握住自己，把握住杨五月，只要把自己的命运和杨五月的命运结合到一块，那么他以后的生活和命运就和以前不一样了。也就是说，他也是高干家庭中的一员了，在二十一师，以后谁还敢小看他？与杨五月接触这些天来，他也能感受到杨五月是天真纯洁的。杨五月是一张白纸，他想在上面画什么样的图画就画什么。因为她从小到大太顺了，什么也没经历过，所以才纯真，王长贵这么认为。

这段时间以来，王长贵已经看出苗头来了，围在杨五月身边的青年未婚军官太多了，有许多人为了看杨五月一眼，而没病找病地去门诊部白白地挨上一针。王长贵承认，那些人都要比自己优秀，他对自己太了解了，自己除了能吃苦，还有什么呢？二十五岁的人，长了一副三十岁的样子，老家靠山屯那个样子，他都不敢去想。如果杨五月成熟一点的话，她不会看上自己，就是暂时看上了，将来也会把自己扔了。

想起这些，王长贵竟有了一种恨，他恨所有比自己生活得好的人，包括眼前的杨五月。她条件太好了，他做梦都想过上杨五月的日子，可是他离这样的日子太遥远了，简直是两个世界，唯一的捷径就是把杨五月当成通向幸福的桥。他怕失去这样的桥，还有即将到手的幸福。

王长贵已经等不及了，幸福就在眼前，他要快刀斩乱麻，迅捷快速地把杨五月拿下，这样就少了块心病，这块心病埋在他心里已经许久了，为了心病他吃不香睡不着。他要用杨五月治自己的心病。想到这，他的心沉寂下来，抬眼去看杨五月。杨五月来到这里时，和前几次没有什么区别，怀里揣着一本《毛泽东选集》，这次杨五月揣着的是刚出版的《毛泽东选集》第五卷，隐隐地，王长贵还能闻到从杨五月怀里散发出的墨香。他望杨五月时，杨五月也正抬眼望他，接下来杨五月是想和王长贵交流一下学习第五卷的感受的，因为她看到王长贵的桌子上也放着第五卷。她还没有张开口，王长贵就饿狼似的扑过来，他一下子把杨五月按倒在那张单人床上，受了惊吓的杨五月把第五卷掉到了地上。

王长贵这时就狠狠的了，他气喘着说：五月，来吧。说完又动手去扒杨五月的衣服。现在的杨五月终于明白王长贵想干什么了，她一边揪住自己的衣裳，一边气喘着说：王——长——贵，别，千万别。

王长贵一副坚定不移的样子，他说：咱们这是早晚的事，来吧。

两双手在杨五月和衣服上扯来扭去的，后来杨五月不敌王长贵那双有力的农民的手，当杨五月把什么都暴露在王长贵面前时，她放弃了任何的努力和挣扎。这时的王长贵，从床上跳下去，伸手关掉了灯。也就在这时，嘹亮的熄灯号吹响了，所有营房的灯都熄灭了。

王长贵在那个晚上，恶狠狠地、仇视地把杨五月拿下了。心满意足的王长贵躺下来，他的心里踏实了，他嘿嘿地笑出了声，幸福已经攥到自己的手里了。

被王长贵拿下的杨五月在短短的时间里，心态发生了一系列变化。在这之前，她也不知道喜不喜欢王长贵，在这之后，她也说不清楚，但只知道，她现在是王长贵的人了，她要让王长贵娶自己，因为她已经是他的人了。这一点她和一般的女人没有什么两样。刚开始的时候她哭了，隐隐地抽泣，现在她的眼泪已经干了。她安静地躺在王长贵的身边，整个过程下来，她认为并没有那么严重可怕。

休整片刻的王长贵，又一次上来了，这次两人都很清醒。杨五月用手推拒着王长贵并不宽大的胸，她用哀求似的口气说：长贵，你得和我结婚哪。

王长贵此时成了皇帝，杨五月变成了臣民，他说：娶、娶、一定娶！

接下来一切都顺理成章，水到渠成了，直到夜已经深了，杨五月才散乱着头发，怀抱《毛泽东选集》第五卷，脚步有些踉跄地走出了王长贵的宿舍。

这一切都被正在上岗的马八一看在眼里，他知道发生了什么，在那一刻，他真希望杨五月会大喊大叫，哪怕是一声，那样的话他就有理由冲过去，一脚踹开王长贵的门，然后把王长贵暴打一顿，再交给领导去处理。可是，杨五月一丝声息也没有，他只能木雕泥塑一样站在哨位上。直到杨五月走出王长贵的宿舍，他看着杨五月的背影流下了两行泪水，他的理想和爱情就这样彻底破灭了。

马八一已经没有再把兵当下去的理由了，马八一刚当了一年零五个月的兵。一年零五个月让马八一成熟了许多，他不想当兵了，他要离开这里。他不想这么轻易地离开部队，他要找到王长贵好好“聊聊”，在这一年零五个月时间里他受了太多王长贵给他的“磨难”。他知道排长王长贵永远不会喜欢他这种出身的兵，他也永远不会喜欢王长贵这样的排长。现在所有的失落和幻灭都集中在了王长贵身上，马八一要发泄一次。

周末的时候，准备完毕的马八一找到了王长贵，杨五月刚刚离开王长贵的宿舍。马八一进去的时候，王长贵心情很好地正躺在床上望着兵棚。

马八一说：排长，我想找你谈谈。

王长贵坐了起来，他笑了，很满足的那一种，在这之前，马八一从来没有主动找过自己谈过什么。现在王长贵不是以前的王长贵了，早就有人给他打洗脚水和洗袜子了。可是马八一从来没有干过这些。这样的士兵他能喜欢吗？

马八一的到来，他从心理上有了一次胜利，这是马八一主动找上门来的。他也显示出主动和热情，准备和马八一聊一聊。

马八一说：今天天气这么好，咱们出去走走吧。

这一点王长贵也是赞同的，他很愉悦地和马八一走了出去，走出军营，对面就是一座小山，两人站在一棵树下。

马八一说：王长贵，你听好了，我不打算在部队干了。

王长贵对马八一的态度和称呼大感意外，他有些惊愕地望着马八一。

马八一又说：我知道你不喜欢城市兵，更不喜欢我这样的兵。

王长贵说：怎么会？马八一你误会了。

马八一咬着牙说：我没误会，因为你是农民，农民怎么能喜欢我这样的人呢？

王长贵说：别忘了，我现在是你的排长。

马八一抬起脚一脚踹了过去，嘴里说：去你妈的排长。

马八一的拳脚一发不可收拾地砸在了王长贵的身上。马八一只有一个念头，那就是发泄，为了自己一年零五个月受的苦，遭的罪，还有为了杨五月，以及自己的爱情幻灭。那是一顿暴打，王长贵在马八一的拳脚下，抱头鼠窜，逃回了营院。

马八一的后果便可想而知了，他被提前处理复员了。离开部队那一天，正是王长贵和杨五月举行婚礼的那一天。女兵宿舍楼里腾出了一间房子给他们结婚用。营院里醒目地贴着喜字。马八一离开军营的时候，满眼都是喜字。他头都没回一次，走向了火车站。

八

王长贵和杨五月的婚姻进入到了一个实质性的阶段。在新婚之夜，王长贵和杨五月关于马八一有如下的对话。

杨五月抚摩着王长贵瘀紫的腰部说：没想到马八一下手这么狠。

王长贵：我敢说，他小时候也不学好。

杨五月：他是男孩子头，经常领人打架。

王长贵：这种人埋藏在革命队伍里真是太危险了，幸亏我发现得早，他一来我看他就不是个东西。

杨五月：他除了打架，别的也没有什么。

王长贵：这帮高干子女，没有一个好东西。

王长贵说到这里自知说走了嘴，忙改口道：像你这样的高干子女真是太少了。

杨五月把头枕在王长贵并不结实的胳膊上，新婚之夜，暂时给她带来了一丝甜蜜。

王长贵说：咱们抽空去看你爸你妈去。

杨五月嗯了一声。

王长贵说：我以后要多孝敬你爸你妈，他们革命了一辈子，该有一个幸福的晚年。

杨五月听了这话，感动了，泪水悄然地流了出来，湿了王长贵的胳膊。

半晌了，王长贵说：咱们在二十一师这么远，没办法照顾爸爸妈妈，方便的时候你提一提，看能不能把咱们调到军区去，那样的话咱们照顾起来也方便。

杨五月听了这话，并没有多想，只是感激地点点头。

王长贵的本意也就在这里，杨五月只是他通向未来的桥。二十一师毕竟是小单位，驻军条件不好，军区在省城，那是大地方，许多军官努力一些，就是想调到军区机关工作。机关大，升迁的机会也多。他娶了杨五月，这座桥就算搭好了，接下来就等着他一路顺风顺水地往下走了。在他眼里，杨五月是否漂亮并不重要，重要的是她是杨部长的女儿，是他前进途中的一座桥。有了桥，他就什么都有了。在以前，也包括以后的日子里，杨五月的漂亮、美丽，他一直熟视无睹，他透过杨五月，望见了高高在上的杨部长。

春节的时候，王长贵和杨五月双双休假，回了一次军区。在那短短的十余天时间里，王长贵使出了浑身解数，表现着自己。刚进家门的时候，杨五月的母亲有些看不上这个女婿，她和杨部长躺在床上议论着王长贵。

母亲说：这小子怎么跟个农民似的？

杨部长说：人不可貌相，农民咋了，我没当兵前也是农民。

母亲说：长得这么老，白瞎五月了，两人在一起，还以为他是她叔呢。

杨部长说：别胡说，长贵可是二十一师的先进人物，现在能提干的留在部队的都是人尖子。

母亲就不说什么了，她在为女儿找了这么个女婿而唉声叹气，一连几夜都没有睡好。王长贵也知道丈母娘并不看好自己，他心里有数，只要有时间让他表现自己，一切都不是问题。

接下来的时间里，王长贵果然大展才华，他拖地擦玻璃，抢着做饭，在吃饭的时候从来没让岳父岳母动过身子，该盛干的决不盛稀的，晚上陪着岳父看报纸，议论国际国内大事，早晨陪岳母散步、买菜，妈长妈短地叫，他搀着岳母，前面路上有一截冰，他说什么也不让岳母走，他一定要把岳母背过去。背过冰路不算，还要走好长一段路，直到快到楼门口了，他才把岳母放下来。功夫不负有心人，岳母终于被打动了，她认为女儿找了这么一个知冷知热的男人，她这一辈子也算放心了。

临走的前一天晚上，吃过饭后，一家人坐在客厅里说话，王长贵突然就给两位老人跪下了，然后声泪俱下地说：爸、妈，明天我和五月就要走了，别的都没什么，二老年纪这么大，我们走了，我真放心不下，出点啥事可怎么好。

王长贵这番话说得情真意切的，感动得二位老人一直在搓手。

王长贵又不失时机地说：爸妈你们放心，我和五月努力工作，争取早日调到您二老身边来，为你们二老有个幸福的晚年，我们干啥都行。

说完还咚咚地磕了两个响头。

晚上睡前，王长贵又把地擦了一遍，还在二老的床头茶杯里续满了热水，然后一步三回头地走了出去。

那天晚上，两位老人真的感动了。

母亲说：这孩子的话说的，让我都想哭。

杨部长说：我没说错吧，这孩子本分。

母亲说：要不把五月他们调回来算了，咱们老两口也怪孤单的，有点啥事也没个跑腿的。

杨部长说：我的意见呢，是想让年轻人在基层多锻炼几年再说。

母亲这话就不提了。

王长贵和杨五月走了没多久，杨部长中了一次风，送到医院里抢救了一阵子，终于好了，但精神和体力是大不如以前了。母亲又一次旧话重提，这次杨部长没再坚持。第二天上班后，找到干部部长，把自己身体不好，想把女婿女儿调到身边工作的事说了。果然，又是一个没多久，王长贵和杨五月双双被调到了军区工作。王长贵在司令部里当参谋，杨五月在军区门诊部里当护士。

王长贵的理想终于实现了。这一年，王长贵的职务已经升到了正连，杨五月是副连职护士，军区还为两人分了一居室的住房。也就是在这一年，杨五月怀孕了，又是一个没多久，生了一个女儿。

母亲已经退休了，她待在家里心甘情愿地为他们带起了孩子。

生孩子是王长贵的第二步，有时婚姻并不牢固，最为牢固的就是孩子，两人的骨血溶在一起，彼此再也分不开，就什么都说不清了。姥姥、姥爷又异常喜欢孩子，这一点让王长贵非常满意，他暂时可以出一口长气了。想想自己这么多年的努力，他也该满意了，和他同年提干的那些人，现在最快的也才是副连长，还有几个因为提不起来而转业的。想想自己，正连下来，马上就要副营了。一到副营就是另外一个层次了，如果老婆孩子不在身边的可以随军，当然，他不存在这方面的问题。但下一步他可以名正言顺地分房子了，营职房两室一厅，也就是说在这个城市，他就可以扎下根了。他又想到老家靠山屯，他的心抖了抖。

在军区大院里，他碰见过两次马八一。马八一复员后，进了公安局。现在的马八一一身公安制服。第一次见到马八一时，他没反应过来，还是马八一先认出了他。

马八一大咧咧地说：这不是王长贵吗，出息了，跑到军区混来了。

他认出了马八一，不知道说什么，只咧咧嘴。

马八一就说：怎么样，我现在也是干部身份，你提了个啥官，是营呀，还是连呀？以后你转业，还不定干啥呢。

说完马八一就走了。

他看着马八一的背影，好半天没缓过气来，他又有了一种悲哀。这就是干部子女，他努力了这么多年，牺牲了那么多，人家干部子女转了个弯就赶上自己了。他悲凉也自卑，他一直望着马八一的身影消失。

九

孩子的出生让王长贵的心里踏实了许多，他终于被提升为副营职参谋了，紧接着他们搬到了营职房里。这时已经到了二十世纪八十年代初，社会和部队都发生了很大的变化。王长贵以前那种进步的方法已经不行了，部队的军事院校已经恢复高考了，只有经过部队院校正规培训的士兵才能提干。

其实，王长贵进入军区以后，才发现自己有多么渺小。军区里师职、军职、团职干部真是成百上千的，哪个人都比他的级别大，他的经历在这些人中，简直不值得一提。摆在王长贵面前的每个人都是一座山，他要越过这些“山”，努力一辈子怕是也达不到了，况且每个人都是那么优秀，在优秀面前，王长贵有天生的自卑感。他让一座座“山”压得已经喘不过气来了。他一到军区，便失去了努力下去的动力，况且，他那些成功的招数在基层可以，在那种政治需要下行得通，现在这是大机关，年代又发生了变化，王长贵已经找不到自己的位置了。一时间，王长贵像失去了方向的蚂蚁，乱爬一气，跑了半天也没有爬出自己画的那个圈。他泄气了，人从外表到精神就衰了下来。

在这一过程中，也正是杨五月人生的成熟期。在这之前，杨五月连爱情都不知为何物，应该说她是属于晚熟的那种女人。有一天，她呼啦一下子，明白了，成熟了，这时她才发现，王长贵根本不是自己喜欢的人。

结婚以后的王长贵仍然很农民，吃饭前不洗手，睡前不洗脚，有时连牙都懒得刷，开着厕所门大小便，总之，部队十几年的生活在骨子里并没有改变王长贵。这一切都是杨五月无法忍受的。

杨五月经过婚姻，又生了孩子，她人变了，变得更加有光彩。现在她是那种风韵十足的少妇，更重要的是，她成熟了，内心发生了变化，影响到了她外在的一系列变化。直到这时，她才意识到自己婚姻的悲哀。明白过来的杨五月开始梳理自己的情感生活，她很快就想到了马八一，她呼啦一下子明白了，当年的马八一一直暗恋着自己，可自己却一点也没有察觉。她的脸开始发烧，心跳加快。从那以后，她经常会拿马八一和王长贵比较。总是想，面前的要不是王长贵，是马八一，这日子又该如何？想象让她的神情有些恍惚，同时也有些迷失。

在大院里一天傍晚，她意外地见到了马八一。说意外其实一点也不意外，因为马八一的父母就住在军区大院里。马八一参加工作后，很快地结了婚，爱人是公安局的一名刑警。但马八一三天两头地到军区大院里来看自己父母，只是他们没在那种偶然中碰面。

当时，杨五月正带着孩子在甬路上散步，马八一身穿警服匆匆走过来，他离很远就看到了杨五月，他下意识地立住脚，望着正在逗孩子的杨五月。杨五月抬起头来的时候看见了站在不远处的马八一。她叫了一声：马八一。双目相对，就都有了白云苍狗的味道。

她颤抖地说：八一你还好吧？

他向前走了两步，看了眼孩子说：这是你的孩子？

她脸红了，她也不知道自己为什么会脸红，慌乱地点了点头。

他说：你现在怎么样？

她望着他，有了一种想哭的感觉，但她忍住了，只是说：你的孩子多大了？

他笑一下道：我还没孩子呢。

他这句话的潜台词就是自己结婚了，不知为什么，她有了些悲凉。

她最后说：有空来家里坐吧，咱们都在二十一师当过兵。

他点点头，没再说什么，从她身边走过去了。

自从和马八一邂逅之后，她脑子里经常闪过马八一的样子，二十一师的往事一幕又一幕地在她眼前闪现出来。她现在才真正意识到，马八一当年是那么爱着自己，可自己却浑然不觉，几年之后，她才开始想起二十一师的爱情。

成熟起来的杨五月，突然对生活有了许多不满。因为在机关里，她发现那么多人都要比王长贵优秀，她恨自己，当初怎么就和王长贵结婚了。有了这种不满之后，她开始和王长贵吵架了，夫妻之间的吵架有时不为什么理由，完全是一种情绪。总之，在她的眼里王长贵不论干什么她都看不惯。比如，他走进厕所不关门，她就说：你是猪哇，怎么连回避都不懂。他不洗脚上床睡觉，她踢他一脚说：你这头猪。

刚开始，王长贵还一味地忍受着，后来王长贵也学会了吵架，他说得最多的一句话就是：累不累呀，在二十一师我累够了，现在不想累了。说完之后，他该干啥就干啥了。

她伤心、难过，有时托着腮，回想在二十一师时的那些美好时光，她这么一想，就轻而易举地想到了马八一。

在百万大裁军前，杨部长被宣布退休了，在这之前，杨部长的身体已经江河日下了，他们这代人，年轻的时候吃了太多的苦，一上岁数，所有的病就都找上来了。

杨五月的父亲被宣布退休不久，王长贵回了一次老家靠山屯。这么多年，王长贵都没有回过老家，在杨五月的印象里，王长贵自从婚后是不断地给老家寄钱的。王长贵每次都说：我是给叔叔、婶子寄钱，是他们把我养大的。这一点，杨五月从来没有说过什么，寄就寄吧。王长贵这次回老家靠山屯，没几日就回来了，跟他一起同来的，还有两位老人。一进门王长贵就说这是咱爸咱妈。

杨五月就吃惊地怔在那里，在她的印象中，王长贵一直说他是孤儿，怎么一下子又冒出了父母？她望着这对老人，又看一眼王长贵，怔在那里不知说什么。

安顿下了老人，杨五月把王长贵拉到另外一个房间，关起门来问：怎么回事？

王长贵长嘘一口气，像完成一个重大使命似的说：他们是我的父母，以前我说自己是孤儿，那是骗你们呢。

杨五月脸色苍白地站在那里，她现在要重新审视王长贵了。王长贵为了进步，为了达到自己的目的，不惜把自己说成孤儿，甚至在当兵前就把自己的档案做了手脚。那时的王长贵就没给自己留后路，他一定要在部队干下去，他的身份会得到很多人的同情，正因为这种同情，王长贵一路努力下来，得到了领导、同事的认可。杨五月现在什么都明白了，王长贵早不把父母领来是有目的的，早了，他们还没房子，杨五月的父亲还没退；现在房子有了，父亲也退休了，有关王长贵的前途和命运他再也无能为力了，于是，王长贵真相大白于天下，也就是说，王长贵要还原成自我了。杨五月意识到这一切之后，她浑身打了一个激灵。她明白，王长贵一直是在有计划地按照自己的目标实现着人生。

王长贵的父母还是善良的，他们对杨五月一直心怀尊重，说自己的儿子找了个高干的女儿，是自己一家的福分，等等。他们抢着做饭、买菜，但做出的饭菜，杨五月实在是难以下咽，完全是农村做法。

家里一下子增加了两口人，生活负担加重了，王长贵的母亲身体不好，三天两头要去医院看病，这一切都成了杨五月的负担。更让杨五月忍受不了的是，时间一长，王长贵的父母就把她当外人了。王长贵经常把自己和父母关到小屋里嘀嘀咕咕，其实他们也没说什么，完全是乡下人的习惯，媳妇是外姓人，有些事是要背着的。

时间一长，王长贵的父母也不把她当成高干子女了，关起门来过日子，柴米油盐的，平凡得很。他们渐渐觉得，杨五月就是个媳妇，媳妇就该干媳妇的事。饭他们也不做了，换洗的衣裳也不洗了，一切都要等着杨五月回来洗。他们是进城里享福的，儿子终于在城里混出了名堂，他们也该享受了。

两位老人的农村做法一点也没有改变。坐在客厅里，大口地往地上吐痰，然后用鞋底抹一抹，以为这样就干净了；上厕所也一律不关门，有声有色出挤肚子里的内容。这些还不够，他们当着王长贵的面，开始指指点点杨五月了，他们用农村人的眼光衡量，要求着杨五月，什么会不会过日子，孝顺不孝顺，等等。

十

杨五月身在军区大院的家中，竟有了生活在靠山屯的感觉。她感到了一种压抑和无奈。她开始审视自己的婚姻和幸福了。杨五月无疑是不幸的，她的同龄人，那些同学，都在高高兴兴、无忧无虑地奔着生活，然而她自己呢，是在挨着生活，无奈地忍受着。晚熟的杨五月为自己的人生付出了代价。

王长贵此时已经没有任何的伪饰了，自从调到军区以后，在二十一师时的那种自信便化为乌有了，一切都将重新干起。他在二十一师时是名人，然而在军区大院，他只能算是一个普通人。就是赶上一般的普通参谋、干事，他都认为很费劲，他从梦想回到了现实。现实中，他只是一个农民的儿子，一个普通得不能再普通的军官。今天的他似乎看到了未来，摆在他面前的未来又是什么呢？再干上几年，转业到地方。于是，又得从头干起。他没有多少文化，只是初中毕业，在部队里，他的周围都是从军校毕业的大学生，从精神上就压倒了他一头，他无形中感到了悲哀和深深的自卑。

现在的王长贵已经深刻地看清了自己，有时他也感到知足，自己从靠山屯里走出来，混到今天，把父母都接出来了，不容易了。这是他向后看的结果，然而向前看呢，他看不到任何希望，只能这样了。于是，他一天上满八个小时的班，回到家里，往床上一躺，盯着天棚发呆，要么就在父母面前唉声叹气，靠山屯走出的父母，对儿子的内心世界了解得不那么深刻，他们心里早就把王长贵当成军官、公家人了，这一点足以让他们挺直腰板儿过日子。儿子难受，他们把责任都归结为杨五月，按照靠山屯的要求，杨五月是个不着调的儿媳妇，长得那么漂亮干什么，那么爱出风头干什么，还有，在他们眼里杨五月一点也不孝顺，对老人一点也不知冷知热，还动不动就甩脸子，这在靠山屯是不可想象的。王长贵心里不痛快，二位老人一致认为自己的儿子没有找到一个合适的儿媳妇。高干家庭出身怎么了？长得漂亮又怎么了？完全是中看不中用。于是，两位老人经常把王长贵叫到自己屋里嘘寒问暖，嘀咕一些杨五月的不是。

杨五月对这个家已经心灰意冷了，她经常带着孩子住到父母那里去。刚开始，退了休的杨部长并不赞成杨五月这么做，批评她对老家人没有爱心。一提起靠山屯，杨五月就落泪，后来，父亲就不提了。父亲曾抽空去看了看王长贵的父母。来之前，父亲揣着感情和礼节，王长贵的父母一走进城市，已经把自己的位置提升了，觉得自己已经和杨部长平起平坐了。双方老人会晤的结果是，在一上午的时间里，王长贵的父母一直在说杨五月这也不好，那也不好的事例，捎带着也批评了杨部长，那意思是说杨部长不应该鼓励自己的女儿长时间地住在娘家。王长贵的父母把这次谋面当成了田间地头亲家们在一起拉家常。

杨部长从楼门里出来，心里就堵得难受，从那以后，他没有说过杨五月有没有感情之类的话了。有一次，他对自己的女儿说：五月，怪爸当初没有看清人哪。

杨五月听了父亲的话，眼泪唰地一下就流出来了。父亲心里也不好受，他扭过头，用衣角擦泪。

杨五月不知为什么，一有时间她就在家属院的甬路上走一走，直到有一次，她又遇见了马八一，才明白，她这么走，是希望见到马八一。她见到马八一时，神情跟以前完全不一样了，以前是混沌未开的，此时，她是成熟和清醒的。

马八一望着杨五月。马八一说：五月，最近怎么样？

杨五月说：还行。

说完笑一笑。

马八一说：别骗我了，我知道你过得不好。

这句话，击中了杨五月的要害，眼泪差点流出来。

马八一说：当初我就认为你和王长贵不合适。

杨五月说：都怪那时我太傻。

马八一说：那次我把王长贵打残废就好了。

杨五月说：八一，你别说了，我心里难受。

接下来，两人就在拐弯抹角的小路上走一走。两人之间拉出一个人的距离。

杨五月问：你复员回来就结婚了？

马八一笑着说：我怕好女人都让别人抢走喽，就急着把婚结了。

杨五月问：你的孩子多大了？

马八一答：我还没有孩子。

杨五月有些吃惊，睁大眼睛望着马八一。

马八一就说：顺其自然。

杨五月就不说什么了，一抬头走到了马八一父母的楼下，她知道了八一是回来看父母的。

马八一说：上楼坐一会儿吧。

她摇摇头。

马八一说：那我就上去了，爸妈还等我吃晚饭。

她转身走去，走了几步停了一下，回过头，看见马八一还站在那里望着她，她笑一笑说：还记得二十一师吗？

他点点头。

她说：那时我真傻。

她说完转过头去，泪水已经朦胧了她的眼睛。她没再回头，快步向前走去。

杨五月决定要离婚，她把自己的想法和父母说了，父母没说同意，也没说反对。当她把这一决定告诉王长贵时，王长贵不解地望了她半晌，半天才说：我不同意。

她说：不同意我也离，咱们可以上法庭。

王长贵听了这话，抖了一下。

她说：你觉得咱们这样有意思吗？

王长贵不说话了，埋下头去，他在思量，半晌，王长贵抬起头来说：要离也行，等我转业之后，户口留在省城咱们再办手续。

杨五月提出离婚时，百万大裁军刚刚开始，大批的军官都转业回到了地方。王长贵知道，不管自己愿不愿意走，他是一定要走的，如果在这时离婚，他是留不在省城的，他只能被分配回原籍。他说完这条件时，杨五月没说什么，转身走了。

王长贵要抓住杨五月最后一刻，再给自己当一回跳板。结果他成功了，他留在了省城。杨五月也转业了，转业到一家地方医院当了一名护士。不久，两人办理了离婚手续，她和父母住在一起。

父亲离休后，百万裁军调整不久，就住进了后勤部的干休所。马八一的父亲是司令部的人，住进了司令部的干休所。两个干休所一个城南一个城北，从那以后她和马八一直也没有见过面。

十一

马八一的生活也发生了婚变，那时离婚、再结婚的已经不是什么新鲜事了。马八一复员回来就进了公安局，找的也是公安局的同事，日子过了一年又一年，也没发生什么大事，总是感到不对劲，日子过得不咸不淡的。有一天，马八一说：要不咱们离婚吧。闹着玩似的，马八一就把婚离了。

一个人的马八一经常想起一些往事，往事从他高中毕业之后开始，他为了杨五月去当兵，这一过程很不成功，转了一圈他又回来了。回想起往事，马八一就有一种白云苍狗般的感觉。有时，他也会想起杨五月，很快就在他脑子里逝去了。

在这种过程中，有好心的人给马八一提过五次亲，有的他去见了一面，有的他连见都没见。日子，就这么不紧不慢地过。他似乎对生活没了激情，没了渴望。

有一天，一个同事又找到他说：八一，这回给你介绍一个，她也当过兵，现在也转业了，条件不错，你该见一见。

他说：算了吧，见了也白见。

同事说：对方都同意了，时间都定好了，你不去这不是把我装里头了吗？

他连对方的情况问也没问，只问了时间和地点他就走了。那是一家溜冰场，小时候，他经常去玩。他走近那家溜冰场时，售票口有个熟悉的身影在望着他。他立在那里，看见杨五月手拿着两张粉红色的票在冲他招手。他僵直地站在那里，一时不知身在何地。杨五月向他走来，微笑着，一瞬间，让他回到了十几年前，那天傍晚，空荡荡的操场上，杨五月也是这么微笑着冲着自己。他呼啦一下子想起来了，那天晚上的电影是《冰山上的来客》。不知怎么，他的双眼潮湿了，心脏如鼓如雷地响了起来。

幸福的肾

李木根真是时来运转了，这些日子左眼皮一直跳个不停。老婆小香说：左眼跳财，右眼跳祸，你怕是要发财了。狗屁呢！他当时在心里就把老婆小香骂了。李木根知道自己的斤两，他来 A 城三年多了，在城北附近一个菜市场里租了个摊位，和老婆小香两人合伙卖菜。每日里风雪无阻，起早贪黑，费尽巴力的，一个月也就挣个千儿八百的。去掉一家三口租房的钱，再去掉吃喝，一个月下来也就剩个二三百元。一年呢，也就只是剩下两三千元。在这过程中，孩子、大人还不敢有病。大人还好说，李木根和小香才二十多岁，借着年轻也得不了大病，头疼脑热、感冒发烧的，咬咬牙，说挺过来也就挺过来了。可孩子小毛就不行，前一阵 A 城来了一场寒流，三岁的小毛感冒了，后来又发烧，最后又咳嗽，凭着他们以前的经验给孩子买了几元钱的“小儿感冒冲剂”，一连吃了几天也不见好，孩子的身体时冷时热的，咳嗽总是不好，最后小香急了，带着孩子到医院去检查，结果儿子小毛得了肺炎，又是输液又是吃药的，花去了好几百元。几个月就算白干了。

李木根知道自己就是受穷的命，这辈子能有个温饱就算不错了。现在卖菜的日子比起老家的生活，已经是天上人间了。老家是什么日子呀，两间风雨飘摇的破草房，漏风漏雨，比马棚也强不到哪里去。以前他和小香在家种地，一年牛呀马呀地下来，去掉这个去掉那个，一分钱不挣，有时还得亏掉几百元，剩下的就是一家人的口粮，那样的日子也就是个活。一年到头，连件新衣服都穿不上。那时，李木根觉得自己的日子并没有什么，老少爷们儿、乡里乡亲的都是这么个活法，别人能这么活，自己为什么就不能活呢？

李木根改变自己的想法还是来A城以后发生改变的。他刚开始来A城时并不是卖菜，而是跟一帮老乡在建筑工地上搞建筑，老婆小香那时还怀着儿子小毛，干不了重活，给工地上做饭。当时讲好了，干一天五十元，小香三十元，这一年下来对李木根来说已经不是一个小数了，比在老家种地强多了。苦点累点李木根不怕，他认为自己年轻，浑身上下有的是力气，力气没了，睡上一觉，第二天力气又回来了。夜晚，在露着星星的工棚里，李木根无数次地计算过自己的工钱，一天五十元，一个月三十天，去掉阴天下雨，再减去A城冬天不能施工，怎么说他也能干满八个月，还有老婆小香那笔收入，也就是说两人齐心合力，一年就能挣两万块钱。老天爷呀，我啥时候见过这么多钱呢！李木根在心里惊呼了。

那时的李木根对自己的未来有着一个美好的打算，那就是他用挣的钱在老家翻盖一栋新房，明年老婆就要生孩子了，没法出来打工了。他自己出来，一年扣掉路费，平时的花销，怎么说也能剩个一万元。他还年轻，牛呀马呀地干上个十年八年的没问题，十年下来那就是十万元。我的妈呀，那我就是富翁了！李木根又一次惊呼起来。在单调沉寂的生活中，李木根看到了自己美好的未来，苦呀累呀，啥都没啥了。在他的梦想里，老家的土地上有他的一栋新房，刷着雪白的墙，屋里面住着老娘和小香，以及孩子娃。年底了，过年了，他揣着一沓崭新的钱，硬着腰板儿回家过年，迎接他的是亲情和幸福。李木根是个知足的人，这样的日子他感到已经幸福无边了。李木根也是个善良的人，他孝敬母亲，母亲这辈子不容易，三十多岁才生下他，五岁的时候，父亲得了一场莫名其妙的病就去世了，孤儿寡母的不容易。小香跟他结婚两年多了，现在还挺着个肚子给大家伙做饭，真的是不容易。母亲、老婆跟他一天福也没有享过。李木根要让自己的亲人过上好日子。

结果，李木根只做了一场黄粱美梦，年底结算的时候，包工头卷起铺盖一走了之了。那些日子，附近的建筑工地上哭声一片。李木根这些人都是跟一个姓梁的本乡人出来的。那个姓梁的人算是他们的领路人，平时有大事小情的，都是那个姓梁的关照他们。姓梁的四十多岁了，和他们一样一天到晚地在工地上拼死拼活地干。姓梁的和他们一样也被包工头给耍弄了，他也是上天无路，入地无门。可他们来时，姓梁的是拍着胸脯打了包票的，乡亲们哭着喊着只能冲姓梁的讨说法。那几日姓梁的一直在奔走，寻找着那个包工头，结果却没有结果。最后的结果是，他们有一天早晨醒来，发现姓梁的自己吊死在工棚门口的一个树桩上。人们在姓梁的口袋里发现了八百元钱，还有一张血站出具的卖血证明。最后是李木根用这卖血的钱买了两张回乡的车票。

到家后不久，小香就生了小毛。李木根虽然做了一场黄粱梦，但他却无法对老家的生活感到满足。孩子刚满百天，他带着儿子和小香又进城了，车票钱都是借的。李木根要实现自己的梦想，他朝着自己设定的幸福目标又一头扎进了 A 城。他不敢在建筑工地干了，而是改行开始卖菜了。卖菜这一行，实实在在，没人坑他没人骗他，可一年到头挣的这点辛苦钱，离他的梦想太遥远了。

李木根终于时来运转了，他以前做梦都没有想过，天上掉下来这么大个馅饼会落在他的嘴里。李木根开始了他的幸福生活。

事情源于一个月前的一天中午。那是A城初春一个普通的中午，这时整个菜市场显得比较冷清。老婆小香带着孩子回到他们租住的平房里烧饭去了，李木根一个人看着菜摊，因为没有买菜人光顾，李木根就显得无事可干。他顺手从地上捡起半张纸，那是买菜人用来包菜的，剩下的半张就随手扔在地上。李木根小学毕业，确切地说他还上过一年的初中，后来母亲身体不好，种地已经有些吃力了，上学他也看不到出路，在他的家乡一带，考大学只是听说过，他没见过。念书到最后也是种地，还不如早点种地。李木根对纸上的一些字是认识的，最后他被一行字吸引住了，确切地说那是一则广告。广告是这么写的：本人患病急需换肾，如与本人配型成功，即付十万元人民币，有意者请速打电话……

那一瞬间，李木根的心脏快速地跳了起来，十万元，天呐，一只肾值十万元，以前他听都没听过，别说一只肾，就是一条人命能值十万元吗？李木根下意识地摸了摸自己的腰，他知道，肾就是平常人说的“腰子”，腰子自然长在腰上，这么多年李木根几乎忽略了自己肾的存在。平时自己的肾不痛不痒的，他怎么会去关心它，他关心的是怎么进菜，然后再怎么把这些进来的菜快速地卖掉。夜晚的灯下，他和小香一起，齐心协力地把那些一角一分的钱数出来，刨去进菜花的钱，剩下的就是他们一天的进项了。李木根看了这则广告才正视自己腰子的存在。老婆小香给他送饭的时候，他已经把那半张纸叠好，严严实实、仔仔细细地揣在了怀里。那时他还没有意识到，自己会和卖肾联系起来。那天中午一直到下午，他都恍恍惚惚的，心里有什么事，总放不下来的样子。

晚上回到家里，他和小香在灯下数完了钱，他又掏出那半张纸。那则广告无须再看了，他已经能背诵出来了。他喃喃着，一只肾十万元，十万元一只肾。

躺在床上的小香诧异地望着他。平时这会儿，他已经差不多躺在床上打起呼噜了。他每天晚上都睡得很早，因为每天早晨三点就要起床，骑上三轮车，到城南一家批发菜市场去进菜，来回得几十公里，八点一过，他就要把进来的菜在自己的菜摊上摆出来。今天却不同往常，他没有一点睡意，满脑子都是一只肾和十万元。

最后小香把那张纸夺了过去，小香终于看到了那则广告，睁大眼睛望着他说：你要去卖肾？

他听了小香的话笑了，摇着头用手指着那张纸说：你想卖人家还不一定要呢，看清楚了，人家说的是得配型成功才付钱。

小香不说话了，伸手关了灯。李木根想睡却睡不着，他知道小香也没睡着，两人就那么沉默着。半晌，又是半晌，他说：咱要是有十万元，这辈子，唉。

小香翻了个身，把脸冲着他，幽幽地望着他。

他平躺在那里，望着黑暗，望着摸不着看不见、悬在半空的幸福。

他说：咱要真有十万，先盖一栋新房，把咱妈接过来一起过，妈这辈子没享过一天福，她最大的念想就是她死前能看到咱们住上新房。

他自顾自说下去：咱要是有十万元，就不受这个罪了，我一定要让咱家的小毛读书，一直念完大学，让他过北京人过的日子。

小香叹了口气，她看到那则广告时，也动心了，只不过她觉得那十万元是别人的事，离她太遥远了，她从来不曾想过自己会拥有十万元，做梦都不曾做过。她只想在 A 城苦挣苦熬上几年，攒够能盖一座新房的钱，等她老了住在不漏风不漏雨的屋子里，她就知足了。

李木根仍幸福无比地畅想着：要是真有十万元，盖完房，剩下的钱咱在家里开一个小商店，再也不用卖菜了。

他伸出手，摸到了小香的手，这哪里是女人的手啊，干硬、粗糙。记得小香刚跟他结婚时，那双小手又细又软，三年的卖菜生活让小香的手完全变了。他握着小香的手用了些力气。

后来他不知什么时候睡着的，还做了个梦，梦见自己真的盖了一个新房。早晨三点的时候，他被小香叫醒了，他别无选择地离开了温暖的被窝，骑着三轮车，向城南那个批发菜市场争分夺秒地赶去。

接下来的两天时间里，李木根的生活完全被那则征肾的广告占据了，确切地说是被那十万元打动了。十万元可以实现他所有的梦想，就用自己一只看不见摸不到的肾。那两天的时间里，李木根生活得混混沌沌，不知自己在干什么。卖菜的时候，老是出错，不是多找人钱了，就是少找了。弄得小香不停地和买菜的人解释。

下定决心前，那天晚上他和小香有了如下对话。

他说：一只肾就能换十万元，值，真是太值了。

小香说：听说一个男人要是少了只肾，会影响他以后的生活的。

小香的话说得很隐晦，其实她想说会影响夫妻生活，可话到嘴边又把话题改了。

他爬起来，看了眼睡在一旁的儿子小毛，用劲地咽了口唾液道：咱儿子都有了，啥都有了，还怕啥，咱缺的就是钱。

小香沉默了，他光着身子躺在那，一点也没放松，很难受的样子。最后小香嗫嚅着说：要不你去试试，不行的话也就死心了。

他听了小香的话，浑身一下子就放松了。这几天来，他等的就是小香这句话。那一瞬间，他觉得天底下最理解自己的人就是小香。他一把拥过小香，用劲地往自己怀里揉，小香被他这么一弄，也有些激动。那天晚上两人又做了一回夫妻的事，因为他们已下了决心去卖肾，就有了一些做一次少一次的味道。他有些凶狠，她也多了些激情，折腾得小毛都醒了两次，最后才在高处停歇下来。

他气喘着说：咱们要是有了十万元，再也不让你卖菜了，天天让你在家待着，风吹不着雨淋不着。

不知为什么，这句话让小香很感动，她的眼泪一下子就流了下来。

他又说：咱要是有十万元，让儿子上大学，以后过城里人的生活。

他还说：咱要真有了十万元，马上就回家。

最后小香才“嗯”了一声，他在她的“嗯”声里听出她哭了，伸出手摸到了她一脸的泪水。

李木根第二天打电话联系时，人家让他去一家医院接受检查。他赶到那家著名的医院时，一个姓姜的男人面前已经聚集了十几个想卖肾的人。李木根一眼就看出这些人都和自己的处境差不多，头发蓬乱，脸色菜黄，穿着廉价的西服和皮鞋，他一眼就认出这些人和自己是同类。

姓姜的男人四十开外的样子，衣服光鲜，满面红光，他态度说不上好，也说不上坏，分头让他们填了一张医院的体检表，然后领着他们从这个屋子进来，又去了那间屋子，折腾了一上午，才算完成。李木根在这一上午的时间里算是长了见识，他以前对医院的认识就是打针、吃药的地方，没想到一间又一间屋子里还装着那么多神秘的机器。他在机器前或站或躺地折腾了一上午，他不知道自己的肾行不行。临离开医院时，他凑到姓姜的男人面前不放心地问了一句：我的肾到底行不行？

姓姜的男人，认真地看了他一眼，才说：一个星期后出结果，行不行医生说了算。

然后姓姜的男人给他们每人手里塞了十元钱，他们这些人就散了。

在没去医院前，李木根认为自己是唯一那个想卖肾的，去了才知道他们今天这一拨就有十几个人。他在一个黑屋子里检查时，听两个医生聊天，他才知道，这种检查工作已经持续十多天了，每天都有十几个人接受检查。也就是说，已经有一百多人接受这种检查了，可人家只要一只肾。百分之一的概率，李木根的情绪低落下来。从小到大，好运气从没光顾过李木根，他不相信自己会在这一百多人中脱颖而出。一离开医院，他又回到了从前。

他直接去了菜市场，小香还在打孩子，小毛不听话，把一杯水倒在了菜上，害得小香用衣襟去擦那些菜。A 城人精得很，发现菜上有一星半点的水就认为卖菜的往菜里注水了。小香看见他便住了手，探询地望着他。他没说什么，蹲在菜摊前看着小香和儿子。

小香是个善良的女人，她没说什么，只是问：中午的饭吃了吗？

他说：不吃了。

接着两人就沉默下来，四只眼睛望着菜摊，半晌，又是半晌，他才小声地说：想卖肾的人真多，一百多口子。

她说：以后发财的事咱不想了，咱好好地卖菜，十年，二十年，怎么着也能盖得起房子。

他苦笑了笑。

那些日子，李木根的日子又回到了从前，一大早就出去进菜，然后和小香两人轮换着守着菜摊，表面上看没有什么，可他的心里还是非常的失望。十万元在他的心里已经计划过了，有钱的日子他也想过十遍八遍了，可突然间，希望没了，他还是感到了失落。仿佛本应该属于自己的钱，突然去了。

就在李木根几乎对那十万元不抱任何幻想时，突然在那一天下午，他看见姓姜的男人四处搜寻着来到了菜市场。来菜市场的人不多，他一眼就认出了那个姓姜的男人。最后那姓姜的男人把目光定格在他的脸上，笑眯眯地走过来。李木根一时没有反应过来，就那么木木地望着他。

姓姜的男人这次态度很好，冲他点了头，又问：你就是李木根吧？

他点了点头。

姓姜的又说：经过初步检查，你和我们董事长配上了，明天上午，你再去一趟医院复查。

李木根听了这话，不知眼前的一切是真是假，他怀疑自己是在做梦。愣怔了半天，他伸出手狠劲地在自己的腿上掐了一把，疼痛让他差点叫出声来。

姜姓男人走的时候递给他五十元钱，又吩咐道：明天早晨不要吃东西，打车来，别晚了，我在医院等你。

直到姜姓男人的身影消失，李木根才反应过来，心脏快速地跳着，浑身的血液在体内呼啸地奔腾着。

他离开菜摊向他们租住的房屋跑去。小香正在家里准备晚上的饭，看见他红头涨脸地跑回来，不知发生了什么事。他举着那张五十元钱，语无伦次地喊：我配上了，配上了！他们明天让我去。

说完他一把拥住了小香和儿子。此时，李木根觉得自己离那十万元已经很近了。

那天晚上，小香给李木根炖了排骨，又用鸡蛋炒了菜，他们从来没有这么奢侈过，小香就像送一个出征的勇士似的要为李木根送行。李木根决定，明天的菜就不卖了，让老婆儿子在家里等着他的好消息。那天晚上，一家人兴奋到了很晚才睡去，似乎那十万元已揣在了他们的怀里。

他说：回老家先把房子盖好了，再开一个杂货店。剩下的钱存起来，供儿子上大学。

她说：那以后，咱们一家真的就享福了。

他说：那是自然。

她说：你少了个肾，以后重活累活我干，你别管。

他说：没那么严重，不就是一个肾吗？少一个也不耽误吃不耽误喝的。

她无限体贴地说：别说那样的话，肾也是长在身上的肉，那个董事长要是不缺肾，干吗买咱们的？

两人就不说什么了，有一缕淡淡的苦涩，但很快就被即将到手的十万元钱的喜悦冲淡了。

第二天，李木根一大早就出发了，他没舍得花钱打车，而是去挤公共汽车，他走在路上觉得浑身上下都是力气。

到了医院他才冷静下来，原来今天复查的不是他一个人，而是五个人。有两个年龄稍大一些，另外两个的年龄就和他差不多了。李木根为自己不是那个唯一又忐忑了一阵子，但一想既然来了，只有五个人，也就是还有五分之一的希望。李木根还是精神饱满地接受了又一轮的检查，这次检查比上次严格、仔细多了，晕头转向地在医院转悠了一上午，终于才完事。

姓姜的男人已经在那里等着他们了，这次没有急于让他们走，而是把他们带到了一间比较豪华的饭店里，又订了一个单间。饭菜很丰盛，有许多菜李木根是叫不上名字的，他认为另外几个人也和他一样，别说没吃过，看都没看过。

吃饭的过程中，姓姜的男人冲他们很客套地说了几句话：我代表我们董事长感谢各位了，你们五个人，肯定有一个人为我们董事长换肾，以后这个人就是我们董事长的大恩人，我们是不会忘的。

这几句话说得李木根的心里忽悠忽悠的。他偷眼去看那四个人时，感觉他们的心情和自己差不了多少。他们都冲姓姜的男人挤出讨好的笑。

一个男人说：姜总呀，我的身体好，没得过病，我的肾是健康的。

另一个也说：我爷都八十五了，还活着呢，我们家遗传长寿。

还有人说：我的肾还没用过呢。

众人就看说话的人，那人就红了脸说：我说的是真心话，我还没结婚呢。

姓姜的男人就笑，众人明白过来也跟着笑。李木根在此时此刻，也想说点什么，但他没想好说什么。最后姜总的一句话，让他失去了表白的机会，姜总说：你们和我们董事长有缘，最后谁行，谁不行，还得听医生的。十天以后出结果，到时候我会亲自去找你们的。

这十天的时间里，李木根恍然活在梦里，从一百多人到五个人，无疑他离自己的梦想又迈进了一大步。这一大步是迈出来了，可最后的结果还只是五分之一的希望。人家董事长只要一个肾，也就是说，希望说有就有，说没有就没有。这十天时间里，李木根一会儿满怀信心，一会儿又情绪低落，弄得茶不思饭不想的。他经常站在菜摊前发呆。

小香就劝他：好运气是你的就是你的，不是你的想也没用。

理儿是这么个理儿，李木根心里明白，可他劝说不了自己，小香也劝不了自己。仅十天，他仿佛过了十年那么漫长。有钱的愿望在他心里头疯长，一会儿又荒芜得一片狼藉。在第十天那个上午，李木根的脖子都抻酸了，他在期待命运的光顾，也就是说他的命运在这一天就要水落石出了，如果今天没有人找他，他的心也就踏实了，以后该干啥就干啥。但今天是他希望的始点，也是终点。

当姜总出现在菜市场时，他几乎不敢相信自己的眼睛了，他下意识地迎着姜总走过去。姜总要比他冷静得多，停在他面前，先掏出支烟，慢条斯理地吸了两口，才说：你真的愿意卖肾？

他点了点头，眼泪都快下来了。

姜总又问：你不后悔？

他摇了摇头，看来他的愿望真的要实现了。

姜总又问：你做好准备了？

他终于说：我早就等着这一天了。

他说完这话，眼泪终于流了出来，那是激动的泪水。他当即和小香商量，菜不卖了，立马收摊。他都有十万元了，还卖菜干什么？小香从来没有这么听话过，说收摊就收摊了。姜总告诉他，如果他想好了，决定了，立马就跟他走，车就在外面等着呢。

他似乎觉得慢一点就失去了这次发财的机会，头也不回地跟着姜总走了。想好的和小香告别的话一句也没有说，坐到"大奔"里，他还在云里雾里着。

车一直把他拉到医院。下车的时候，他下意识地用手捂了捂自己的腰。他知道那里有一只活蹦乱跳的肾，现在还属于他的年轻健康的肾。

李木根来到医院，医生并没有让他马上给董事长换肾的打算，在姜总的安排下他住进了一间宽敞明亮的病房，这间病房是李木根有生以来住过的最好房间。上厕所都不用走出去，有沙发，还有电视。如果他不亲自住进来，甚至不相信这里会有这么好的病房。

在接下来的时间里，李木根并没有什么事可干，只需在病房里待着，吃饭的时候，有人给他送进来。晚上躺在宽大的床上，他却睡不着了，他想起了老家的母亲，还有那两间风雨飘摇的小屋，以及身在A城，住在又脏又乱的小平房里的老婆和儿子。他此时身在这间高档的病房里，时时刻刻有想哭的感觉，他不是因为悲伤，而是兴奋。天大的好事说落就落在他的头上了，那个急需换肾的董事长真的是他的恩人。想到那个董事长，他就有了想见一见那个恩人的愿望，自己的肾就要装在那人的身体里了，自己至今还没有见过那个人呢。那天晚上他胡思乱想了大半夜，最后还是睡去了。凌晨三点的时候，他又醒了，一时不知在哪儿，半晌他才意识到这是在医院里，他是来给董事长换肾的。一想到这里，他又激动得想哭。做个有钱人真好，以后再也不用半夜三点起床了，他有钱了，就不用卖菜了。后来他又睡着了，睡得很踏实。

他住进医院之后，又接受了一系列的检查，这次检查比前两次更细、更严格。然后护士给他送来一些白的、绿的、黄的药片。他说：我没病，我的肾是好的。

护士说：没病也得吃。

他就只能吃，吃了几次，他对那些药就有了感情，不花钱就能吃这么贵重的药，他感到无比的幸福。药也吃了，检查也做了，医生仍没有开刀拿他肾的意思。他只能在医院里吃了睡、睡了吃地等待着。

一天下午，姜总走进了他的病房。姜总坐在沙发上，如释重负地嘘口气道：过两天咱们就手术。

进医院这么多天了，他终于等来了手术的消息，他的心脏如鼓般地跳动起来。姜总说：本来呢，你们五个人有三个都合适，后来征求董事长的意见，董事长亲自选中了你，因为你比那两个合适的人都年轻，董事长喜欢年轻的肾。

姜总说到这里，还笑了笑。

他庆幸自己的年轻，眼里盈满了幸福的泪水。

姜总又从公文包里拿出两份合同，冲他说：你签一下字，咱们的交易就算成了。

一份合同是关于肾和钱的，那上面清楚地写着关于肾和钱的问题，也就是他手术之后，立即就可以拿到十万元钱。还有一份合同是他跟医院签的，是志愿者献肾的有关条款，他连看都没看就签上了自己的名字。

姜总又说了一些客套话，诸如合作成功之类的话。姜总要走时，他突然提出要见见董事长，那个即将用他肾的人。

姜总挥挥手说：你见他不合适，钱不会少你的，你放心。

说完拍了拍他的肩膀。走到门口又说：董事长就住在你隔壁，手术时，你们俩同时上手术台。

姜总走了之后，他试图走进隔壁，可走廊被一扇门挡上了，他透过窗子看见隔壁是一间更大的房间，走廊里摆满了各式各样的花篮，他听不见动静，也见不到人。

手术前的头天晚上，老婆小香带着孩子被姜总接来了，他们在病房里见了一面。

小香问：明天就手术？

他答：明天！

小香望着他，眼圈突然红了。

他的心也有了一种别样的感觉，说不清是什么滋味。

小香说：我是来签字的，医生说这种手术还是有风险的。

他咧开嘴笑了笑。

小香的眼泪流了出来。

突然他就有了一种生离死别的感受。他凝视着老婆孩子，以前他似乎从没这么认真地看过他们。就在这时，他有了一种强烈的想念老婆孩子的愿望，虽然他们此时就在他的眼前，可是他仍然想念他们。这种想念异常的强烈。他冲姜总说：能不能让他们晚上住在这儿？

他多么希望手术前和老婆孩子共同住一个晚上呀！

姜总摇了摇头：为了让你有更好的体力应付明天的手术，他们不能住这儿。

他的脸灰了一些，小香的脸也灰了。

姜总又说：手术后可以让你爱人陪你，那没问题。

小香和孩子在姜总的护送下还是走了，儿子招着手跟他再见。他此时真想冲出去，拥抱一下他们娘俩，结果他没有动。他看见小香挂在眼角的泪水。

第二天一早，他被护士推进了一间手术室，隔壁也是一间手术室，董事长在那一间。他刚开始还能听见医生护士准备手术器械的声音，他下意识地又摸了摸自己的腰，麻药已经起作用了，他没有了感觉。

二十天后，他出院了。A 城的春天到了，已经有了些热度。小香和孩子陪在他身边，十万元钱在手术的第二天就让小香存进银行了，换成了一个小小的折子揣在怀里。银行的人说，拿着存折在全国各地哪都能取出他们的十万元钱来。

听姜总说，董事长的手术很成功，已经过了排斥期，董事长的身体正在一点点适应他年轻健康的肾，用不了多久，董事长也会活蹦乱跳地出院。

他一直到出院也没有见到那个用他肾的董事长，无所谓了。他用自己的肾换回了十万元钱，这已经足够了。

走出医院大门，他用手扶了一下腰，左腰那儿有些空，以后他就是用一只肾生活的人了。以前有两只肾的时候，他并没觉得有什么，现在少了一只肾，才发现腰下有些空。

他很气派地挥手拦了一辆出租车，然后大声地冲司机说：去火车站。

在出租车里，他拥抱了老婆和儿子，最后他说：咱们回家！咱有钱了。

泪水从他眼角溢了出来。

幸福生活万年长

一

老部长退休几个月后，机关里进行了一次调整，结果人事司的杨司长被调到教育宣传司去了。教育宣传司是有司长的，杨司长只能和原司长并列。这样一来，大家都看出来了，新部长不待见杨司长，从要害部门把她调整出来，给她安排了一个闲职。教育宣传司的司长老郝，年龄也并不比杨司长大几岁，正如日中天，离退休的日子还遥远得很，大家就预感到，杨司长的日子不会太长了，下次再调整，杨司长说不定就被交流走了。

杨司长和老部长关系不错，以前杨司长曾给老部长当过秘书。那时的老部长还是副部长，人也比较年轻。杨司长那时刚从大学毕业不久，还没有结婚，扎着两根辫子，走起路来一蹦一跳的，青春得很，也很清纯的样子。老部长很喜欢这个小姑娘，就让她当了自己的秘书。里里外外、东南西北地和他跑了好几年，关系自然不错。终于有一天，当年的杨司长恋爱、结婚了，结婚的女人就有许多不便，于是老部长忍痛割爱，又换了一任秘书。杨司长就到人事司当了一名副处长，不久，又当上了处长。老部长从副部长升为部长后，杨司长的日子也就如日中天了。先是副司长，后来就成了机关人事司的司长，让人瞩目得很。后来机关里就有了一些说法，老部长是认了杨司长为干女儿了。当然这个干女儿是要加上引号的。说有一次老部长，那时还是副部长的他出差去外地检查工作，闲暇时，当地安排副部长去一处名山游玩，途中两人在场的情况下，副部长是拉着杨秘书的手走的，这一情节被随行人员无意中拍到了一张照片。后来，那张照片辗转着被传到了部里，许多人都看到了。副部长是满面春风的，小杨呢，当然也是一脸的甜蜜。这是证据一，还有证据二。杨司长现在的爱人老周，是老部长亲自给介绍的，因为在这之前，小杨谈了几次恋爱都失败了，失败的原因不详。反正，那些日子小杨的样子失落得很，眼泪汪汪的，似刚哭过，又有随时要哭出来的意思。人们背地就传说：小杨都这样了，好男人谁还要她？不久，老部长亲自出面，在另外一个部为小杨介绍了一个男人，就是现在杨司长的丈夫老周。老周那时还是小周，一点也看不出进步的意思，只是普通处室的一个普通科员。据说是老部长的一个小老乡，两个人的老家是一个县的。很快，小杨和小周就结婚了。婚后也没像人们预想的那样闹出多大动静，平静得很。但不知为什么，小杨在婚后莫名其妙地就瘦了下来，很活泼、青春的一个姑娘，日渐沉默寡言，人似乎失去了水分和滋润。又过了不久，小杨就不给老部长当秘书了，而成了人事司的一位副处长。

杨司长的爱人老周，果然如人们预料的那样，没什么大出息，混到现在，只混了一个副处长。他现在住的房子，自然是杨司长的司局级房子，很宽大，四室一厅，于是老周就越发地不思进取了。上班、下班，然后就没有什么了。周末的时候，约上黄小毛等人，喝点小酒，再打一会儿麻将，日子也就这样了。老周经常对黄小毛等人说：我当什么官儿，有小杨一个人足够了，还不够累人的呢。

黄小毛等人就附和着说：那是，那是。

杨司长一不受新部长待见，被调到教育宣传司当并列司长后，黄小毛的日子就立竿见影地起了变化。变化最明显的自然是处长老郭。老郭这些日子，背着手，挺着胸，就是和黄小毛走一个对面，他也跟不认识似的，就那么扬长而去，看得黄小毛一愣一愣的。处里的人都知道，如果细说的话，俩人不仅是同乡，还多少有些亲戚关系。黄小毛大学毕业那一年，回老家一趟，在老家找到了老周的地址，回到北京后，就找到了老周。老周离开老家时间长了，对黄小毛自然没有什么印象，亲不亲家乡人，老周并没有忘本，况且又不能让老家人小瞧了。在和黄小毛喝了几杯小酒后，当着黄小毛的面就拍了胸脯：你的事，我包下了，一会儿跟我回家见你嫂子去。

果然，在那天晚上，迷迷糊糊的老周带着同样迷迷糊糊的黄小毛回到了家里。杨司长早就到家了，正坐在书房里看文件。老周就豪气地说：杨司长，你出来一下。

杨司长就出来了，在家里杨司长一点儿也没有司长的架子。

老周打着酒嗝说：这是黄小毛，我同乡，今年要留北京，你给安排一下。

说完，把黄小毛早就交给他的个人简历拍到了茶几上。

杨司长没说什么，把那份简历拿回了书房。

那一刻，黄小毛觉得老周这个人够意思，豪气得很。

果然，没多久，黄小毛就留京了，并且在杨司长那个部里，现在黄小毛在机关管理处工作。后来，黄小毛去杨司长家里次数多了，觉得杨司长和老周俩人的关系有些怪，怪在哪里，他一时也说不清。按年龄和在机关工作的资历，老周现在才混了一个副处长，于情于理都很说不过去，理应在杨司长面前矮半个头才是。现在却反过来了，杨司长在老周面前样子理亏得小媳妇似的，老周则男人得很，威风八面的样子。

老周的单位黄小毛也去过，在老周的单位里，老周则完全是另外一番模样了。人人都可以和老周开玩笑，没人把他这个处长当回事。细想想也是，那么大个部级机关，处长、司长，还有调研员等，哪个不比老周的职位高，自然没人把老周放在眼里。机关一大，就官多兵少了，老周那个处，一个处长，他是副处长，另外只有两个兵了。在机关里，老周自然找不到副处长的位置。那次黄小毛去老周的机关，亲眼看见老周扛着机关分的大米，把吃奶的劲儿都使出来了，给司长办公室送去。

老周单位的司长很司长，黄小毛随着老周给司长送大米时，脸上是微笑的，敲门声也是小心翼翼的。那时，他多么希望一头闯进去，把大米从肩上放下来呀。那天下午，老周扛着机关分的大米，一趟趟、一次次往返在楼道和各领导的办公室。下班的时候，老周的大米是黄小毛给扛回去的。那天，黄小毛的心里对老周这人就多了几分感慨。

鉴于黄小毛和杨司长这样一层关系，现在杨司长不被新部长重用了，黄小毛的地位也就江河日下了。

处长老郭不仅目中无黄小毛，且感情明显偏向于小宫、小洪两人了。小宫和小红要比黄小毛晚两年进机关。据说小宫是处长老郭的关系，但表面上看不出来。老郭快到年龄了，前一阵子正在为改巡视员而奔走。巡视员不是职务，只是一个行政级别，巡视员可以是副司级，也可以是正司级，那只是个待遇。按老郭自己的话说：我费劲巴力地在机关干了大半辈子，怎么着临退了，也得弄个副司级待遇吧。

杨司长还是人事司长的时候，老郭对黄小毛很客气，他要弄个副司待遇，没有人事司填表盖章那是万万不行的。那一阵子，老郭把黄小毛看成自己亲弟弟似的，不时地在下班后领着黄小毛去下馆子。几杯酒之后，郭处长就掏心挖肺地说自己这大半辈子如何的不易，然后又苦口婆心地教一些黄小毛在机关的立足之本。在一个环境里能混下去，总是有些道道儿的，老郭就把自己的道道儿教给黄小毛，前车之鉴，语重心长。黄小毛明白，老郭是想让他在杨司长那里做做工作。那一阵子，黄小毛差不多已经被老郭打动了，他已经开始计划把老郭引荐给老周，接下来的事就好办了。没想到的是，杨司长被调离了人事司。

郭处长对自己的态度也就急转直下了。

二

这些日子，处长老郭经常把小宫叫到自己办公室去。黄小毛知道，那是老郭在寻找一种心理安慰，非常时期的老郭需要有一个人不停地出现在身边，说些安慰话。干了一辈子革命工作的老郭，船到码头、车到站的时候，多么希望有一个巡视员的头衔去安慰他失落的心灵啊！黄小毛不相信他们会有什么秘密可言，这么大个部，上面还有那么多司长、副司长的，处长老郭知道的东西会比他们知道的事多多少？眼见着黄小毛这条路走不通了，既然小宫是老郭的人，在这种时候，老郭希望把小宫牢牢地抓住，否则到退休的时候，一个人也没有交下，再回机关时，连个打招呼的人也没有。

即便这样，黄小毛还是感到深深的失落。老郭要退下去，这已经是不争的事实。处长的人选问题，有可能从外面调进来，但也不排除在本处解决。黄小毛到机关工作已经十几年了，比小宫、小洪都要早上两年。如果杨司长还在位的话，他是很有竞争力的。在这之前，他去杨司长家闲坐的时候，杨司长的爱人老周是拍了胸脯的。杨司长当时也在场，她没说什么，只是冲黄小毛含蓄地笑了笑。那一刻，黄小毛感到很幸福，那时他就畅想，自己现在才三十多岁，如果能当上处长，混上几年，说不定能弄个副司长什么的，干上了副司长，离司长也就不远了，这辈子，也就知足了，还想咋地？回到家后，他就把自己的蓝图冲爱人小于说了。说得爱人小于也相当激动，她面色潮红地说：你要真有那一天，我也算没白嫁给你。

黄小毛老家是农村的，他在北京成家后，老家人听说黄小毛在北京混得不错，便陆陆续续地来到北京，让黄小毛给安排工作。黄小毛哪有那么大本事，无奈之下，只能把老家这些沾亲带故的人安顿在家里，好吃好喝地招待几天，领到天安门广场照张相，故宫门外转一圈。进去是不可能的，门票好几十元一张呢，况且一进去就得大半天工夫，黄小毛既搭不起钱，也搭不起时间。顶多到了中山公园转一转，然后给老家来人买上一张火车票，送走了。

长此以往，黄小毛的爱人小于就很有意见，称那些老家来人为难民，有时把持不住自己，免不了摔摔打打的。黄小毛脸上就有些挂不住。小于是北京人，读的是中专，涵养上就差一些，弄得老家来人，脸上也红一阵、白一阵的。本想还要多住上几天，最后挣扎一下，看看黄小毛能不能在偌大的北京给找一份活干，让自己也尝尝做北京人的滋味。滋味倒是尝到了，竟是另一番样子。在黄小毛送这些乡人去车站的路上，乡人们叹气了，不知是为自己还是为黄小毛。黄小毛觉得挺对不住乡人，一激动就买了站台票，把乡人送上了火车。火车开动的一刹那，黄小毛挥动着双手说：招待不周，欢迎下次再来。乡人就说：啥时候回老家，我请你喝酒。这么一说，黄小毛的脸就红了。乡人来家这么长时间了，还没请人家喝过一次酒呢。

黄小毛就两头愧疚，在爱人小于和乡人中间，他觉得里外不是人。于是就盼着自己当处长、副司长什么的。到那时，也许就能为乡人和家里人做些什么了。于是，他把宝都押到了老周身上，他早就看出来了，同乡老周的话比杨司长的话还管用。也就是说，杨司长很买老周的面子。

有一次，黄小毛和老周打完麻将，那天黄小毛赢了二百多，于是就请老周喝酒。一夜没睡觉，酒还没喝多少老周就上头了，然后就晕晕乎乎地说：杨司长在你们眼里是司长，在我眼里她不就是个女人嘛！她要不是女人，能有今天——话说到这儿，老周知道自己说走嘴了，便不往下说了，红头涨脸地喝酒。黄小毛多少也听出了老周那层意思，便应声说：那是，那是。那是什么，全都在不言中了。从此，他坚信，杨司长是有把柄攥在老周手中的，交下老周这个朋友，就算把杨司长摆平了。

老周没什么爱好，一到周末，约上几个人打上几圈麻将，有时老周就把麻将桌开在自己家里，反正司局级的房子，很宽敞。有时到了吃饭的时候了，杨司长还要亲自下厨为他们做饭。每次打麻将的人，差不多都是固定的，老周单位的两个人，都是仕途上混得不如意的，当着处长或副处长，没有升上去的意思了，每到周末便都积极地打麻将。另外一个人就是黄小毛。刚开始老周喊黄小毛打麻将，黄小毛感到受宠若惊，后来他才发现，自己是在给老周等人当牌架子。黄小毛每次玩儿，差不多都要输上几十，有时上百。刚开始他是不好意思赢，后来每次赢了点钱，散场的时候，都要被老周喊去喝酒。结果每次都是黄小毛结账。一来二去的，黄小毛才发现，为交老周这个朋友，他是在变相投资。投点资也没什么，反正曙光就在前头，有些人想投资，还拎着猪头找不到庙门呢。

刚开始，爱人小于也有意见。一是孩子小，一到周末本想喘口气，黄小毛就去打麻将了，每次不仅没有进项，反而还要失去一些。小于有意见很正常。后来，黄小毛就给小于做思想工作，讲这是一种变相投资，等以后整出头来了，别人就开始往他身上投资了。反过去讲正过来讲，头发很长的小于终于听明白了，为了将来，她把不满埋在了心里。

这天周末，小于把孩子从幼儿园接回来，发现孩子发烧了。给孩子吃了些药，孩子就睡下了。黄小毛吃完饭，本想坐下来看会儿电视，这时电话就响了。他接电话前，就想到这个电话说不准是老周打来的，结果真的是老周打来的。

老周在电话里依旧急火火地说：小黄，快来，就差你了。

黄小毛这两天心情不好，杨司长都这样了，他觉得这几年投资的努力白费了。在这之前，他下决心，再也不和老周他们玩什么麻将了，就此收山吧。没想到就在这时候，老周叫魂似的电话就打来了。

黄小毛本想解释一下，找个孩子生病的理由把老周回掉算了。还没等他说话，老周在那里不容置疑地说：快来呀，别磨蹭。说完，就把电话挂断了。

黄小毛拿着电话，心想：你牛什么呀，你老婆都不被人待见了。可黄小毛一放下电话，还是习惯地去穿外衣，摸摸兜里的钱够不够。这时，小于翻着眼睛冲他说：还去投资呀？你傻不傻呀，杨司长什么都不是了，还有这个必要吗？

黄小毛想：这是最后一次了。

想完还是关门下楼了。黄小毛又想，这是惯性，想改变自己这种惯性还真的很难。

黄小毛来到老周家的时候，果然发现人都到齐了，麻将桌也支上了，杨司长正热情地为每一个人的茶杯里续水。轮到黄小毛，黄小毛这回没动身子，也没说客气话，以前，他是从来不好意思让杨司长为自己倒水的。现在，他有些放开了，心想：反正我是最后一次到这里来了。

抽空的时候，他瞟了几眼坐在电视前的杨司长。杨司长似乎没什么变化，只是在电视机前停留的时间长了。若在平时，她早就回到屋内，不是看文件，就是接电话了。黄小毛看到这儿，就有些失落，不知是为自己还是为杨司长。

牌打了一宿，黄小毛放得很开，居然破天荒地赢了一百多。大家纷纷离座的时候，老周用眼睛看他，那意思黄小毛明白，是想让另外两个人先走，然后两个人到外面的馆子里吃一顿去。黄小毛没理会老周的眼神，似说给老周也似说给自己听：孩子病了，我得先回去了。然后头也不回地走了。

黄小毛刚一推开家门，电话就响起来了。小于正在劝女儿吃药，看样子小于把好话都说尽了，女儿坚信一条，药是苦的，说死也不吃。这时候黄小毛进来了，小于就没好气地把喂药的勺子摔在碗里，指桑骂槐地说：不吃，你就等死吧。又冲呆站在那里的黄小毛说：还不接电话，打麻将有功了？

黄小毛这才反应过来去接电话，电话是老周打来的。老周上来就说道：你小子也太势利了吧，你们杨司长还没怎么着呢！说完，便把电话挂断了。

三

黄小毛的心情，此时此刻可以说是五味杂陈。他不相信，自己的命运就这么差，转了一圈又回到了原来出发的地方。

这时黄小毛又想起了小尉。小尉是他上大学时的女朋友，小尉人长得很滋润，哪儿都鼓鼓的，个子不高，活蹦乱跳的，很讨人喜欢。黄小毛自然也喜欢，眉来眼去的，一来二去，俩人就好上了。小尉接吻的技巧很高，常吻得黄小毛上气不接下气的，每次接吻黄小毛的样子都极其痛苦，脸色苍白，气喘吁吁，但浑身又似通了电似的那么乱抖一气。毕业前，两人都发誓留在北京，只有那样两人才能白头偕老。他们在一起山盟了，海誓了，理应在一起白头偕老了，谁也没有料到的是，小尉在北京联系的单位最后告吹了，小尉只能回福州了。临分别的那一晚，俩人都有了垂死的模样。他们在校园外的公园里，吻了一会儿，又吻了一会儿，生离死别的样子。

黄小毛咬着牙说：没关系，以后再想办法，总会有办法的。

黄小毛在最后时刻找到老周，把自己和小尉的关系冲老周说了。老周嘬着牙花子说：难，难了。你怎么不早说，现在各单位留京名额都定了，没办法了。

小尉闭着眼睛，偎在黄小毛的怀里，两只手不停地在黄小毛的胸前抓挠着，似乎要钻进黄小毛的胸里面去。

俩人都很有激情的样子，这一分别不知何年何月才能再相见了。这种情绪笼罩下，俩人似乎都放得很开了。黄小毛的手伸到了小尉的衣服底下，先是在上面摸，后来又向下发展，这次小尉没有抵抗，以前小尉对黄小毛是有警戒线的。触到要害处，黄小毛战栗了，小尉似乎很冷静，她突然睁开眼睛，冲黄小毛说：你要我，就拿去吧。

黄小毛受到了鼓舞，一翻身把小尉压到了身下。这时，小尉又冷静地说：我留不下北京，你跟我去福州吧。

黄小毛听到这儿，动作僵在那里，身上凉了一半，但仍压在小尉身上。

小尉又说：不去福州也行，我留在北京，没有工作，我就去打工。

黄小毛彻底冷静了下来，翻身从小尉身上下来，又伸手把小尉的裙子整理了一下。后来，俩人就抱在了一起，哭了。冷静下来的两个人都觉得那一切设想是那么的不现实，当时的情况是九十年代初，人们的观念还传统得很。

那天晚上，俩人不知在公园里待了多久，他们回到校园的时候，发现宿舍楼已经锁死了。两个人没处去，只好在小花园里坐了一夜。他们相依相偎着，却没有生离死别那种悲凉，脑子里似乎都木了，昏昏沉沉的，不知想什么好。

天终于亮了，小尉从黄小毛的怀里爬起来，整理了一下衣服，拢了拢散发，冲黄小毛清晰地说：你再看我一眼。

黄小毛认真地看了小尉一眼，然后小尉转过身，向女生宿舍楼跑去。当天，小尉就乘上了开往福州的列车。她没有通知黄小毛，黄小毛自然也没法去送她。一段刻骨铭心的校园爱情就这么夭折了。

黄小毛留在北京后，便有很多人给他介绍女朋友，这样那样，或高或矮，或胖或瘦，说心里话，黄小毛一个也没有动心。他见这些女孩子的时候，眼前晃动的都是小尉的影子。小尉一去再无音信，就是有音信，他也没有什么办法。黄小毛是个很务实的人。

再后来，别人就给他介绍了爱人小于。介绍人说：这是小于，北京人。黄小毛一听是北京人，眼皮就跳了跳。直到这时，黄小毛也没把自己当成北京人，他总是有一种感觉，说不定哪一天，他就会让人一脚踢走，滚回老家去。见到小于之后，他不知为什么心里一下子踏实了，他甚至没有多看小于几眼，便同意谈一谈了。谈来谈去，就结婚，生孩子，通俗得很。

从恋爱到结婚，黄小毛也没找到和小尉在一起时的感觉。他就想起一本书上的一句话：真正的恋爱，一生只能有一次。黄小毛不知道说得对不对，反正他是这么看的。

后来，他就接到了小尉的电话，电话是小尉辗转着打听到的。他一听到小尉的声音，眼圈就红了。小尉倒很平静，说自己也结婚了。

他问：你好吗？

小尉不假思索地答：就那样吧。

她也问：你呢？

他也说：也那样。

两个人就都不说什么了，过一会儿电话放下了。

从那以后，两个人经常通电话，此时俩人似乎都各自走出了阴影，一起回忆四年大学的美好时光。有时候，也说点深入一些的话题。有一次，黄小毛在电话里问小尉：你的先生是做什么的？

小尉说：跟我一样，也在机关。停了停又说：你问他干什么？

黄小毛就不问了，小尉从来没有问过小于，但小于时时刻刻又都在俩人中间存在着。

他们现在通电话很方便，上班时间，又是单位的电话，不打白不打。更多的时候，俩人都在回忆校园生活。回忆来回忆去的，黄小毛就有些思念小尉了，是骨子里那么想。黄小毛就说：什么时候出差来北京？

小尉就叹口气说：出差去北京，那是领导的事，这辈子怕是轮不到我了。

黄小毛就想起了自己的单位，出国考察什么的，历来都是部长、司长们去，就连处长也很少去，别说他了。这样一来，黄小毛就有了许多感慨。

就在这时，处里招来了一个合同工，叫小雨，在处里打字，干些杂务什么的。机关干部都定岗定编，有时忙不过来，只能招这些合同工了，不占名额，也不占编制。

黄小毛见到小雨第一眼时，心就跳了跳。小雨长得很像小尉，也是该鼓的地方都鼓，就连说话的声音和动作都像当年的小尉。

时间长了，黄小毛和小雨就熟悉了起来，小雨别看人小，也是眼观六路、耳听八方。机关里的一些事，她摸得门儿清，她也知道，黄小毛将来是处长的热门人选。于是，她经常冲黄小毛灿烂地微笑，有时也发点嗲什么的。

黄小毛一想起小尉，就看见了小雨，有时屋里没人的时候，他会伸过手去，在小雨的头上拍一拍。他似乎又找到了当年和小尉在一起时的感觉。

小雨也不反感，抿着嘴笑。

黄小毛似乎受到了鼓舞，有时大着胆子在小雨身上的某个部位捏一下。小雨的脸就红了，黄小毛就挺幸福的样子。

有一天，小雨小声地跟黄小毛说：小毛，你这是性骚扰。

黄小毛得寸进尺地反手落在小雨的肩上说：那又怎么了？

小雨不说话，只是笑，现在她的脸已经不红了。

黄小毛有时就大着胆子想：小雨这姑娘不错，要是和她有点儿什么事，也应该没什么。

黄小毛就觉得这日子有了奔头。

这些日子，黄小毛不知道小雨这姑娘怎么了，总是对自己不理不睬的。

那天，他又和小尉通完了电话，通电话的时候，自然选择办公室没有外人的时候。小宫被处长老郭叫去促膝谈心了，小洪不知到哪儿串门去了，办公室里只有小雨在打字。通完电话，黄小毛意犹未尽，走到小雨身边拍了拍小雨的背。

如果在平时，小雨早就嘻笑成一团了，今天的小雨却没有笑，反倒厉声地说：黄小毛，请你尊重我，别动手动脚的，这样不好。

黄小毛怔在那里，好半晌才说出句：我靠！然后悻悻地走回到自己的桌旁，他开始拼命地喝水，他知道眼前所有的变化都源于什么。难道杨司长和自己的关系就那么重要？

四

打字员小雨和黄小毛的关系冷了下来，和小宫却热乎了起来。俩人此时正在那桃红李白地说一些很不着调的话，小宫不知在哪次的饭桌上贩来几个黄段子，正说给小雨听，不知小雨真没听出来，还是假装正经，露出一排很白净的牙，清纯地笑。然后，俩人约好星期六去怀柔的红螺寺玩儿。小宫的爱人是一家报社的记者，经常有采访任务，有时一出差十天半月的很正常。在爱人出差的日子里，小宫这个人就显得很生猛，看女孩子的目光总是阳光灿烂的。

小宫又提议带旅游帐篷什么的，也得到小雨的积极响应。

黄小毛就想，一男一女，夜半三更地睡在外面，能不有点事？再偷望小雨时，他又想到了小尉，从侧面看小雨更像小尉了。莫名地，和小尉分手的那个夜晚又浮现在眼前。直到现在，他才有些后悔，要是早知道和小尉天各一方，还不如那晚和小尉有点什么了。他现在已经是三十多岁的过来人了，回头再看青春年少时的事，便看出了许多遗憾。

小宫也是过来人，小雨二十刚出头，现在二十多岁的女孩子，胆子大得你都不敢想。黄小毛越这么想，心里越不是个味儿，仿佛自己的恋人被别人撬走了那般失落。

由此，黄小毛就想到了和杨司长一家的关系。刚留在北京那会儿，黄小毛真的一心一意地把杨司长的家当成了自己的家。他一个人在北京无依无靠，那时他真希望老周把自己当成亲弟弟一样看待，他自己也朝这个方向努力着。机关里有时分点东北大米、油啊什么的，他一个人整天吃食堂，用不上这些东西，便趁周末都把这些东西倒腾到老周家了。老周也不客气，指挥着黄小毛把东西放下。坐下来之后，老周递过来一支烟，黄小毛不会吸烟老周知道，但老周还是那么让一让，然后自己点上，喷着烟雾和黄小毛天南地北地说上两句。不知不觉就到了吃饭的时间，杨司长在黄小毛进门的时候就开始忙碌，这时终于做好了饭，黄小毛起身告辞。这时黄小毛很希望老周或杨司长说句留他吃饭的话，但人家没说，他就不好再坐下去了。他太希望能和杨司长一家三口坐在一起吃上一顿饭了，吃什么无所谓，图的就是个气氛。他已经许久没有吃过这样的饭了，从学校到现在，他吃够了食堂。

黄小毛走到门口的时候，心里很失落，但回机关去吃食堂他又没胃口，食堂一天到晚都是老三样，他早吃腻了。于是，他就回头冲老周说：周大哥，咱俩去外面吃吧。

老周回头望眼杨司长做的饭，似乎对家里的吃食也已经吃腻了，便很干脆地说：那行，我换件衣服。俩人就下楼，找了一家饭店进去。黄小毛主动地让老周点菜，老周也不客气，三下五除二就把菜点完了。老周点菜时从不考虑价格，都是平时自己很少吃到的。黄小毛的意思是弄两个家常菜，喝两瓶啤酒就完了。老周则不，因为黄小毛留京，是他一手操办成的，吃黄小毛他认为是应该的，名正言顺。菜要了一桌，两个人根本吃不完。吃完饭，老周又让服务员拿了几个快餐盒，把没怎么吃的菜打包，提在手里挺长的一串，一边打着酒嗝，一边和黄小毛挥手作别。

这饭吃得黄小毛心疼，一转眼就花了二百多，然后黄小毛就无精打采地往宿舍走去。过不了多久，黄小毛又犯同样的错误。有时候他想，日后在机关里混，还要靠人家杨司长呢，就算是感情投资吧。

黄小毛结婚之后，他去杨司长家的次数少了起来，年呀节的仍去探望一下，礼自然是少不了的。每次去，杨司长就说：小黄，这样不好，让人看见会有反映的。

老周则不说什么，默默地把东西接过去，轻描淡写地放下，接着杨司长的话说：小黄也没来看你，他是来看我的，我们是老乡，我是他大哥，有啥反映的。

黄小毛也笑着说：就是，就是嘛。

杨司长就不说什么了。干巴巴坐一会儿，老周和杨司长都不挽留他，他也就告辞了。

后来，老周有一次风风火火地打电话主动找到黄小毛，让他晚上去家里一趟。原来老周和杨司长的闺女小雯要参加初中升高中考试了，小雯这孩子很不争气，模拟考试时考了个全班倒数第二。这下子老周和杨司长都急了，老周就想到了黄小毛，想让黄小毛辅导小雯的功课。黄小毛自然义不容辞地接受了这份工作。

黄小毛和小雯面对面学习的时候，才发现这孩子真的无可救药了。她的心思根本不在学习上。她当着黄小毛的面，一会儿照镜子，一会儿修指甲，一会儿把头发散开，一会儿又梳起来。总之，没有一会儿安静下来的时候。黄小毛就说：小雯你这样可不行，你爸你妈还指望你考高中呢。

小雯不说话，把书本翻得哗哗响，黄小毛就从数学讲到物理，他正讲着，小雯趴在桌上睡着了。黄小毛就敲桌子，小雯不情愿地睁开眼睛。黄小毛生气地说：小雯，你这样我就告你爸去。

小雯叹口气说：人家来月经了，还不让人歇会儿啊。

小雯的话说得黄小毛一愣一愣的，一个十三四岁的孩子，说“月经”跟说口香糖一样自然。黄小毛就在心里说，这孩子毁了。

黄小毛帮助小雯辅导了一阵子，也没什么起色。他后来在杨司长和老周面前提议说：这样不行，要不就让她上补习班吧，也许那样效果会好些。

杨司长叹气，老周也叹气，俩人一商量就采纳了黄小毛的建议。在海淀的一所学校报了名，学校离杨司长家住的位置还挺远的，接送小雯的任务就又落到了黄小毛的身上。

周末还好一点，他把小雯送到学校去，自己赶回来，下午放学时再去接。平时就紧张了，下了班，来不及吃晚饭，急忙赶到小雯的学校去，然后带着她穿越大半个城区赶往海淀。小雯兜里有花不完的钱，到学校旁边的麦当劳买了东西，边吃边上课。黄小毛就惨了，他舍不得在外面吃，偶尔一次两次还可以，吃碗面什么的，天天如此，他就吃不消了。那阵子女儿出生不久，小于又没奶，只能吃奶粉，像样一点儿的奶粉一桶都要上百元钱，不到十天就吃完了。孩子半岁以后，食量大得惊人，黄小毛已经不是以前的黄小毛了，孩子出生后，他才感到日子的拮据。一个孩子什么地方都得花钱，他和小于两人都靠工资，没有别的进项，又添了一张嘴，日子就可想而知了。

他这么天天接送小雯，小于很有意见。小于休完产假开始上班了，请不起保姆，只好把小于的妈妈请来照顾。老太太早就退休了，没带孩子时生龙活虎的，不是扭秧歌就是爬山，硬朗得很，一带上孩子就立马不一样了，不是今天这儿疼，就是明天那里不舒服，睡木板床不习惯，非得睡那席梦思。黄小毛没有办法，听着娘儿俩上一句下一句的冷言冷语，抽空还得给丈母娘买点营养品什么的。前两天刚一回家，就听丈母娘说：你们这孩子累死个人，我到你们家这一个多月，瘦了八斤八两呢。

丈母娘膀大腰圆的，壮实得很，躺在席梦思上都能压出一个坑来，黄小毛没见她瘦，反见她胖了。丈母娘说瘦，那就是瘦了，在小于的督促下，他当天晚上就去超市买了不少营养品堆在丈母娘床头，让她补身体。黄小毛细算下来，请丈母娘看孩子，比请保姆还贵。

他自从领受了接送小雯的任务后，早出晚归的，丈母娘和老婆都有意见。晚上忙乱的时候，要喂孩子，还要给孩子洗澡，然后哄孩子睡觉，老婆喊孩子哭的，这些黄小毛都帮不上什么忙。因此小于很生气。黄小毛回到家的时候，一家人都睡下了，有时有剩饭，他顾不上凉，吃一口算了。如果没剩饭，他就泡一袋方便面对付一下也就过去了。他觉得这一切都好忍受，他不能忍受的是在等待小雯上课的两个多小时的无聊时间。那时，他学会了在商场里东游西荡，引得商场保安把注意力都集中在他的身上。商场里有空调，日子还好过些，要是在商场外，那罪可就不好受了。两个小时过去了，千呼万唤的小雯终于出来了，然后他带着小雯转乘好几趟公交车回到家里。他一直把小雯送到楼门口，看见她走进家，才转身风风火火地往回赶。

有一次，他看着表，从商场里走出来，明明补习的学生都出来了，就是不见小雯。他着急，也有些害怕，怕小雯出什么事。自己出点啥事没关系，要是小雯出事了，他没法交代。他一边喊着小雯的名字，一边朝学校里面走，里里外外都找了，也没发现小雯的影子。后来，他都快打电话报警了，才在学校旁边的树影里发现小雯。那个不争气的丫头，和一个男孩正拥在一起。黄小毛见此情景，气不打一处来，一把把小雯扯过来，头也不回地向公交车站走去，耳边招来小雯的一片责骂。

小雯说：不用你管我，你算老几呀？

小雯还说：我不认识你，以后不用你送我了。

他回过头，白着脸说：我辛辛苦苦地接送你，你不学好，想干什么啊？

小雯说：我学好不学好，关你什么事？

黄小毛说：我要对你妈你爸负责。

小雯说：你是我爸我妈的狗腿子。

黄小毛听了这话，一下子把手松开了。那一刻他真的很悲哀。心想：自己究竟算干吗的，凭什么接送人家，凭什么管人家？那一刻，他想哭。那天晚上，他没等小雯敲开自己家的门，便一头扎进了暗影里。

就这样，黄小毛风雨无阻地接送了小雯一个学期，一直到考完高中，黄小毛才算解脱。结果小雯只考取了职业高中。在这一过程中，老周没说一个“谢”字，就连杨司长也没说一个“谢”字。黄小毛想：不谢就不谢吧，只要他们心里还记着这事就行。

五

处里的小宫俨然把自己当成了未来的处长，以前经常晚来早走的，现在一改过去的作风，工作严谨，一份文件中出现了一个拿不准的字，他和打字员小雨头挨头地查了半天字典，最后终于把那个字搞明白了，才如释重负地长嘘一口气。

不仅如此，小宫现在差不多成了处长老郭的代言人，该这样那样的，小宫已经把处里当成一个家了。处里订了一些报纸，机关为了使报纸花样繁多一些，订的时候，这个处室和那个处室的尽量岔开一些，看报纸的时候，自然就轮换着看。管理处看报纸时，自然也到其他处室随便去抓，别人到管理处也是随手乱拿。小宫的积极性提高后，每次有人来拿报纸，他都会让人登记，几点几分拿走的，又几点几分还回来的。有人忘记还时，他会急赤白脸地去找人家要。几次之后，别的处室的人都觉得小宫这人有些过分，不就是一张报纸嘛！渐渐地，就没有人随便到管理处抓报纸了。在处务会上，小宫一边喝水，一边深有感触地说：凡事都要有个规矩。老郭在一旁一边吸烟，一边点头。老郭给小宫画圈了。

在黄小毛的眼里，小宫也挺不容易的。小宫比黄小毛晚到机关两年，后来他才知道，小宫是在处长老郭的帮助下才到来机关的。老郭的老家也不是北京。各部委外地人很多，差不多一半以上都是这种外地人，外地人和外地人组合在一起，就有些复杂。老乡呀，邻省邻县的，沾亲带故的，便经常在一起来往，有的还搞个同乡会什么的，渐渐就形成了一个圈子。这个圈子有大也有小，有近也有疏。小宫的老家和老郭的老家据说很近，从俩人说话的口音上也能听出一二来。小宫和老郭走得密切一些也就很正常了。

老郭在机关混到五十多岁了，才混上个处长，在别人看来挺悲哀的，但在老家人面前，可了不得。

有一次，黄小毛亲眼看到，一群背着大包小包民工模样的人，在大门口传达室前吵吵嚷嚷的，警卫不让进，他们非要进，一边还说着老郭的名字。黄小毛听说是找老郭的，便主动把他们领进来。进门的路上，一个老乡就冲黄小毛说：你是郭首长的秘书吧？

黄小毛听了老乡的问话，就想笑，没说什么。

那人就又说：郭首长是俺姨夫，是俺们老家走出来的大官。

黄小毛就说：官有多大？

那人说：宰相门前七品官，怎么的也比县太爷大吧。

黄小毛觉得这些人很好笑，于是就笑了。

那人又说：我说得差不离儿吧？

黄小毛也学着那人说：差不离儿。

每年春暖花开的季节里，总会有一拨又一拨这样的人，聚在大门口，找这个处长，或那个司长的。他们都是老家来人，进京打工的。他们投奔他们心目中的首长，有首长给撑腰，他们还怕什么呢？于是，他们说话的嗓门就很大，一副理直气壮的样子。

春暖花开的季节里，处长老郭的办公室就显得很繁荣。这时，老郭的门是关上的。众人或蹲或坐在老郭周围。老郭不坐，背着手，挺着胸，伟人似的在屋里踱来踱去。他的桌上放满了众人敬的烟，一会儿一支，繁华得很。然后，老郭就说：这样啊，事情是这样的，现在城里的工作呢不好找得很，这样，我打个电话吧。

接下来，老郭就开始打电话。机关管理处和外面打交道多一些，老郭认识的人也广一些，都是搞后勤的人，其他部委总有一两个信息工期队，这样一来，三联系两联系的，就碰上了一两个施工队缺人手，然后老郭一挥手，很豪放，很有伟人风范地说：妥了，你们去吧。

众乡人雀跃起来，把灿烂的笑盛开在脸上，说着郭首长如何好、如何伟大的话。老郭并没有到此为止，他接着给乡亲们来一顿教育。先从北京讲起，老郭每次都说北京是什么？是首都，可不比县城，也不比省城，毛主席他老人家就睡在这里，你们说话、吐痰都注意一些。

众人就喏喏地点头、称是。

老郭又一挥手，从大处讲到小处，小处就是：你们这些人是我老郭介绍去的，莫给我丢脸。

众人又是一阵金鸡乱点头，这才散了。老郭这时没忘记喊过小宫，如此这般地交代一番，小宫便跟个包工头似的，领着这些人鱼贯着穿过走廊，带着他们去该去的地方。一路上免不了被乡人问起是不是郭首长秘书等老问题。

小宫做这一切时从没有怨言。有时，老家来人多了，送走一拨又一拨，老郭就无法如愿把这些人安置出去。小宫这时会及时出面，跑前忙后地联系，总能快速地把这些人一批又一批地送出去。

年底的时候，也经常出岔子，这些人在北京干了半年了，该回家过年去了。有一两次碰上包工头不结账的，带着工钱躲起来的情况，他们没有别的出路，又前呼后拥地来找老郭。他们鼻涕一把、泪一把地诉说自己的不幸，一家人就指望打工挣这点钱呢，驴呀马呀地干了大半年了，血汗钱一分没拿到，他们心寒，他们喊冤。这时的老郭脸色是铁青的。老家的生活他知道，这些人都是土里刨食的农民，他们容易吗？不容易。老郭一手捂不过天来，这种事全国各地都有，他管不了那么多，但他的亲人、同乡受难了，他不能不管。

于是老郭开始打电话联系，联系来联系去，总能找到一些有瓜葛的人和单位，其实这些单位和人都和包工头存在利害关系，他们没少得包工头的好处，说是包工头躲了，其实躲的只是这些民工，他们能躲那些人吗？他们明年还想不想吃饭了？联系上这些人，问题就解决了，说好时间、地点，领钱就是了。

乡亲们又是千恩万谢，一步三回头，抹着眼泪，发誓等过完年，春暖花开时节再来北京，还找郭首长。

老郭就一脸凝重了。

时间长了，黄小毛发现老郭这人除了水平差一点，人并不坏。起码这人还是有良知的，懂得乡亲的疾苦。如果让这人当大些的领导，说不定会帮助广大的弱势群体办一些好事、实事。可惜，老郭这辈子除了为乡亲们在北京找点活路外，其他的事也做不了什么。

因此，处长老郭就感到很悲哀，马上就退休了，他最大的愿望就是弄个巡视员的头衔。虽说不是什么官，副司级的待遇还是有的，说起来也好听，副司级干部相当于老家市里的副市长或副书记一级。这是老郭的一个梦想。

机关为了平衡各种关系，每年都会有这样的职务变动，干了一辈子革命工作了，没有功劳还有苦劳，就要退了，给个待遇吧，这样一来，你好我好，大家都好，留得安心，走得愉快。自从机关改革之后，人精减了一大半，都是一个萝卜一个坑，没有那么多闲职和编制了，运作起来就相当有难度。

老郭为了这，不惜冷落自己的同乡小宫，而和黄小毛打得火热，甚至他在人前人后一直说黄小毛的好话，把自己的接班人也甘愿让给黄小毛。这一切，都是因为黄小毛是杨司长的人。现在杨司长不被待见了，黄小毛自然也没什么大用了，老郭的真实面目就显露出来了，他该和小宫咋地还咋地。

中午的时候，老郭总会把小宫叫到自己的办公室去闲扯，俩人关起门来，用家乡话说事。两个人都感到很亲切，满耳都是乡音，亲不亲故乡人呢！

这些年来，小宫名副其实的是老郭的一名小兄弟，鞍前马后的容易吗？为了啥，还不是为了让老郭栽培一下，以后好有出头之日。老郭心灰意冷了，巡视员弄不上就弄不上吧，但一定要对得起小宫，让小宫牢牢记住自己的恩情，日后见面了，小宫也会念他个好。年呀节呀的，这些老干部回机关搞联欢时，也有个人打招呼。那时候，连个人都不上前问候一声，那才是悲凉呢。

于是，老郭一有空闲就把小宫叫到自己办公室去。老郭用乡音说得语重心长，说自己这一辈子的得失，同时也把为人为官的感悟毫无保留地传授给小宫。这是人生的一笔宝贵财富，以后就看小宫自己的悟性了。

小宫在老郭面前，始终以一名晚辈的身份洗耳恭听。机关里一拨一拨人，永远有老一拨对小的这一拨知根知底，还有不少是老的这一拨亲手调到机关的，或者是自己栽培的。老的这一拨不退，小的这一拨永远抬不起头来，有短处，或感情债在老的那一拨手里捏着，于是小的这一拨就小心地为人，夹着尾巴做事。等老的这一拨退了，他们成为老人的时候，他们才长嘘一口气，再没有什么尾巴在别人手里捏着了，然后扬眉吐气地做人、做官。他们手里又捏着更年轻一拨人的短处了。

当年小宫求老郭办事时，提着大包小包的礼品往老郭家跑，说着低人一等的话，这就是为人的短处。况且，老郭把小宫弄到机关来了，老郭又是处长。小宫这种处境，在老郭面前将永远地短下去。正如黄小毛和老周、杨司长的关系一样。

黄小毛有时甚至想：这世界来一场大地震该多好啊，一切都不复存在，睁开眼就是崭新的了，谁也不欠谁的，谁也不求谁，然后抡开膀子重新建设一个全新的世界，那是多么美好的一种境界啊！

六

周末的时候，黄小毛家的电话又响了，他正坐在电话旁逗孩子玩。电话一响，他的精神就有些紧张。以前，他盼老周来电话，又怕老周来电话。盼老周来电话，那样的话，他可以堂而皇之、光明正大地走进杨司长家，他用不着特意地去和杨司长拉关系，有和老周的关系足够了。老周虽说级别和杨司长差了好几级，但在家里却一点儿也看不出来，很男人、很领导的样子。有次喝酒时，老周红头涨脸地说：她狗屁司长，我让她干啥她就得干啥。杨司长不知是做给外人看的，还是真心的，反正在外人眼里给足了老周面子，她在家里就跟一个受气的小媳妇似的，被老周呼来唤去的。老周就很风光。每次和老周打麻将，黄小毛输多输少心里都比较平衡。他就想：这是输给杨司长了，老周高兴，杨司长就高兴。有谁能这么荣幸每周都能陪领导，而且又是陪局级领导打牌呢？

另一个黄小毛又很怕老周叫他去打牌。一周了，好不容易盼到休息两天，看看书，带着孩子去公园转一转，可现在，他把业余时间都花在了打牌上，家里人有意见不说，他自己也觉得挺无聊的。有人说打麻将这玩意儿，容易上瘾，就跟吸烟一样。打了这么多年麻将，黄小毛到现在一点儿瘾也没有，越打越觉得累。别人在麻将桌上算计的是怎么比别人早些开和，他不能想着开和的事。他要平衡左右的关系，尤其是老周的关系，不能让老周输，也不能让自己输得太多。输得太多，他这个月的日子就紧巴了，孩子的奶粉质量就得下降。他左右平衡，照顾着老周，于是这麻将打得就很累，一宿下来，要死要活的模样。所以说，他又有些怕老周叫他去打牌。

电话铃响了几声之后，他心情复杂地拿起了电话，果然是老周打来的，这次却不是叫他去打牌，而是通知他，明天晚上同乡聚会。黄小毛松了一口气，冲电话里的老周连声说谢，并保证，明天准时去。

同乡会也是有级别的，有头有脸的人才能参加。黄小毛算是特例了。他这种特殊自然是老周的面子。第一次参加同乡会时，老周把黄小毛往办事处主任老王面前一推，便说：小老乡，人实在，未来的处长。

老王就拍黄小毛的肩说：有出息，后生可畏啊！

人到齐了，黄小毛才知道自己几斤几两，在座的人可都是有头有脸的，说起某政府要人，就像说自己的亲人似的，那么随意，那么了如指掌。气氛既轻松又热烈。菜是家乡上得台面的菜，酒自然也是全国名酒，最不济也是国优、部优级别。黄小毛坐在一旁根本轮不上他插话。黄小毛觉得在这种场合认识这么多同乡，对自己以后是有用的，于是他充当了服务员的角色，看哪个酒杯空了，忙过去倒酒，别人讲一个政治笑话或者是黄段子，他跟着积极地笑，努力地把气氛推向高潮。其他人等都是熟人，相互敬酒，说着客气的话，黄小毛成了局外人，他想尽早融入这个圈子里，于是频频举杯，和这个处长喝过了，又去敬那个司长，然后很真切地把工作单位和名字告诉人家，以期得到众同乡的注意。老周每次聚会差不多都坐在上首的位置，离家乡的父母官总是很近。后来，黄小毛看出来了，人家不是冲着老周本人，而是杨司长。

每次办事处主任老王向家乡父母官介绍老周时，总是会说，某某部人事司长的爱人周处长。地方官就热情又亲切地和老周握手寒暄，老周就一脸的经风雨见世面的样子，言谈举止很司长的样子，无形中把自己提高了好几个级别。

黄小毛第一次参加这样的聚会，既紧张又兴奋，频频地给各位同乡领导敬酒，敬来敬去，把自己给整多了，一出酒店就分不清东南西北了。老周搀着他上了一辆出租车，一路上老周轻描淡写地说：小黄，你不能太急，急什么？

黄小毛就感恩戴德地说：周大哥，你这人够交情，没忘了兄弟，以后就是赴汤蹈火，你说一声就行。

这是第一次，后来慢慢就熟了，同乡领导每次聚会都能叫上他的名字了，眼前杯里缺酒了，就会喊一声：小黄，把酒倒上。黄小毛就乐呵呵地上去倒酒。有时一顿饭下来，忙出一脑袋汗来，胃却没饱，回到家还得偷偷地煮一袋方便面。但他高兴参加这样的聚会，他长了很多见识，也认识了许多要人。黄小毛就想：这些人都是自己的财富呢！

有一次，这些人中的一位处长真起到了作用。黄小毛的哥哥下岗，下岗前那个单位就半死不活的了，哥哥嫂子又都在一个单位里上班，家里养了两个孩子，日子过得可想而知。就这样，哥哥、嫂子还双双下岗了，日子就没法过了。哥哥有一天就打来电话，说是要到北京来打工，让黄小毛帮助联系一下。黄小毛脑袋就大了，他知道，他们的工作是不好找的。哥哥在工厂里几十年了，没什么特长，就是一把子力气，到北京找工作只能卖苦力，说不定干上一年，年底被包工头涮一把，一分钱都拿不到，像郭处长那帮乡亲一样，真是不容易。黄小毛就在电话里先把哥哥稳住，他说看能不能在老家替哥哥想想办法。

机会终于来了，又一次聚会时，坐在他身旁的一位处长，说是认识黄小毛老家的书记。黄小毛见到救星似的拼命地向那位处长敬酒，处长一高兴，当场拿出手机，拨通了老家那位书记的电话，热络了几句之后，就把黄小毛哥嫂的事说了。然后放下电话，冲黄小毛说：没问题。

果然没问题，不到半个月，哥哥打来了电话，他说自己已经到一家效益不错的单位去上班了。这是黄小毛第一次为家办事，他高兴之余，多少有些成就感。这一切，他都感恩老周。

这一次，他早早地来到了老周的楼下等老周下楼。老周很准时，慢慢悠悠地下楼。黄小毛忙伸手叫了一辆富康出租车，自己为老周打开后车门，关上。自己又跑到副驾驶的位置上坐下。一路上，黄小毛都在没话找话，他怕冷了场，上星期的事他还记着，他觉得自己不该那么办事，赢了点儿钱就跑了，上次老周是输了钱的。自己怎么着也该安慰安慰老周才是。这几天，他都在深刻地检讨自己。杨司长虽说不是人事司长了，可她现在毕竟是司长呀，瘦死的骆驼比马大，再不受人待见，也是司局级干部，难道还能回到黄小毛的这个起跑线上来，那是万万不能的。就是闲在家里，那也是司局级待遇，有专车，看病都是用“蓝本”。就这一点，黄小毛到死也不一定能混上。

办事处老王在安排宾主座次的时候，有一个细节被黄小毛忽略了，老周被安排到离主人稍远一些的距离，向主人介绍时也没提杨司长，而是直接说某某部的周处长。黄小毛一进门就跟服务员似的忙着给各位领导倒茶，所以他忽略了这一细节。

整顿饭老周都很不高兴的样子，不停地喝酒，有时别人不和他碰杯，他也一口把酒干了，忙得服务员和黄小毛轮番为老周倒酒。

席宴结束的时候，黄小毛发现老周喝多了，老周热血满胸膛的样子，还没走出酒店就把衣服扣子解开了，很潇洒的样子。黄小毛这回搀着老周叫了一辆夏利。黄小毛心想，反正老周喝多了，坐什么车都是无所谓的。

老周一路上都在说：老王这人太势利，什么东西！

翻过来调过去的，就是这几句话。

下车的时候，黄小毛扶着老周往楼上走，老周似乎这才发现了小黄的存在，于是翻着死鱼似的白眼说：小黄，你这人也太势利。

老周这么一说，黄小毛惊出一身冷汗来，接着心里马上就是一阵悲凉。好在老周不说什么了，东摇西晃地任由黄小毛架着往楼上走。

“呜哇”一声，老周吐了，吐了黄小毛一身。黄小毛为了参加这次活动，把结婚时买的西装穿上了，平时他舍不得穿这身衣服，一千多块钱呢。

送完老周，黄小毛一身酒气地站在楼下。这时，他自己也想吐了。

七

黄小毛的小姨子来了。小姨子大学毕业快一年了，至今还没有找到满意的工作。小姨子毕业前，老婆小于就在他的枕边吹过风，让黄小毛帮着联系单位。黄小毛不是没联系过，现在找工作不比以前了，哪儿都不缺人，大学毕业生满大街都是。

前几天到外面吃饭，那家饭店的广告上就打着：本店服务员百分之百的大学生。刚开始黄小毛还不信，一个中下档次的酒楼，怎么会招来这么多大学生？席间，他拉过一个服务员一问，果然是大学毕业，毕业的学校虽不著名，在全国也算是重点院校。后来又有一个倒茶的小伙子，黄小毛一问也是大学生。黄小毛就感慨，自己大学毕业到现在才几年呀，要是现在毕业，说不定自己也在这里给人端茶倒水呢。黄小毛就庆幸自己早生了几年，更庆幸自己有一份安逸的工作，而且还是国家机关。

为小姨子的事，他没少费心思，国家机关他是不敢想的，刚精简不久，都是一个萝卜一个坑，况且，他也没门没路子。以前他靠杨司长才幸运地进了机关，现在杨司长已经不被人待见了，没办法，他只能想其他的办法，同学、同事、老乡什么的都发动起来了，结果并不理想。刚开始，似乎有点希望，在一家公司工作的一个同学回话说，他们那儿缺一人，他帮着给争取一下。结果，没过两天又回话说，那家公司的主管部门的一个处长，把一个亲戚安置进来了。同学说：没办法，谁让人家是处长呢。

老婆一家虽说是北京人，但是个单支，亲戚朋友都没什么权势，父母也都是工人出身，早就退休了，现在只有黄小毛是干部，还在机关工作，小姨子不找他找谁？于是三番五次地来找他，找得他头都疼了。每次他都回话说：我正在打听呢，一有消息就通知你。结果是，他那儿总也没什么消息。于是小姨子等不及了，带着自己的日常用品，找到他家住下了。拿出了一副不达目的不罢休的样子。家里无形中就多养了一个闲人。

现在小姨子和孩子住在一起。以前送孩子去幼儿园的工作都是黄小毛的事，小姨子来了，为了表明不是吃闲饭的，就主动把接送孩子上幼儿园的工作接管了。然后在家里打发漫漫时光。

正是夏天，空调正开足马力工作，电视也是要打开的。于是，小姨子就整日里躺在沙发上看电视。黄小毛家里的电表，自然是嗖嗖地转得飞快。

黄小毛倒不是心疼那几度电钱。他心想，老是这样下去也不是个事儿。就是小姨子不住在自己家里，该没工作还是没工作。黄小毛接下来就很勤奋地为小姨子联系工作。机关下属有服务公司，经理以前是机关的一位处长，黄小毛和那个处长以前就打过交道。说不上熟悉，认识是认识的。黄上毛就想到了那位处长，管理处和服务公司打交道还算多的，年节的时候，从服务公司进点货，分给大家，一来二去的，黄小毛和服务公司也算熟悉了。黄小毛想到服务公司问一问，看他们那里缺不缺人。

中午下班的时候，黄小毛就去了服务公司。找到经理，他刚从外面喝完酒回来，还在那儿不停地嘬着牙花子。黄小毛他是认得的，不冷不热地打了声招呼，还把自己面前的“大中华”抽出一支，扔给黄小毛。黄小毛就把小姨子的事说了，还没等黄小毛说完，经理就笑了。他一边笑一边说：你知道我这服务公司是干什么的吗？是机关子女接待站。

这时，黄小毛才知道，服务公司大部分工作人员都是机关里有头有脸的人安排进来的关系户，编制才几十人，现在都过百了。

经理看出了黄小毛失望的样子，就安慰他说：只要你能弄来副部长批的条子，人我就要了。

这话对黄小毛来说等于什么也没说。黄小毛离开服务公司就感叹，这世界没权没势的简直就没法活。这么想过之后，他就觉得肩上责任的重大，一定要混出个样子来，只有那样他才能为自己的亲人和朋友办些实事。

眼下的形势对黄小毛来说相当的不利。处长老郭调巡视员的希望破灭了，在年底机关里只有两个即将退休的处长调上了巡视员。那两个处长资历都比郭处长老，老郭调不上巡视员也在情理之中。还有几个月老郭就要退了。老郭已经没什么顾忌了，不管跟谁说话，态度都很冲，就跟吃了枪药似的，走起路来也横着膀子。这和以前老郭的形象大相径庭。以前的老郭为人谦和，办事小心，多年的机关工作他早就明白了该说什么，该做什么。现在老郭就要退休了，却一反常态，早就把机关的游戏规则忘到了脑后。他要在最后几个月的机关生活里，活出个真我来。

机关领导历来都有个尺度，就是从不和即将退休的干部纠缠，说到底也纠缠不出什么名堂来。退休干部干了一辈子了，什么都无所谓了，和领导关系闹僵了，大不了退休后少来机关两次，反正退休后就不和机关发生什么关系了，退休工资每月到银行去领，给退休人员涨工资，那是国家的规定，少一分一厘都是不可能的。像老郭这样，退休前愿望没能完全实现的干部，现任领导一般都是躲着走。

领导躲老郭，老郭却不躲领导，现在他有满腹牢骚需要发泄，说起话来冗长得很，情绪自然很激愤。领导每次看见老郭心里就很虚，表面上又不能显现出来，还要热情地打哈哈。老郭似乎抓住了领导的短处，去领导办公室，他会目中无人，长驱直入，然后坐下来就没完没了，痛说自己这大半生，牛呀马呀地为革命做了那么多工作，现在就要退休了，两手空空，连巡视员这样虚空的一个头衔也没有混上，悲凉呀！老郭反复地在直抒胸臆。领导就点头、叹气，关键的时候，还要安慰老郭几句。

这些日子的老郭，就变成了祥林嫂，见谁就跟谁念叨自己的委屈和不满，正常人都远远地躲着老郭，唯有小宫不躲老郭。一天中午，小宫还专门把老郭请到机关外一个酒楼里，两人不知整了多少酒，反正回来的时候，老郭有些喝多了。于是老郭办公室的门也不关，大着舌头说：小宫，你放心，你的事就是我的事，你的事我要办不好，我就白活了。

小宫的事自然是接班的事，老郭这么一说，小宫忙把老郭的门关上，又是拧毛巾，又是倒茶的，一通忙活。

这些日子，小宫是很开心的，嘴里不停地哼着歌儿，和老郭的情绪形成了明显的反差。小宫在老郭面前一点也不得意忘形，他和老郭一起同仇敌忾，苦大仇深的模样。一离开老郭，小宫的脸上立马鲜花盛开了。

黄小毛看在眼里，心里就想：小宫这小子在机关没白混，已经入道了。

老郭果然说到做到，他一次又一次长驱直入领导的办公室，阐明自己的观点，力保小宫能接上自己的班。什么影响不影响的，老郭已经不在乎了。

换个角度想，领导也不一定把这个空出来的处长位子当回事，谁干不是干呢？说不定，老郭这么一折腾，小宫就能顺利地接班。

管理处现在只有黄小毛感到悲哀了。在接老郭班的事情上，平心而论，应该轮到他的。现在老郭这么一折腾，又在如此关键的情况下，杨司长不受待见了，没人替黄小毛说话了。黄小毛就感叹自己生不逢时了。

小宫又明目张胆地邀请打字员小雨去郊游了，小宫老婆一定又到外地采访去了。老婆一不在身边，小宫就浑身的激情，看女孩子的眼神就别样起来。于是，他和小雨一拍即合，两个人嘻嘻哈哈，南长北短地议论郊游的事。

八

自从小姨子住进黄小毛家之后，黄小毛也想开了，反正她白吃白住，送孩子就让她送去，早晨她愿意做饭就让她做去。小姨子毕竟是受过高等教育的人，她也觉得白吃白喝有些于心不忍，一些家务活，她主动地承担了起来。黄小毛也乐得轻闲。人一轻松，起床就早了，家属院不远处有一个小公园，一些晨练的人都集中在小公园里抻胳膊踢腿的。黄小毛也加入到了这些晨练的队伍中。几天前，黄小毛看到了一份报纸，有一则消息说：现在中年人压力大，很容易猝死。黄小毛就想，自己也三十多岁的人了，一晃也快到中年了。黄小毛顿时就有了紧迫感，于是他开始锻炼了。他不想中年就猝死，孩子还没长大成人，生活应该说刚刚开始，他还没有活够，他要好好地活下去。

在晨练的时候，就发生了一件事。他眼睁睁地看着一个老人在一棵树下倒了下去，那个老人原本是在树下打太极拳的，打着打着就倒下去了。刚开始黄小毛并没在意，以为他累了，躺在草地上休息，看了一会儿，又看了一会儿，发现有些不对头，就走过去，这时已经有几个老人也围了过来。老人们显得很有经验，一眼就看出不对劲儿了。因为他们都互不相识，显得有些冷漠。黄小毛上前看了一眼，躺在地上的老者有些面熟，又一时想不起在哪儿见过。围上来的只有他一个年轻人，那几个老人都用眼睛望他，并说：要是及时送到医院，也许还有救。说是这么说了，并不见谁有所行动。黄小毛只好走过去，把老人抱了起来。公园不大，没几步就跑到了门口，一辆出租车又及时停在了眼前。

接下来的一切就都很通俗了，黄小毛又交押金，又打电话的，忙上忙下好几个回合，老人终于抢救过来了。原来老人心脏病犯了，身上又没揣救心丸什么的。医生说，要是再晚来一会儿也许就没救了。抢救过来的老人自然很感动，拉着黄小毛的手，千恩万谢。黄小毛直到这时，脑子里才忽然想起，这个老人不是别人，正是退休不久的老部长。于是，黄小毛说出了自己的工作单位，老人也张大嘴巴，两个人顿时有一种相见恨晚的感觉。

黄小毛没能一眼认出老部长，是因为虽说在一个部里工作，他并没有真正见过老部长几面，层次相差得很遥远。部长在位时又很忙，从中央到地方有许多会议要参加，平时在部里也上不了几天班。就是在部里，也轮不到黄小毛和部长打交道，就是司长一级干部想见部长也得提前约见。

黄小毛救完人没有马上走，还有一个真正原因是抢救老人的钱是他垫上的，他不能就这么走了，是死是活总得有个说法，那是他准备周末老周叫他去打麻将留出来的钱。自从上次同乡聚会之后，他第一次发现，其实老周也挺可怜的。自己就这么远离老周，觉得挺不仗义的。于是他发誓，只要老周叫他去打麻将，他一定前往，还和以前一样。毕竟自己留在北京是老周帮的忙，要是没有老周，自己这时说不定连工作都混不上。黄小毛是个善良的人，也是一个有良心的人。他不想让这些钱打水漂，不管结果如何，他要听个响动。

这个响动，他果然听到了。部长的老伴赶来了，不仅还上了他的钱，老部长还拉着他的手，声如洪钟地说：小黄，周末去家里玩儿啊。

周末的时候，黄小毛差不多把老部长的话忘了。在他的潜意识里，老部长是退休的人了，退休的人就没什么用处了，况且，老部长和新部长的关系又不睦，这一点可以很明显地看出来。原来老部长重用的那些人，现在都靠边站了，新部长一上任要树立自己的威信，组织自己的骨干。杨副局长就属于老部长的人，不受待见了，弄了个并列司长的角色。

周末的时候，老周并没有约他去打麻将，一下子无事可干的黄小毛顿觉空落落的。以前他对老周每到周末约他去打麻将已经厌倦了，甚至还有些敌意和不情愿。现在老周突然不喊他了，他又显得没着没落的。在无所适从中，他想到老部长和老部长说过的话。

黄小毛就想：反正闲着也是闲着，去老部长那里坐坐，没啥好处，至少也没啥坏处。门牌号老部长已经告诉他了，就在附近的一栋居民楼里。那栋楼黄小毛熟悉，每天上班下班时都经过那栋楼，但他一直不知道，那栋普通的楼里就住着老部长。

黄小毛敲开老部长家门时，才发现老部长家外表普通，里面的内容一点也不普通。这是两套房子打通后形成的一个大套房，五六间房，厅大得有些夸张，除了宾馆的大厅外，黄小毛还没见过这么大的厅。

老部长家显得很冷清，老部长正坐在窗前望着车水马龙的街道，这么大的房子只有老部长和老伴两人。黄小毛的到来，无疑让老部长又惊又喜。老部长指挥着老伴又是拿烟，又是倒茶的。黄小毛坐下后，手就被老部长抓住了，他发现老部长的手又软又细，像女人的手。接下来，老两口就抢着和黄小毛说话，问了家里又问了工作，没什么可问的了，就说起了自己。两个孩子现在都在国外，身边没什么人了，冷清得很，孤单得很。部长老伴又说起了单位，说是刚退下来的时候，单位的头头脑脑的还经常来家里坐一坐，现在十天半月的也不见人来了。

老部长显得很有涵养的样子，不说这些，一直热情、出神地望着黄小毛，还用另一只手拍着黄小毛的手说：遗憾啊，我在位的时候不认识你。

黄小毛也听出了弦外之音，要是那时就认识老部长，那会是个什么样子呢？那时他还会晕倒吗？就是晕倒了，又轮得到他去救吗？就是他救了，老部长又会这么对待他吗？所以一连串的假设后，黄小毛就冷静下来了。

部长的老伴仍说着许多家长里短的话，那意思是，两个孩子都不在身边，要是身边有一个像黄小毛这样的孩子该多好啊！这话说得很真诚，有那么一刻，黄小毛心里都热乎乎的了，如果老部长还没退，他一定会毫不犹豫地跪拜下去，叫一声干爸干妈。那会是一种什么样的景象啊！可现在黄小毛却显得很理智，死死地坐在沙发上，表情是温顺的。黄小毛知道那句俗话：男儿膝下有黄金。此刻，他要是给老部长跪下了，又能换来什么呢？是小姨子的工作，还是自己处长的位子？于是，他就只能那么坐着。

黄小毛向老部长告别时，老部长拉着他的手情真意切地说：有时间带着爱人和孩子就来家里，以后这就是你的家。

黄小毛感动了，为了一个老人的真情实意。眼前的部长是多么普通啊，普通得和一般的老人没有什么差别。他往家走的路上就想，说不定自己到老年时，也会和老部长一样渴望热闹。可老部长的一生已经热闹过了，自己到现在还从来也没有热闹过呢。

回到家之后，他很快就平静下来了。二十多岁的小姨子就在眼前，老婆小于还旁敲侧击地说他白在机关混了这么多年，自己就要到手的处长职务就要鸡飞蛋打了，这么多年付出的努力，就要烟消云散了。一想起这些，他一点儿精神也提不起。

有一天，他下班回来得早了一些，进门的时候，看见小姨子只穿了件小背心和一条短裤在沙发上看电视。大热天的，一个人在家的小姨子这身打扮也不为过。过的是，他明明看见黄小毛回来了，还没有动手穿衣服的意思。黄小毛就有些尴尬。小姨子长得并不漂亮，老婆小于其实也不漂亮，小姨子长得还不如老婆小于。小姨子在上大学的时候，别人都如火如荼地谈恋爱，唯有小姨子没有谈，原因也是小姨子不漂亮。现在又没有工作闲在家里，更不会有年轻男人来追求了。于是，小姨子就大胆地在黄小毛面前展示自己的身材。

黄小毛心灰意冷地躺在床上，顺手把屋门也关上了，以便让小姨子的形象和自己彻底隔离起来。黄小毛心里堵得慌，他想：要是小姨子找不到工作，就会长期在家里住下去，那么大一个姑娘戳在那儿，这叫什么事？

上班的时候，黄小毛听办公室的小洪说，处长老郭把自己未来接班人的报告已经递上去了，连同小宫个人的一些材料。黄小毛听到这个消息后，上火又心慌，于是和小洪打了个招呼就提前走了。

九

周末的时候，老周又给黄小毛打了电话，自然是约他去打麻将。黄小毛这阵子真的提不起精神，但他还是去了。他一面觉得对不住老周，另一面是老周也挺不容易的。

不知为什么，老周的情绪很好，可以说是兴高采烈的样子，黄小毛不知道老周为什么这么高兴。黄小毛又看见杨司长坐在了书房里，不知是看文件还是看报纸。

这次黄小毛又输了一百多，只有这样他才心甘情愿，心情也就比较放松，如果是赢了钱还要想着请老周吃饭什么的，很是劳神费力。输了，他反倒一身轻松了。

散场之后，黄小毛本想快点回家，躺在床上睡上一觉，他现在只感觉困。老周的情绪却很好，拍着黄小毛的肩头说：今天我请客。

老周的情绪很好，打麻将时的手气就很旺，接二连三地和牌。他不仅赢了黄小毛一百多，还赢了其他两人各一百多，老周的情绪就一直很好。老周要请客，这对黄小毛来说还是第一次。黄小毛本想推托，但又怕影响老周的情绪，况且，以前都是黄小毛请客，这次老周说要请客，黄小毛的心里就平衡了一些。

席间，老周喝了挺多的酒，黄小毛眼见着老周的脸都红了起来。后来老周举起杯子和黄小毛碰了一下说：告诉你一个好消息。老周说完这话，卖了个关子，不直接把话说下去，而是喝了一大口酒，咕噜一声咽下去，又吧唧了一会儿嘴才说：知道吗，你们的新部长，住院了。

黄小毛就张大了嘴，他不知道新部长住院又算什么好消息，他不明白，老周就为这个高兴？

老周又笑一笑道：知道你们部长是什么病吗？是癌，都快晚期了，这一住院，就再也不会从医院出来了。

黄小毛一下子清醒了，他的呼吸开始急促，脑子里也急转弯似的乱转，一切后果，他都明白了。不受待见的杨司长，以后可能仍会受到重用，也就是说，新部长立下的规矩，有可能被推翻，要改天换地，世界又是另一番模样了。

这消息对黄小毛来说，无疑是振奋的。一时间，他仿佛被打了一针强心剂，人立马就精神了许多。他站起来，把自己的杯子倒满酒，一口气喝了两大杯。

结账的时候，他小兄弟的感觉又找到了，和老周撕撕扯扯地争着要去买单。最后还是老周把账结了。

回家的一路上，黄小毛心里燃烧着一种莫名其妙的情绪。还没有走进家门，他就把衣服扣子解开了，虎生生的样子。老婆小于不在家，可能出去买菜，或者是干别的什么去了。只有小姨子带着孩子在玩，小姨子今天穿得比较多，黄小毛看小姨子时，觉得小姨子长得并不怎么难看，眉眼间还是有些朝气，年轻女人嘛，怎么说都有些可爱之处。一冲动，他走上前，在小姨子的腰上拍了两下，这是以前从来没有过的。小姨子就用一双惊慌的眼睛看他，又忙说：我姐一会儿就回来了。

小姨子显然是误解了。小姨子这么说完之后，眼里转瞬就多了层雾气一样的东西，脸也红了，看样子，以前还没有一个男人这么对她。看到小姨子这样，黄小毛的心里多了些怜爱的成分，然后就挥挥手说：你工作的事就快有着落了。

小姨子听了这话，脸孔越发地红润了，史无前例地冲他说：姐夫，你还没有吃饭吧？

他摆摆手就躺在了床上，他想睡觉，却睡不着，许多美丽的景象在眼前飘来荡去的。处长老郭的报告是不能算数的，如果杨司长重新得到重用，自己处长的位置，那是不会有什么动摇的，到那时……他又想到了长得很像前女友的小雨，他就有些冲动了。

老婆小于回来的时候，情绪是很不好的，把从超市买回来的东西，动静很大地往冰箱里放，然后又有声有色地往里间走。走到他床前，看了他一眼，看他“大”字似的躺在床上，心里就多了些火气。每次他打麻将回来时，都觉得理亏，总是把自己尽力缩小地躺在床上。这次，他很放松，一放松就躺成了“大”了。老婆自然不高兴，嘴里说：睡睡，就知道睡，这日子你还过不过了？

黄小毛忍不住了，一虎身坐了起来，字正腔圆地说：过，怎么不过，不仅要过，而且还要过好。

没等老婆发火，黄小毛就很沉不住气地把从老周那里听来的消息告诉了老婆小于。现在黄小毛急于把好的消息告诉所有的人，让人们一起和他分享快乐。

老婆小于脑筋转得比黄小毛还要快，她自然知道这条消息意味着什么，立马呼叫一声，把黄小毛扑倒在床上，又是亲又是叫的，弄得黄小毛很不适应。

周一上班的时候，机关里上上下下果然跟地震似的不同凡响起来。部长住院了，这么大个机关不能一日无主，一位姓刘的副部长开始全面主持机关工作。周一上午便通知所有司以上领导开会。

下午的时候，各种消息便接踵而至。杨司长又回到人事司主持工作，其他被调整过的领导又官复原职了。黄小毛这才知道，姓刘的副部长，原来是老部长的人，老部长退休就是力举他接自己的位子，可新部长斜刺里冲出来。现在好了，一切又按照原来的既定方针办了。机关里上上下下，煮水似的沸腾了。有高兴的，就有哭的。

处长老郭和小宫就属于哭的那一拨的。两人的脸都拉得很长，又关起门来，秘谈什么去了。

打字员小雨当然看清了风向，快下班的时候，小雨偷偷地塞给黄小毛一张实验话剧院的门票，说今晚的话剧叫《坏话一条街》。黄小毛以前就听说过，小雨的父母好像是和什么话剧院有关系。黄小毛是个记吃又记打的人，他毫不留情地又把那张票推给了小雨。自己不看小雨的脸色，挺胸抬头，很有骨气地出门，下班了。

吃完晚饭后，黄小毛迫不及待地走出家门，他急于到老部长家坐一坐。下午得知姓刘的副部长是老部长的人这条消息时，他就想到了老部长。他后悔那次没有马上认老部长老两口做干爸干妈。如果那样的话，自己又和老部长一家近了一层。这次黄小毛不想空着手去，他先拐进一家超市，买了一堆营养品什么的，重重地提着，走进了老部长家。果然，他受到了老部长一家的热烈欢迎。

老部长已经在雷打不动地收看《新闻联播》，但还是把头扭向了黄小毛这一边。老部长自然早就知道了机关上下的变化，他又向黄小毛通报了一回，黄小毛显得很冷静，仿佛刚听到似的，也惊讶了一阵子。

老部长就拍着膝盖说：小刘（刘副部长）是很勇士的，他主持工作，我是放心的。

黄小毛就笑，并马上说：那是，那是。

老部长又突然想起了什么似的：以后，你有什么事就去找小刘，小刘这人很好，没有架子。

话还没说完，老部长就去打电话，熟门熟路的样子，电话接通了。刘副部长并不在家，对方显然知道了是老部长的电话，很热情地寒暄了几句，老部长就很领导地说：小刘回来，让他给我回个电话好了。

电话就放下了。

老部长打电话时，黄小毛的心脏都快跳出来了。老部长放下电话，就冲黄小毛说：明天你到小刘办公室去一趟，认识认识，小黄你这孩子不错，我要向小刘推荐你。

黄小毛就说了许多感谢的话，还为老部长削了个苹果，为部长老伴倒了回茶，他一直期待着老部长或部长老伴再说到孩子什么的话题，那时他会毫不犹豫地跪在二老面前，叫一声干爸干妈。可惜，一直到走，两位老人也没提起过。黄小毛自然不好叫，然后一步三回头地走了。

走在夜路上，黄小毛的心情也是空前绝后的好，明天会是个什么样子呢？他自己也说不出来，此时此刻，他觉得有许多话要说，可一时又找不到一个突破口。就在这时，他想起了一句小时候耳熟能详的现代京剧里的台词，于是，他大着声音就唱了起来：幸福生活万年长——

引得路人纷纷向他侧目。

青春往事（小说二题）

生　日

董小乐在这年的秋天，已经当满两年兵了。对于入伍已经两年多的男兵董小乐来说，他可以用老兵来称呼了。军装已经洗过无数次，有些发白，是那种淡淡的白，以前衣服穿在身上还有些支棱，现在，已经服服帖帖与身体合二为一了。董小乐经过两年在部队的锤炼，走路的姿式，包括看人的眼神，已经有些味道了。这种味道让更老的兵们看了顺眼，让新兵看了羡慕。于是，董小乐就是名副其实的老兵了。

成了老兵的董小乐在这年秋天迎来了自己的生日。确切地说，这是董小乐在部队过的第三个生日。第一个生日，董小乐是入伍后在火车上过的。那是运新兵的军列，董小乐穿着见棱见角的新军装，用新奇和敬畏的目光打量着周围的一切，也打量着有些陌生的自己。

离开家门前，母亲在他的军挎里塞了两个鸡蛋。母亲说：小乐啊，再过两天就是你的生日了，这是给你煮的鸡蛋，你带上。

在当兵以前，小乐一直在上学，从小学到初中，从初中到高中。高中毕业，他就入伍了。小乐以前也过生日，每次过生日，父母都很重视。重视的结果是，每一过生日，父母都会给他煮一个鸡蛋，热乎乎地塞到他的书包里。小乐家里孩子多，上有哥哥，下面还有弟弟妹妹。每次过生日，母亲塞给他鸡蛋时都有种偷偷摸摸的感觉。董小乐不知道哥哥、弟弟妹妹是怎么过的生日，想必和自己也差不到哪儿去。那时的董小乐不把自己的生日当回事。在他的记忆里，生日不过就是一个煮熟的鸡蛋。

这次，董小乐当兵了，母亲大方地一次给了他两个鸡蛋，这让董小乐感到沉甸甸的。母亲说话时还红了眼圈。那会儿，董小乐的心已经长了翅膀，他要飞起来，一直飞到渴望的部队。他也就没太在意红了眼圈的母亲。

直到运送新兵的列车“咣当”“咣当”地慢慢启动时，他才看到车窗下母亲那张泪脸和更多送行家长们的湿润的眼睛。董小乐的鼻子突然一酸，眼眶有些发热。后来车轮发出数不清的“咣当”声后，渐渐远去了。董小乐又跟个没事人似的，和同伴们在列车上笑闹起来。

两天后，车还没有开到部队，这趟军列是临时增加的，所以总是避让着其他正常的列车，车就开得很慢。坐上军列的第二天，董小乐迎来了自己的生日，他几乎都把自己的生日忘记了，是无意中伸手摸到了挎包里的鸡蛋，才想起了自己的生日。董小乐吃鸡蛋的时候，心里顿了顿，这时他才意识到，自己已经离开了家，离开了父母。吃到第二个鸡蛋时，他有些想父母和自己的哥哥和弟弟妹妹了。但很快，这种思念的情绪就烟消云散了。

新兵连的魏连长正组织大家练歌，歌儿是他们上车前刚学的，铿锵有力，唱着歌儿就让人想起集体什么的。董小乐唱着唱着就有了热血沸腾的感觉。

董小乐在军列上的这个生日，轻描淡写地就过了。他自己没太当回事，别人不知道，就更谈不上什么了。

董小乐到部队的第二个生日是在连队过的。连队有给兵过生日的传统，让兵们能感受到集体的温暖和关爱。每一个干部、战士的生日，炊事班的墙上都贴着一份。晚上吃饭时，炊事班长亲自下一碗长寿面，打上一个荷包蛋，出其不意地、热气腾腾地端上来，放到过生日的战士的桌前。炊事班长也不多说什么，放下碗就走了。众人就知道，今天是这个兵的生日。

生日这碗面大家都吃过，无非是多放了些油、肉丝什么的，战士们不感到有多新鲜，并不多看，低头吃着碗里的饭。董小乐看着眼前的面，一时无法下筷，一双筷子在碗里动了许久，才吃下第一口。眼前一直晃动着母亲那张挂满泪痕的脸，当了一年多兵的董小乐开始想家了。在到部队一年多的时间里，他只能和父母通信，有时一周一封，有时半个月一封，他把对家的思念，绵长地写在信里，父母也把对儿子的牵挂写在了信里。现在的董小乐，每天晚上睡觉前，都会想起家里的亲人。

董小乐一开始思乡，人就变得有些内容了。他不是以前那个天真无邪的孩子了，那时的他脸上挂着孩子般的笑，眼神简单而清澈。此时，因为长久的思念，小乐的眼里和神态就有了一种比较深沉的东西。渐渐地，像个成熟的男人了，嘴唇上也冒出了一层绒绒的胡楂儿。

那次，董小乐面对着生日面，不知为什么就流下了眼泪，三五滴泪，滴滴答答地又落到了面碗里。魏连长看到了，走过来，坐在他的身旁，用力地在他肩头拍了两下。董小乐的眼泪就止住了。魏连长用力地拍他，这是军人的语言，当满一年兵的董小乐已经能领会这种特殊语言的含义了。别的就不用多说了，再说就显得多余了。都是出门在外当兵的人，明白这些东西。

时间过得很快，一晃，又一晃，董小乐就迎来了在部队的第三个生日。此时的董小乐已经是个老兵了。过生日的那天早晨，他就想把自己这个生日搞得有些内容，不想再清汤寡水地过了。中午的时候，他去了趟军人服务社，买了一瓶高粱烧，还买了午餐肉罐头，狠狠心，又买了沙丁鱼罐头，结实地塞进挎包里，沉甸甸地背了回来。董小乐在心里意识到，自己已经二十岁了，已经当满了两年兵，他把自己看成一个成熟的男人了。

以前，他见到老兵过生日时，偷偷地喝过酒，吃过罐头，酒喝光了，举过头顶，狠狠地摔在地上，酒瓶碎了，像一声震耳的爆竹，看起来很过瘾。然后，挥挥手，很潇洒地走了。从背影上看，这都是老兵的做派。

前一阵子，他参加过两个老乡的生日聚会，一个是刘大为的，还有一个是李小念的。他们也买了酒和罐头，在夜深人静时，偷偷地从宿舍溜出来，躲在炊事班后面的猪圈旁，把酒喝了，罐头吃了，也把空酒瓶子狠狠地摔在了地上。

他们之所以偷偷溜出来喝酒、吃罐头，是有原因的。一切的原因就是部队有纪律，战士在平时是不允许喝酒的，要喝只能是偷偷地喝。熄灯时，他们一律老老实实地上床，等着连长或指导员查完岗，再到宿舍转一圈，用明晃晃的手电，挨个把他们照了，看到人都在，连长或指导员才安心地回去睡觉。几个人这才爬起来，提上白天买的酒和罐头，翻过墙头，躲到连长的猪圈旁。

董小乐过生日这天，已经和老乡刘大为和李小念打过招呼了。他从军人服务社回来，看到刘大为和李小念时，拍了拍沉甸甸的挎包，又冲两个人挤挤眼睛，两个人就明白了。以前，他们两个过生日时，也是这么告诉他的。

那天下午训练时，三个人都显得很亢奋，摸爬滚打，动作做得比平时认真，也卖力气。

晚上吃饭时，炊事班照例给董小乐端上来一碗生日面，葱花、鸡蛋是少不了的。董小乐因为心里有事，吃得很是草率，甚至都没吃出什么滋味。这回董小乐没像上次过生日那样，把生日面吃得伤感而缠绵，毕竟是老兵，心肠已经练得硬了一些。

晚上自由活动时间一过，熄灯号就吹响了。

连长照例在熄灯号吹响后，晃着手电，查了岗，又挨个把宿舍里的兵看了，就一晃一晃地回去休息了。

董小乐悄悄摸下床，老乡刘大为和李小念也跟着穿好衣服，三个人神不知、鬼不觉地溜出宿舍，翻过墙头，到了猪圈旁。已经是深秋了，夜晚有了些凉意。为了能让连队的猪安然过冬，战士们在业余时间割了很多猪草，像山一样堆在猪圈前的空地上。此时，草已经被晒干了，散发出干燥后的特殊气味。董小乐和刘大为、李小念就坐在这些草中，一来可以避寒，二来也很隐蔽。

月光很好，清清白白地从东方的天空流泻下来，斑驳地映着连队的营地和高高低低的树木。树上还有零星的叶子在风中摇摆，似乎不愿意作别最后的秋日。

罐头打开了，高粱烧也打开了。高粱酿的酒味道很冲，浓浓淡淡地和着秋草的气味。三个人还没开始喝酒，就有了微微的醉意。

刘大为和李小念看着董小乐，董小乐就郑重地说：今天是我二十岁生日。说完，很豪气地用嘴对着酒瓶子，咕咚咕咚地喝了两大口，才把酒瓶递给身边的刘大为。刘大为也说：祝董小乐生日快乐。说过了，也学着董小乐的样子，喝了两大口。

每个人都喝过了，就开始吃午餐肉和沙丁鱼罐头。几轮下去之后，他们就有些晕了，再抬眼看月亮，月亮就双双对对地在眼前晃了。

董小乐声音有些哑着说：明年这时候，咱们就该复员了。可不是，时间就是一晃的事。刘大为喝了口酒，样子挺深沉的。

李小念接过刘大为递过来的酒瓶，没有马上喝，而是把手伸到上衣口袋里，掏出了一张照片。李小念神秘地说：给你们看样东西。

董小乐和刘大为就探着头问：这照片上的人是谁呀？

刘大为不等李小念卖关子，伸手就把李小念手里的照片抢了过去。

月光明晃晃的，照片上的女孩子腼腆地笑着。刘大为看了，就“呀”地叫了一声。

董小乐伸手也抢了过来，他看了一眼，也惊叫一声，然后说：马美丽?!

李小念就低着头，很不好意思的样子。

刘大为捣了李小念一拳，变声变调地说：你小子行呀，把马美丽套到手了。

马美丽是他们的同学，从初中到高中一直都是，马美丽和她的名字一样，的确很美丽。因为美丽，人就很高傲，谁也不理的样子，一直到高中毕业，似乎从来都没有和男生主动说过一句话，就连正眼也没有看过他们。这么美丽、高傲的马美丽，居然把照片寄给了平时不哼不哈的李小念。这一切说明了什么？董小乐的心还是沉了沉，刚才还兴致勃勃的他，此时一下子就没了兴致。不知是为了马美丽，还是为自己。

刘大为就用劲儿地又捣了李小念一拳，仿佛李小念有了马美丽的照片就该挨这一拳。刘大为捣完李小念，就哑着声音说：你小子是怎么把马美丽弄到手的？

李小念抬起头，目光虚虚地看了眼刘大为，又望着董小乐，颤着声说：其实也没啥，我到部队后就开始给她写信，后来她就把照片寄来了。

李小念如此轻描淡写地描绘自己和马美丽的恋爱，却让董小乐和李小念心里都“咣”地响了一声。他们入伍后也都不时地想起过马美丽，有时是在睡前静寂的一刻，有时就是在梦里了。匆匆地想过，马美丽的容貌就很快地消失了。她毕竟离他们还是太远了，远得只能让他们匆匆地想一想。没想到，遥远的马美丽却一直在和李小念保持着通信，而且还寄来了照片。

董小乐和刘大为就不说话了，一起抬头望向那轮明晃晃的月亮。月亮已经悬到头顶了，他们只能费劲儿地扬起脖子，才能看到高高的月亮。苍白的月光照在两个人的脸上，脸就像涂了一层霜。几个人都不再说话了。李小念像做错了什么，把马美丽的照片又放回到衣袋里。然后，抬起眼悄悄地瞟着身边的董小乐和刘大为，嗫嚅着：我今晚本来不想让你们看的，因为喝了酒，就给你们看了。

董小乐清了清嗓子，望一眼李小念说：没啥，马美丽不错。

刘大为也说：就是，咱们都是同学，现在又在一个连队，你不该瞒我们的。

李小念似乎明白了一些，忙拿起地上的酒瓶，举在手里说：是我不对，我罚酒。

说完，咕咚咕咚地把酒喝下去了小半瓶，这才舒了口气：也没啥，就是和她通通信，她寄来了照片。要是以后我和她那啥了，一定请你们喝酒。

刘大为也抓过酒瓶，咚咚地喝了两口，冲董小乐说：小乐，祝你生日快乐！

董小乐就说：你都说过了。

说完，也喝酒。酒吞到嗓子里，只剩下辣了，别的滋味就没了。

刘大为把身体向董小乐这边靠了靠，离李小念远了点，身下的秋草发出细碎的声音。

刘大为半靠在草垛上：明年这时候咱们就该复员了。

董小乐叹了口气：可不是，今年二十，明年二十一了。

李小念抬起头，望着两个人。两个人都不看他，虚虚实实地望向远方。

李小念站了起来，拍拍身上的草屑说：我先回去睡了，我有点困了。

刘大为挥挥手：你要困就先去睡吧。

李小念就走了，两个人一直看着李小念翻过墙头，消失在墙的那边。李小念翻墙的动作有些像狗急跳墙的样子。

李小念走了，刘大为这才说：哎，你说马美丽这个人哪。

董小乐也说：可不是，你说这人。

两人说完，就不再说话了。

刘大为从兜里掏出盒烟来，很费力地抠出两支烟，递一支给董小乐，两人的头就凑在了一起。

起风了，董小乐划了半天火柴，才把两支烟给点上。

风大了一些，刮得他们身下的草一片响动。

刘大为说：冷了，咱们也回去吧。

董小乐晃了晃地上的酒瓶：还有点儿，我喝一半，剩下的你干了。

刘大为说：行。

最后，董小乐把酒瓶子摔了，学着老兵的样子。刘大为把吃空的罐头盒踢出去老远，罐头盒发出很空、很闷的声响。

两个人很快地消失在墙的后面，悄悄地溜回了宿舍。

夜半时分，也就是在刘大为和董小乐刚刚睡着时，连长吹响了紧急集合的哨声。

全连的人都醒了，他们看到猪圈方向火光冲天。

两个小时之后，大火被扑灭了，连队损失了几垛的干草。着火的原因很快就查清了，火灾的始作俑者自然是董小乐，负次要责任的还有刘大为和李小念。

在几天后的军人大会上，董小乐被连长义正词严地宣布，严重警告处分一次。刘大为和李小念是从属地位，被宣布口头警告一次。

宣布处分的那天晚上，三个人又来到了猪圈旁。望着消失的干草垛，董小乐说：真对不起，为了给我过生日，让你们俩受连累了。

刘大为拍拍董小乐的肩膀：哥们儿，别这么说。这点小事算不了什么。

李小念神情沮丧地拿出了马美丽的照片，那是一张被烧焦的照片。救火时，他的衣服被烧着，因此也连累了马美丽的照片。

李小念轻轻地说：我救火时光顾着奋不顾身了。

说到这儿，还滴下了几滴泪水。

等他再抬起头时，董小乐和刘大为已经勾肩搭背地走了。

以后，原来形影不离的三个人，只剩下董小乐和刘大为了。

许多年过去了，每到深秋时节，董小乐还要过一次生日。每次过生日，他都会向人们说起二十岁时过的那个生日，和那场大火。

董小乐后来还知道，李小念复员后并没有和马美丽怎么样。再后来，董小乐、刘大为和李小念相继成了家，有了自己的妻子。现在，他们每年都要找机会聚一聚，而每一次聚会时，他们都会提到那场大火，那时的三个人是最快乐、最开心的时候。

公鸡们的命运

雷达营坐落在一个挺偏僻的山坳里，因为有了一群兵的存在，山坳里就有些青春的活力。

事情是从营长家属来队开始的。营长的夫人姓贺，名玲。那一年营长三十岁出头的样子，贺玲也有三十岁左右。营长的老家在江南一座大城市里，贺玲就是从大城市里来的，她的职业是中学的英语老师。按理说，营长是可以让家属随军的，因为营长是江南大城市的，他就一直没让同样居住在大城市里的家属随军，谁愿意离开大城市，来到山沟里呢？因此，贺玲也就一直没有随军。

贺玲来队，起因是营长生了一场大病，住了两个月医院，后来营长就出院了。出院后的营长身体状况很差。营长没生病前，人就很瘦，住完两个月的医院，营长就更瘦了。军装穿在身上显得宽宽大大的，立在那里就像个稻草人。

也是因为营长身体出现了问题，贺玲和学校请了长假，到部队来照顾营长。不知是两地分居的缘故，还是营长瘦的问题，总之，两个人一直没有孩子。有没有孩子就不深说了，这是个复杂的问题，外人是永远弄不清楚的。

因为贺玲没有生育，人就显得很年轻，江南水土好，皮肤自然也透亮，身体更不用说了。贺玲在战士们眼里，简直就是个美女了。一个这么美丽的女子，来到偏僻的山坳里，就显得与众不同。这种不同也就不说了，故事的开始还得从贺玲养鸡说起。

英语老师贺玲来到部队后，过着深居简出的日子，山坳里没有别的去处，除了兵营，距兵营外几百米的地方还有一个村庄，这就是山坳里的全部烟火了。站在山坡上看上几眼，一切都一览无余。没有什么可看的，每天清晨或傍晚，英语老师贺玲就站在营部的院子里，捧一本英语书，读上一气。江南女子说中国话动听，说外语也同样动听。她每次读英语时，都引得山坡上小鸟也叽喳一片。贺玲便成了山坳里一道最奇异的风景。

日子久了，贺玲不仅读英语，还不知从哪一天开始，竟从老乡家里买了一只趴窝的母鸡，当然也买了一些鸡蛋。她决定让母性大发的母鸡孵起小鸡来。

小鸡们很快就破壳而出了，母鸡带着小鸡每天都在营院里遛一遛。老母鸡在前面咯咯叫着，小鸡们散落地随着母鸡身后，东一头、西一头地在地上觅食。寻来觅去的，小鸡们就长大了。

贺玲养鸡，这可是一件新鲜事，引得兵们看西洋景似的。每当母鸡领着小鸡们觅食时，兵们也成了一群小鸡，随在母鸡的身后，指指点点地议论着。贺玲在山坳里待久了，没事可干，也随着小鸡的身后，很幸福、很有成就感地看着眼前的一群鸡。

渐渐地，小鸡们就长大了，大了的鸡就能分清楚母鸡和公鸡了。贺玲养鸡的本意是，等这些鸡大了，把它们做成鸡汤，给营长补补身体，好让营长能早日健壮起来。

后来鸡们终于长大了，贺玲是不敢杀鸡的，一个会说英语的江南女子，怎么可能亲手去杀鸡？杀鸡那天，贺玲喊来了董小乐。

董小乐也没杀过鸡，但他是男人，又是解放军战士，打靶时差不多百发百中，在贺玲的眼里，董小乐杀鸡应该是没什么问题的。

当贺玲领着董小乐走到营部队院子里说明情况后，董小乐就一时手足无措的样子，木偶似的立在贺玲面前。

他干巴巴地说：嫂子，这鸡真杀呀？

贺玲看一眼董小乐，又看一眼不明所以的鸡们说：杀了吧，我熬个鸡汤，给你们营长补补身子。

董小乐就觉得身上的担子重有千斤了。他接过贺玲手里的菜刀，跃跃欲试的样子。

董小乐又说：嫂子，是杀公鸡还是母鸡？

这是一窝鸡，兄弟姐妹加起来足有二十几口，公鸡和母鸡差不多各占了一半。

贺玲听了董小乐的话，犹豫了一下：杀公鸡吧，把母鸡留下，母鸡还可以下蛋呢。

接下来，董小乐就开始满院子抓鸡了，抓不到鸡是没法杀的，只有把鸡抓住，才能杀鸡。这一点董小乐是明白的。鸡们感受到了危险，便张开翅膀，在院子里扑棱棱地乱飞乱跳，恨不能要飞到天上去。但鸡毕竟是鸡，它们没有那个本事，只能飞上两下，再接着跑。鸡们振翅奔跑时，带起的风把贺玲的裙子都掀了起来，露出了长长的腿来。贺玲的腿很白，很修长，董小乐无意中看到了贺玲的一双腿，脸不由得红了一下，又红了一下，抓鸡的动机就有了一些犹豫，但还是做出努力抓鸡的样子。鸡们似乎也不再那么紧张了。

贺玲看到董小乐抓鸡未果，就不停地鼓励着：小乐，你动作再快一点，差不多就快抓到手了。

于是，董小乐就再接再厉地向鸡们扑去。鸡们就又慌乱地四处狂奔。最后的结果是，鸡没抓到，弄得董小乐气喘吁吁，满脸通红，汗珠都落下来了。

贺玲就说：小乐，看来你一个人抓不到，要不我再去找几个战士来。

董小乐听了，自尊心受到了伤害，他涨红着脸说：嫂子，不用叫人，我今天一定能抓到。

说完，董小乐把手里的菜刀放下了，这期间菜刀一直在他手里握着。放下菜刀的董小乐又恶狠狠地向鸡们扑去。

几番折腾过后，董小乐叉着腰，气喘着望向那些鸡。

贺玲说：算了，我还是去叫个人吧。

说完，贺玲向院外走去。

董小乐真的急了，他抓起墙角半块砖，又一次扑向惊魂未定的鸡们。这一次，他瞄准了一只公鸡，及时地扔出了手里的砖块。鸡在地上扑棱几下，就晕死过去。董小乐不慌不忙地走过去，把鸡提在手里，大声地说：嫂子，鸡我抓到了。

后来，那只鸡当晚就被贺玲熬了一锅鸡汤，端给了营长。营长喝了两口鸡汤，皱了皱眉头，冲贺玲说：我不爱喝鸡汤，一喝就恶心。

贺玲就睁大了眼睛，吃惊地说：你以前是最爱喝鸡汤的，这是怎么了？

营长不说什么，叹了口气道：都是这场病给闹的。

从此，贺玲就不再张罗着杀鸡、熬汤了。

那些鸡们就散落在院里院外，只有到了晚上，才回到贺玲为它们搭建的鸡窝里。

战士们吃的大锅菜，油水不多，显得清汤寡水的，于是就想到了这些鸡。

一天中午，正值夏天，鸡们熬不住热，就躲在阴凉处，把地下的土刨了，趴在湿地上，昏昏欲睡。

董小乐和李小念从营院外回来，就看到了这些昏昏然的鸡。上次抓鸡的事，很快就被所有兵们知道了，他们都知道，那只鸡是董小乐用半块砖给砸死的。这件事笑话似的在兵们中间流传着。

李小念看到了鸡，就停下了脚步。他咽着口水说：我都十几天没吃过正经肉了，要是搞只鸡吃一吃，那就太好了。

董小乐也停下脚步，望着眼前的鸡说：这鸡是营长家属留着给营长补身子的。

那会儿，兵们还不知道，营长已经不爱吃鸡了。

李小念就舔舔嘴唇说：鸡有这么多呢，咱们吃一只不会影响营长吃的，反正就这一次。

董小乐说：怎么吃啊？

李小念说：这你就不用管了，只要你抓住，我就有办法让你吃。

董小乐嗓子里干干的，想咽点口水都没有。他东看看、西望望，发现附近一个人也没有。正是中午的时候，兵们都在午睡，山坳里很静，静得只有山上的虫鸣声一阵紧似一阵。董小乐像鸡觅食似的在地上寻找着，他终于找到了半截砖头，先是把砖头藏在身后，慢慢地向鸡们走去。

鸡们一点也没有察觉到危险，仍昏昏欲睡着。就在董小乐举起砖头的时候，他想起了贺玲说过的话：杀公鸡吧，母鸡可以留着下蛋。想到这儿，他把手里的半块砖头，狠狠地向一只公鸡砸过去。

除了被砸中的那只公鸡外，其余的鸡们都一窝蜂似的咯咯叫着逃走了，惊慌的鸡群暂时打碎了中午的宁静。

李小念见鸡被砸中了，奔上前，顺手在地上刨了一个坑，把那只公鸡埋了，然后站起身，见四周无人，拍拍手说：走吧，今晚咱们就吃鸡。

董小乐有些紧张地看着他：要是贺玲发现少了只鸡怎么办呀？

李小念一脸轻松地说：发现就发现，她又不知道是咱们干的，肯定还以为是黄鼠狼叼走了呢。

董小乐看一眼李小念，就跟在他身后走了。

晚上，连长、指导员查完岗后，李小念就从床上爬了起来。没一会儿，又回来了。他不知从哪儿弄来个电炉子，把脸盆洗了，盛了一脸盆的水放在电炉子上烧。水开的时候，李小念把鸡放到沸腾的脸盆里，很快，鸡的香气就弥漫开了。宿舍里的人都醒了，他们一下子睁开蒙眬的眼睛，吃惊地看着李小念。李小念嘿嘿笑道：一会儿大家起来一起吃鸡。

众人听了，就再也睡不着了，纷纷从床上爬起来，围着脸盆，贪婪地望着。有人问起鸡的来源时，李小念不说什么，董小乐也不说什么。

一宿舍的人，很快就撕扯着把鸡吃掉了，最后连汤也喝了。他们喝汤时，有人说：李小念，你这脸盆晚上才洗过脚呢。

众人就笑，李小念也笑。但众人还是丁点儿不剩地把鸡汤喝了。

贺玲每天都要在鸡回窝时数一数鸡，鸡的数量她心里是有数的。发现少了一只鸡时，她就到处找了起来，她见到一个战士就问：你看到我的鸡了吗？是一只公鸡。

兵们就摇头，然后帮着她一起去找鸡。兵营不大，一览无余的样子，要是有只鸡出现是瞒不住的。于是就又去院外寻找，仍是没有结果。贺玲又一次看到董小乐和李小念时，就问：你们看到我的鸡了吗？是只公鸡。

董小乐就说：嫂子，鸡丢了？

贺玲就叹口气说：今天我数了数，还是少了一只鸡，是那只芦花鸡。

李小念忙说：嫂子，别找了，说不定是让黄鼠狼给叼走了。

贺玲奇怪地摇摇头：这么长时间了，也没发现有黄鼠狼啊！

贺玲找了一圈，还是没找到那只鸡，就不再找了，扭着很好看的腰肢回家了。

不知真相的兵们就叹口气，摇摇头，散了。

贺玲找了两天鸡后，也就不再找了。

董小乐和李小念偷偷吃鸡的事，还是在连队悄悄地传开了。当然，这种事只在兵们中间进行着。兵们再看鸡时的眼神就明显发生了变化。

贺玲养的鸡们很没有组织纪律的样子，鸡们尚小的时候，总是跟在老母鸡的身后转来转去，让人看了，还很有规矩的样子。此时，长大的鸡们，眼里已经没有老母鸡了，它们和老母鸡已经平起平坐了。于是，就显得很散漫，目空一切的样子。营院内外，经常可以看到鸡们的身影。

几天之后，又一只公鸡失踪了。夜深人静时，睡梦中的兵们又闻到了鸡的味道，鸡肉的香气丝丝缕缕地渗透到了宿舍的每一个角落。这一晚，不知哪个宿舍的兵们又可以饱餐一顿了。

第二天，贺玲又走出小院，四处寻找那只不明原因失踪的公鸡，她见人就问：看到我那只公鸡了吗？尾巴是白的那只。

兵们自然知道那只鸡的去向，但谁也不说，跟着贺玲忙前跑后地寻找着。兵们一会儿说：嫂子，后面树林里也找找吧。

贺玲就跟着兵们到后面的树林，找了一圈，自然也是一无所获。又有兵说了：嫂子，鸡没准跑到了院外。于是，贺玲又在院外寻了一遍，结果可想而知。从傍晚转到天黑，也没有找到那只失踪的公鸡。贺玲就回去了，兵们也散开了。

晚上，兵们躺在床上，就议论起那只鸡，也说一说营长的夫人贺玲。

董小乐说：营长家属养鸡是为了给营长补身子的，营长出院后身体一直虚得很。

李小念也说：就是。咱们不能再偷鸡吃了，今天我看营长家属都快急哭了。

又一个兵说：咱们宿舍就偷过一次，这次是三班的人干的。今天早晨我看见他们眼圈都是红的，肯定是为了吃鸡一宿都没睡好。

董小乐说：三班的人太不像话了，也怪咱们，没有第一次，也许就不会有第二次。

李小念声音发潮地说：营长的家属今天穿的裙子可真漂亮，一看就是大地方的人穿的。

那是，人家不光是大城市的，还是英语老师呢。人家可是有知识的人。一个兵梦呓般地说。

我看营长家属比咱们也大不了多少，你看人家长得多年轻，发型也时髦。又有一个兵补充道。

说着聊着，夜就深了。

有一个兵在黑暗中说了一句：睡吧，明天还要出操呢。

说是睡了，可是兵们却仍没有睡意，辗转着在床上折腾了很久，才渐渐睡去。

第二天一大早，出完操的兵们都不自觉地向营部门口张望着，却只看到很瘦的营长，一步步向连队走来。

平时，贺玲几乎不到连队走动，她大部分时间都待在营长宿舍里，究竟都干些什么，没人知道。即使偶尔出来，也是一闪就不见了。于是，兵们就长时间向那个方向张望着。望久了，眼睛都酸胀了，才把目光收了回来。

倒是贺玲养的那些鸡们，自由地到处乱跑，仍是一副无组织无纪律的散漫样子。兵们很容易地就看到了这些鸡，于是，兵们就一起议论起鸡来。

一个兵说：这些鸡长得可真快，足有四五斤重了。

另一个兵说：就是，营长家属可没少花功夫。

沉寂了几日之后，又一只鸡失踪了。

失踪后的第二天，贺玲又出来找鸡了。兵们依旧显得很踊跃，围前围后地跟着找鸡，转了一圈后，自然是鸡的影子也没看到。贺玲只能叹口气，很好的身材就消失在黄昏之中。兵们一直目送着贺玲消失在营部的小院里，才慢慢地散了。

这天，下起了一场暴雨，雨水把地面冲刷得很干净，却也冲刷出了一地的鸡毛。原来，兵们偷完鸡，就把鸡毛埋在了营院外松软的土里，如今被雨水冲了出来，一切都真相大白了。贺玲自然也知道了，她白着一张脸，在一地鸡毛的院外站了一会儿，什么也没说就走回小院里。

过了一阵子，又丢了一只鸡。这次贺玲没有再出来寻找。鸡们一窝蜂似的从鸡窝里跑出来，自由、散漫地踱着步子。兵们便开始数那些鸡，公鸡们一个个都失踪了，此时，只剩下一只公鸡夹在一群母鸡中间了。这只公鸡就显得形单影只的样子。

从那次开始，贺玲养的鸡就再也没有失踪过。兵们也开始小心地呵护那些鸡了。

每到黄昏时分，鸡们散散落落地回到小院里，有的直接进了鸡窝，但仍有个别的犯自由主义，抻长脖子，望着落日，悠闲地溜达着。兵们就开始轰这些鸡，一直把鸡们赶到鸡窝前，然后站在门口说：嫂子，鸡回来了，数数看丢没丢？

贺玲有时探出头，答一声：不用数了。有时头也不探地就答：谢谢你们了。

一晃，年底就到了，营长因身体问题转业回了老家，贺玲自然也跟着营长走了。

新营长上任后，看到这一窝鸡时，他背着手转了一圈，又转了一圈，新营长终于说了：以后咱们还可以搞养殖，来搞好连队的副食生活。

有了新营长的思路，连队的养鸡事业就轰轰烈烈地展开了。鸡生蛋，蛋生鸡，鸡们一天天地多了起来。连队隔三岔五地就搞上一次聚餐，多添一盆鸡蛋或是一盆香喷喷的鸡肉。兵们吃鸡蛋或鸡肉时，总觉得少了些滋味。

又一个年底，董小乐和李小念这批兵就复员了。关于鸡的故事也就到此为止了。

这批兵离开部队之后的第二年春天，闹了一场鸡瘟，连队的那些鸡半个月之内就死光了。营长一声令下，这些鸡们就被深埋了。从此，这个山坳里的部队就再也没有养过鸡。

国 旗 手

前国旗手崔成又在那个时刻站在了自家门口的大树下，此时，东方那轮朝日正在缓缓升起。每逢这时，前国旗手崔成腰板挺得笔直，两眼发亮，他的耳畔似乎又回响起雄浑的国歌声，还有猎猎飘扬在晨风中的国旗。天安门广场人头攒动，闪光灯在眼前明明灭灭，那是一番怎样的景象呀！在太阳初升那一刻，前国旗手身姿挺拔地立在自家门前的树下，终于随着朝阳的升起，崔成的眼角滚过两滴又大又圆的泪。所有的幻觉终于在眼前消失，他心里一下子变得空荡起来，像家乡这片初春的原野。

新婚妻子秀站在窗后充满理解地望着崔成。她和崔成恋爱时，那时崔成是名国旗手，她爱得死心塌地，海枯石烂。崔成复员回乡了，不再是国旗手了，她仍爱得坚贞不渝。崔成每天清晨总是要这么神思恍惚一回，秀为此刻的崔成感到骄傲。村里那么多男人，谁也没有崔成起得早，谁也没有崔成站得这么挺拔、伟岸。在秀的心里，唯有崔成才是一个真正的男人。秀有千万条理由这么骄傲，因为自己的男人在国旗下站过岗，是一名真正的国旗手。

太阳跳出地平线以后，天就大亮了。崔成和秀扛着锄头向自家田地走去。在那片责任田里，他们要劳作一天，播种下春的希望。

前国旗手回到故乡已半年有余了，不知为什么，心里仍是别不过劲儿来，他总是觉得此时此刻不是在自家田地里，而是在天安门广场猎猎飘扬的国旗下，他两眼目视前方，把自己站成一道风景，那情那景，这一切怎么能让他忘记呢？四年国旗手生活，已经改变了他的一生，融入到了他的血液中，那是怎样的四年呀！

崔成能成为一名国旗手是自己的幸运，他是从众多新兵中选出来的。一下子，他就住进了国旗中队。国旗中队住在世人皆知的天安门城楼下，仅凭这一点就足以让崔成兴奋了几夜睡不好。崔成在成为一名国旗手之前，流了多少汗，流了多少泪，他自己也说不清了。

要想成为一名真正的国旗手，首先要学会走路。学会像一名真正国旗手那样走路并不是一件轻松的事情，抬腿落地都有着极严格的讲究。崔成的鞋一连磨破了几双，脚上一层又一层的血泡又变成了老皮，崔成才终于学会了国旗手的走路。

接下来，崔成不定期地要学会站立，站立成真正国旗手的样子。那正是盛夏时节，太阳如火，崔成和所有的新兵一起，背靠着红墙，笔挺而立。汗水先是湿透了帽子，然后是领口，接下来全身都湿透了。汗水流进了眼里，热辣辣的难忍难挨，泪水也随着流了下来。他们仍然笔直地立着。

太阳偏西了，他们立着。太阳落山了，他们仍然立着。太阳又一次升起，他们为新的一天而立。

自从崔成走进国旗护卫中队，他还没有走出过天安门城门口那扇红色的大门。每日里，除升旗、降旗外，那扇门永远是关着的。那扇红色的门隔开了两个世界。门外，走过金水桥，便是著名的长安街和同样著名的天安门广场，那里充满了忙碌和欢乐，看风景和放风筝的人们组成了人间景象，笑语喧哗之声被那扇门牢牢地隔开了。

那些日子，崔成每次给家人写信，话题总离不开天安门和国旗。家人来信时，自然也是这些话题。家里的亲人还没有来过北京，当然天安门对他们来说是那么的遥远和陌生。他们每天看电视时，都能看到天安门壮观的景象。自从崔成来到了国旗护卫队，亲人们觉得天安门不再遥远，也不再陌生了，他们一致希望崔成能照一张关于天安门的照片寄回家中。崔成在很长时间里也没能满足父母和亲人的愿望。终于有一天，崔成把自己的愿望对班长说了。班长看了他好半晌才说："等你成为一名真正的国旗手时再照吧。"那一刻，他觉得班长有些不近人情。直到他成为一名真正的国旗手，才明白了班长那句话的含义。

后来他们的头顶上又多了两块砖。刚开始并没觉得有什么，时间长了，平时在眼里的两块砖，此时在头上竟变成了千斤重。他们的身体变成了摇晃的树，先是两块砖从头上掉下来，接着身子一歪，整个人也倒下了，天旋地转。他的耳畔响起了班长严厉的声音："站起来，站起来！"他又摇摇晃晃地站了起来，两块重如泰山的砖又压在了他的头顶，此时他真想放声哭出来，或充满委屈地叫一声爹或娘。然而，这一切都没能实现，他只能把满腹委屈哽在胸里，咬紧牙关站立着，泪水却不可遏止地涌了出来。

那些日子，他们是多么羡慕那些老兵啊！每天清晨，国旗在老兵们的护卫下，走出那扇红色的门，走过金水桥，一直走到天安门广场。这时，崔成只能偷偷地顺着那扇暂时打开的门向外面望上几眼。此时此刻，他多么希望自己能走出城门，护卫着国旗，走向天安门广场，那一刻，是多么令人骄傲和激动人心呀！然而，这一切，他们这些新兵只能偷偷地、远远地望着了。

真正的国旗手和他们这些准国旗手最明显的区别体现在睡觉上。真正的国旗手就连睡觉时，身体也仍然保持着笔直。睡前，他们钻进被筒里，早晨醒来时，被筒仍如昨晚睡前一样。然而，他们这些新兵却不行，有的把被子睡到了地上，有的把被子横在了身上。崔成发现这一差别后，有许多个晚上，他用背包带悄悄地把自己的手脚捆在了一起，直到不用把自己捆上也能睡成老兵那样，他才长嘘了口气。

崔成这些新兵，终于能站成国旗手那样了，他们头上的两块砖也可以一连几个小时都纹丝不动了。班长望着他们笑了，班长说："行了，你们合格了。"那天晚上，崔成他们这批新兵站在国旗下唱了一首歌，歌名叫"国旗理解我"。

回乡已半年有余的崔成耳畔仍时时回响起那首歌的旋律。每次这首歌的旋律回荡在崔成心尖的时候，他都充满了感动和力量——什么也不说，国旗理解我，站在国旗下，祖国装心头——就在他们即将复员那一天，他们这些老兵和新兵站在国旗下又唱起了这首歌，所有即将离队的老兵都哭了。他们一边泪流满面，一边一遍遍地唱着。

崔成成为一名真正的国旗手不久后，班长复员了。班长那批老兵复员时和他们这些新兵一起，也唱了那首歌。班长也是那么泪流满面，班长一直把自己的嗓子唱哑了。那天，班长蹲在中队门的地上，一直默默地待了许久，班长眼前青砖铺起的地面上，留下了一串又一串他们走步和站立时磨出的深坑。那些坑是一代又一代国旗手留下的足印，班长凝视那些足印许久。崔成复员的时候，也曾在班长蹲过的地方蹲了许久，当他此时以一个老兵的身份望着砖地留下的那些足印时，他理解了班长，理解了一个国旗手的含义。四年的风霜雨雪，四年的春夏秋冬，历历在目，永生难忘。

崔成终于成了一名国旗手，他终于可以护卫着国旗走出天安门城门，走过金水桥。当他站在广场上，护卫着头顶那面猎猎飘扬的国旗时，他觉得自己已经换了一个人。长安街上，车流、人流，永远地川流不息，广场上前来一睹天安门风采的中外游客用新奇的目光打量着这里的一切。崔成知道，自己和国旗已经成了这里的一道风景，许多照相机对准了自己和国旗，连同身后的天安门城楼，那一刻，崔成有许多理由感到骄傲和自豪。这种感觉从脚底一点点升起，最后充满了全身。于是，崔成挺胸，抬头，目视前方，站出了国旗手的尊严和形象。

崔成上岗的第一天，班长就满足了他早就梦想的愿望，就是照一张自己和国旗以及天安门城楼的照片。照片寄回家中不久，父亲就来信了，父亲说："爹这辈子怕是不能亲眼看见天安门了，你给国旗站岗时，就替你爹你娘还有所有亲人多看几眼吧……"

四年中，崔成在国旗下站了究竟有多少回自己恐怕也无法说清了。但有两次他是无法忘记的。

当兵第二年的时候，他站了一班八点到十点的岗。上岗之前，肚子就有些隐隐地疼，他并没有把这疼当回事，他准时接了岗。当他站在哨位时，疼痛却愈演愈烈了，此时，正有一个外国军事代表团在中央领导的陪同下在天安门城楼上参观。

疼痛使他的脸色苍白起来，豆大的汗珠从他的帽檐下涌了出来，他咬紧牙关，一声不吭。时间一分分流逝着，外国军事代表参观完了天安门城楼，又向广场走来。崔成因疼痛使自己的身体哆嗦起来，就在这时，一个外军上将冲自己举起了照相机，也就是在那一瞬，他使出了浑身的力气把自己站成了一个标准的国旗手。在外宾面前，他露出了中国军人的微笑，闪光灯闪过，外军上将冲他竖起了大拇指，他礼貌地用目光向上将问候。接下来，所有外宾成员，都以他和国旗为背景纷纷留影。他忘记了时空，此时只觉得全中国十二亿双眼睛都集中在他的身上，有父亲的目光，有母亲的目光，还有所有家乡亲人的目光，以及眼前这些外宾的一双双目光。什么也不说，国旗知道我——他在心里反复吟唱着这首歌。一切都远去了，只剩下国旗在他的身旁飘扬，他的眼前一片国旗的色彩，不知外宾什么时离开的，直到又一个哨兵来接岗，他刚走下哨位便一头栽倒了。

被送到医院后，医生诊断为急性阑尾炎，那一次，他在医院里住了十几天。领导来看他，战友们来看他，还有一些少先队员为他送来了鲜花和一封封的慰问信。他知道自己并没有做什么，一切都是因为头顶那面国旗。

有一段时间，父亲一连好些天也没有给他来信，他一封又一封地给家里写了许多信，父亲也没有回信。他不知道家里发生了什么，那一阵他显得心绪不宁，可一站在国旗下、站在哨位上，一切就又都平静了。

就在那一天，他正在哨位上，父亲的身影突然出现在他的视线里。父亲径直朝他走来，他以为自己的眼花了，眨了好几次，才相信眼前就是自己的父亲。父亲远远的早就认出了他，颤颤地叫了一声："儿——"那一刻，他差点喊出了声。

父亲终于在哨位不远处停了下来，父亲是名参加过抗美援朝的老战士，他懂得部队的规矩。父亲终于不再往前走了，解下背在身上的包坐了下来。

父亲说："俺替你娘来看看你。"

父亲说这话时，显得一脸平静。他凝视着父亲，两年没见，父亲似乎老了许多，花白的头发在风中飘着。他在心里热热地叫了一声：“爹——”

父亲又说：“这辈子俺能亲眼看见俺儿在这儿站岗放哨就知足了。”父亲说到这儿，声音哽咽了，他看见父亲眼角的泪花。

他在心里又叫了一声：“爹——”

父亲说：“你娘没这个福了。”

他的心疼了一下，预感到了什么，但他此时只能用目光望着父亲。

父亲又说：“你娘让俺一定来看看你，俺不来，你娘闭不了眼呐。”

“轰”的一声，他的预感得到了证实，眼泪夺眶而出，他在心里惊天动地叫了一声：“娘——”

父亲还说：“这回你娘的眼睛该闭上了，她去时一直喊你的名字。你爹你娘就你这么一个娃，她放心不下哩。俺想过发封电报让你回去，可俺又想，国旗咋能没人站岗哩，俺还是硬下心没给你发电报。”

“娘呀——”他在心里这么叫过，眼泪终于夺眶而出。

父亲在口袋里摸出了一张火车票：“儿呀，俺知道你忙，下车时就买了回去的票，眼看差不多就该走了，你站岗吧，爹啥都看见了，回去时在你娘坟前说一声，你娘也该闭眼了。”父亲说完站起身，拿起地上的小包说：“这是你娘临去前给你做的一双鞋，她说北京冬天凉，莫让你冻着，爹就给你放在这儿了。”

父亲说完认真地看了他一眼，然后道：“儿呀，爹就走了。”爹一步三回头地走了，在匆匆的人流中，在他的泪眼里消失了。

下岗之后，他赶到火车站，父亲坐的那趟列车已经启动了，他只看见父亲从车窗里伸出的一只手。

他冲着火车大喊着：“爹呀——”他站在那里终于放声大哭起来。

娘的坟是在崔成当满三年兵回家探亲时见到的，坟上已经长满了荒草。他跪在娘的坟前，手里举着一张在天安门广场国旗下的照片，娘生前最大的愿望就是想看一眼他在国旗下的模样，可娘的愿望一直没有实现。他跪在娘的坟前把手里的照片点燃了，他在心里一声又一声地叫着："娘，你看儿一眼吧！"

秀就是在那次回家探亲时认识的。秀对他这位现役国旗手充满了深深的敬意。崔成知道自己再有一年就该复员了，铁打的营盘流水的兵，当满三年兵的崔成明白这一切。他不想隐瞒秀，他在认识秀不久后就对秀说："明年，俺就该复员了。"秀点着头说："嗯。"他又说："复员了，俺就不是国旗手了，得回家种地。"秀仍答："俺知道。"秀这么答过了，令他心里充满了温情和感动，他一把握住了秀的手。秀的手热热的，他就那么攥着。

后来，他就回到了国旗中队，再后来他就复员了，回乡后便和秀结了婚。当了四年兵，他只从部队带回一面缩小比例的国旗，那面小国旗是他们这些复员老兵的纪念品。秀和他结婚那天，新房内的摆设没有一件值钱的东西，唯有那面小国旗格外醒目。那面小国旗就贴在他们新婚的床头。每天清晨，崔成一睁开眼睛便能看见那面国旗，于是他就痴了一双目光，呆呆定定的。秀似乎很理解他，在这种时候从不打扰他，她的目光融入了崔成，也融入了那面国旗。她知道国旗在崔成心中的分量。

崔成当满三年兵之后，哨位上发生了一件事。那天在哨位上，一位中年妇女背着一个小女孩出现在他的视线里。那妇女一步步向他走来，在哨位前方的护栏处终于停了下来，她放下了背上的小女孩。小女孩的样子很虚弱，脸色苍白。小女孩扶着护栏站起来，先是望他头上的那面国旗，久久。小女孩苍白的脸被国旗映红了，小女孩激动无比地说：“妈妈，我终于看到国旗，看到天安门了。”

站在小女孩身后的母亲在用衣襟拭泪。

后来，小女孩的目光就定在了他的脸上。小女孩的目光在他的脸上停留了很久，然后轻轻地说：“叔叔，我要在这里照相，我家住在离这儿很远很远的地方，我有病，是来北京看病的。”说到这儿，小女孩似乎已经很累了。

小女孩的母亲接着说：“我们是来北京看病的，刚下火车，孩子说什么也要到天安门国旗下看一看，还要让我帮她照相。”母亲说到这儿，似乎也说不下去了，她掩饰着望着远处。

小女孩又说：“叔叔，我们学校也升旗，等我的病好了，我也来这里看升国旗，行吗？”

他听了小女孩的话，心里热了一下，他冲小女孩微微地点了点头。小女孩看到了，高兴起来，笑了，露出一排白白的牙齿。

小女孩身子倚着栏杆，让母亲为自己拍照。母亲背着小女孩走出很远了，女孩儿仍从母亲的背上回过头，冲他招手。他似乎听见小女孩在说：“叔叔，等我的病好了，一定来这里看升旗。”

他一遍遍地在心里为小女孩默默地祝福着。一连过了许多天，小女孩的样子他仍然无法忘记。他不知道小女孩的病好了没有，也不知道她有没有看到升国旗。

那一天，他刚上岗不久，又一次看见了小女孩的母亲。那位母亲似乎在这里等了许久，他没有看见那位小女孩，他的心猛地沉了一下。那位母亲看到他，似乎也认出了他，长长地嘘了口气，然后说：“终于见到你了，你还记得我们娘儿俩吗？”

他冲这位母亲点点头。

那位母亲又说：“我女儿昨天离开了我，她得的是白血病。”说到这儿，母亲轻轻地啜泣起来。

他的心疼了一下。

母亲接着说下去：“我知道这病是治不好的，她最大的梦想就是亲眼见一次升国旗，本来想等她的病好转一些带她来看看，没想到昨晚她就走了。”

母亲再也说不下去，他的喉头也一阵发紧，眼前竟闪过小女孩那双又黑又亮，对这个世界无比留恋、憧憬的目光。他的眼睛模糊了。

后来，那位母亲从怀里掏出一张照片：“我女儿托我捎给你的，她说这照片上也有你，让我一定送给你一张，她说也让你记住她，她叫英英。”

母亲又向前走了两步，手从护栏下伸过来，把照片小心地放在了地下，想了想不放心，又捡起一颗小石子压在照片上，然后低着头走了。

直到现在，他还珍藏着那位小女孩的照片。女孩的一双眼睛满怀希望地望着前方。从那以后，每次升国旗时，他都不由自主地用目光在围观的人群里寻找小女孩的那双眼睛，他觉得她的目光一直在望着自己，望着国旗。一想到小女孩，他的心里就热热的。

他站在哨位上，仍觉得那位小女孩正在遥远的地方望着他，于是，他在心里大声地为她祝福着：“英英，你走好啊——”

一晃离开国旗中队已经半年有余了，每天清晨，不管阴晴雨雪，他都能准时醒来。每天醒来时都是当天的升旗时间。他睁开眼睛的第一件事，便是看床头贴着的那面小国旗，此时他觉得那面小国旗正在一点点变大，正在他的头顶迎风招展。于是，他就痴痴迷迷地那么望着。

有几次，他清晨起来，找出自己曾经穿过的军装，穿戴整齐地走出家门。直到这时他才醒悟过来，怅然地走回来，把军装脱下来，仔细地叠好，放到柜子里。做这一切时，秀一直默默地望着他。秀什么也不说，秀理解他的心。

在许多个晚上，他找出叫英英的小女孩的照片，向秀讲述那个凄婉的故事。每一次，秀的眼里都盈满了泪水。

复员半年以后，前国旗手崔成已经适应了回乡后的生活。每天太阳初升时，他和秀下田做农活，太阳落山后也是他们收工回家时分。日子一如每天的升旗、降旗。

那一天，他和秀坐在地头休息，秀突然说："等到秋天，卖了粮，俺陪你去天安门广场看升旗。"

他望着秀好半晌没回过神来。后来，秀又把刚才的话重复了一遍，这一次他听清了。他一把抓住了秀的手，仿佛看见了田地里播下的种子，正在破土而出，先是长出了芽茎，最后就是一片金灿灿的庄稼……

他似乎又站在了国旗下，听着猎猎的国旗声在耳边响成一片。

仕与途

老胡在年轻时觉得自己哪点也不比老范差，在许多时候，他甚至认为，是自己成就了老范。斗转星移，事实竟是另外一个样子。

老胡和老范都是放牛娃出身。那一年他们差不多都是十三岁。老胡给前村的老王家放牛，老范给后村的老李家放牛。两人都是放牛娃，经常让王家和李家的牛相会在一起，然后两人就满山遍野地去掏雀，唱山歌。一日，王家的一头母牛怀春了，王家的一头公牛和李家的一头公牛也都发情了。两头发情的公牛围绕一头怀春的母牛发生了激烈的矛盾。矛盾的结果是，两头公牛拼斗在一起，它们相退出数米，然后发力相撞。刚开始，两个放牛娃觉得这是今天的一个乐子，然后两人就笑躺在山坡上。

没想到的是，两头牛经过激烈的情杀，也倒在了山坡上，它们怒目圆睁，口吐白沫，样子似乎就要死去了。两个放牛娃从来没见过这样的场面，他们一时也呆在那里。他们知道，牛要是死了，自己也不会有什么好结果，两人就眼巴巴地相望着。他们的眼前，地陷了，仿佛世界末日到来了。躺倒的两头公牛，似乎也耗尽了最后一丝力气，它们互相仇视着闭上了眼睛。

两个放牛娃，终于醒悟过来，就像死了爹娘，“呜哇”一声抱在了一起，失声痛哭。那头怀春的母牛，一只眼睛幸灾乐祸地望着那对躺在地上的傻情敌，另一只眼睛迷茫地望着抱头痛哭的一对放牛娃。

这时，山下的小路上正在过八路军的队伍。那天时近黄昏，因死了两头公牛无法交差的两个放牛娃，别无选择地随在八路军的队伍后面，一步三回头地向远方走去。

两个放牛娃参军不久，日本人果然投降了，原来的八路军，改编成了解放军。不久，轰轰烈烈的解放战争爆发了。在战火纷飞的洗礼中，两个昔日的放牛娃都成了真正的战士。

两人初参军时，被部队送到了著名的革命根据地——延安学习。他们一起学文化，也学军事。小胡对读书识字很着迷，很快就学会了许多字。小范对读书识字没什么兴趣，他热衷于射击投弹，也是没多久，他已经能把枪打得很准，弹投得很远。

解放战争期间，他们都投身于战争的最前沿。小胡因会写许多字，还兼着战地通信员的角色，每次战斗结束后，他就把战斗经过绘声绘色地描述一遍，然后投寄给战区的报纸。渐渐地，小胡就有了一些名气，后来就被任命为战区报的记者。他仍出生入死地奔波于战斗的最前沿，把前线的战事及时地展现在战区报纸上。

小范在战斗的洗礼中也茁壮成长起来。他先是当上了班长，后来又当上了排长。记者小胡从这个战场奔赴另外一个战场，他在战场的辗转中再见到小范时，小范已经成为一名连长了。范连长的模样也发生了惊人的变化，说话时粗门大嗓，满脸的胡子。见到胡记者时，便抓住胡记者的手用力摇着说：嘿，真他娘的过瘾，这一仗又消灭了老蒋八千。

胡记者的手被捏疼了，然后就吸着气说：我就是来采访你们这个英雄连的，快把你们的事迹说一说。范连长就说：啥事迹不事迹的，不就是打嘛。于是，两个昔日的放牛娃拉拉扯扯地坐在一棵被炮弹炸得面目全非的树下，追昔抚今地叙了起来。

不久，有关范连长英雄连的事迹便在战区报上发表了。从此以后，小范的一切便都成了胡记者追踪报道的目标，小范的事迹也由此闻名全军了。从上级授予小范所率集体的称号上，就可以看到小范成长的足迹，先是英雄连，后是硬骨头营，到最后就成了王牌团。小范自然也是连长、营长、团长地一路晋升上去。

胡记者和小范见面，大都在战争间隙，于是两人就有了许多时间叙旧、闲聊。小范不管是当营长还是当团长，见到胡记者从没一点架子，两人先是用劲握手，直到胡记者疼得龇牙咧嘴了，范团长才放手。然后两人就会找一个僻静处，弄一些烧酒，还有一些罐头——当然，这些东西都是从老蒋那里缴获来的，小酌一番。几杯酒落肚，两人就都面红耳赤了，他们都忘了自己记者和团长的身份，他们似乎又回到了放牛时代，想说啥就说啥。昔日的两个放牛娃，一个成了大记者，另一个成了著名的战斗英雄，并且成了全军赫赫有名的团长，这是两人都没有料到的。

解放战争结束不久，抗美援朝战争又爆发了。著名的记者和著名的战斗英雄，又一起奔赴到了艰苦卓绝的朝鲜战场。几年以后，他们又胜利回国，此时，他们的身份都有了变化。胡记者在战火的洗礼中已经成了作家，一批反映抗美援朝的报告文学和小说就出自胡记者之手，范团长也成了师长。

他们回国以后，都是三十大几的人了。战争终于结束了，他们也终于要考虑自己的婚姻问题了。两个人心里都有谱了，范师长爱上了师里文工团的小岳。小岳二十岁刚出头，能歌善舞，是部队特招的学生兵。范师长在朝鲜时就喜欢上了她，不过那时他没有说，他觉得时机不成熟。现在，范师长觉得自己的人生大事该了结了，于是就让自己的警卫员跑步找来了胡作家。他要和胡作家商量自己的婚姻大事，同时还要让胡作家为自己和小岳做这个媒。胡作家是师文工团的团长，管着几十号的文工团团员，让胡作家做这个媒再合适不过了。

于是，范师长让炊事班炒了几个菜，酒是一定要喝了，酒喝透了，什么话就都好说了。两人在朝鲜战场时也经常喝酒，每次战斗胜利了，胡作家和范师长总是要在一起庆贺一下的。这次不同于以前了，两人的酒喝得从容不迫，慢条斯理，后来范师长就大着舌头说：胡哇，我老范要结婚了。

胡作家对范师长的话一点也不感到吃惊，因为他自己也打算结婚了。他端起杯子有些不稳地和范师长的杯子碰了一下道：范呐，你就结呗，你今天结，我明天结。两人私下里从不称呼对方职务，就那么“胡哇”“范呐”地随意叫。

又喝了一口酒的胡作家这时似乎清醒了一些，摇摇头说：范呐，你看上谁了？

范师长就红着脸说：我看上了小岳，我要和小岳结婚。

胡作家一下子就彻底清醒了，他万万没想到的是，范竟看中了小岳，而他自己看上的也正是小岳。他是文工团团长，领导着那些青春年少的文工团团员，小岳不仅能歌善舞，而且年轻漂亮，是人见人爱的姑娘。近水楼台，他早就深深地爱上了小岳，虽没挑明这层关系，但两个人早就心有灵犀。胡作家知道小岳对自己有意，因此只等回国后，静下心来好好和小岳谈一次。没料到，他还没来得及和小岳挑明这层关系，范竟抢先一步。

这时，胡作家又想到了那两头发情的公牛，它们拼尽全力仇杀，结果，双双都倒下了。此时，他觉得自己和范也有些像那两头公牛。想到这，他就直眉瞪眼地望着范师长。范师长瞅着胡作家说：咋了，你怎么不说话？

胡作家就呻吟着说：范呐，你换一个行吗？换谁都行。

范师长就大笑，笑过了才说：我就看上小岳了，我非小岳不娶。

胡作家的天就黑了，他知道这么多年的战争生涯使范养成了一个习惯，那就是说一不二，从不优柔寡断。胡作家很理智，他不想让自己和范成为那两头拼斗的公牛，况且范是一师之长，他应该有一点优先权的，胡作家就咬着牙说：那就小岳吧。

没几日，范师长就很隆重地和文工团团员小岳举行了婚礼。小岳刚开始没想到师长会看上自己，她们这些人对著名的范师长充满了敬畏，师长的话就是命令，她已经习惯了这种命令，心情忐忑地和范师长结了婚。在婚礼上小岳看到了胡作家那张失意的脸，她那颗尚不懂爱的心也动了动，她竟有了一丝一缕的忧伤，但随着师长夫人角色的适应，那种忐忑和忧伤就消失得无影无踪了。

不久，胡作家就和另外一名文工团团员小金结婚了。胡作家的婚礼，范师长带着小岳亲自到场了。席间胡作家陪着范师长又喝了许多酒，两个人都到了一种境界，范师长就拍着胡作家的肩膀说：胡哇，咱们也能有今天，没想到哇。

胡作家也说：要是没有当初，哪有今日呢。胡作家说到这儿，两人都想到了那两头拼死的公牛。

于是，范师长就大笑：哈哈——

胡作家不知为什么竟呜咽着哭了。

范师长就说：胡哇，你喝多了，喝多了。咱们的关系还用说嘛，以后咱们说不定能成为亲家呢。那时，小岳已经怀孕了。

胡作家擦干眼泪很冷静地说：那是，要是男孩，他们就是兄弟；要是女孩，她们就是姐妹；若是一男一女，咱们就是亲家。

十个月以后，范师长生了一个男孩。

又过了些日子，胡作家生了一个女孩。

两年以后，范师长成了军长。

胡作家被调到军区文工团当上了一名创作员，成了名副其实的作家。以前每个师配置的文工团都解散了，有的转业回到了地方，有的全并到了军区文工团。小岳虽不能跳舞了，但还能唱歌，便一起合并到了军区文工团。胡作家的夫人转业到了地方，在一家工厂的工会里搞宣传。

和平了，生活也安定了。胡作家就很安心地当起了作家，不断地有反映战争生活或和平年代的作品问世，胡作家的名气不论是在部队还是在地方都越来越响亮。范军长一如既往地当着高级军官。

两人虽不经常谋面，但每过一阵子，范军长都要约上胡作家走出城市，到山里打猎。范军长舞刀弄枪惯了，长时间摸不着枪手就发痒，他总要找个机会放上几枪，若是能射猎到一两个猎物自然是很高兴的事。胡作家经常伏案写作，城市的喧嚣使他感到有些疲惫，最主要的是，他喜欢走进山里。一走进山里，他就会想起十三岁前那段放牛时光。不知为什么，一想起那段时光，他就兴奋不已。于是，范军长每次外出打猎总要叫上胡作家。范军长外出自然不是一个人，警卫员是不会离开他左右的，为范军长拿枪，还有一些干粮等。车是越野吉普车，跑一会儿便出了城，又过了一会儿，就进山了。

运气好的话，能射到一只山鸡、一只野兔什么的。时间还早的话，范军长就命警卫员拾些干柴，在山坡上就把射猎到的山鸡野兔什么的很新鲜地烤了，酒是少不了的，警卫员早就带来了。他们吃着山鸡或野兔，喝着酒，两人的谈话都很轻松，说到了放牛时光，也提了某一次战斗，最后又说到了他们的现在，说到了老婆孩子，这时两人就以亲家相称了。

直到夕阳西下，两人才坐上车回城里。

范军长兴致好时，会带上夫人和孩子。范军长带上家人时，自然没忘了约上胡作家及其家人。当年小金和小岳在文工团时号称两朵花，关系也情同姐妹。在周末的时候，两家人在一起聚一聚，这并没有什么。

两家人，好几口子，孩子们还小，自然不能进山打猎了，便选择了山清水秀的地方。这些地方大都有驻军，且都是范军长手下的师团单位。军长带着一家子人来过周末，下级自然是热情、周到，跑前跑后地忙着。玩了一会儿，到了吃饭的时间，下级自然是要招待的。下级都了解范军长爱吃狗肉，狗肉自然早就准备好了，是新杀死的活狗。范军长一见到狗肉就笑了，吃得舒服，酒自然也不会少喝，下级们轮流着上前敬酒。范军长在喝酒时，没忘了向下级一遍又一遍地介绍胡作家，说胡作家如何著名，如何伟大。下级们敬胡作家酒时脸上都带着笑，说早就知道胡作家大名，今天一见三生有幸，等等。胡作家几杯酒下肚，听了这话自然是很高兴，就和这些师、团长们聊了起来。聊起来之后，他才发现这些人的注意力还都在范军长那儿，和他说话聊天都是抽空。他们要见缝插针地向范军长说这说那。胡作家的兴致就冷了下来，情绪自然也不高了，明白了自己只是一个陪客而已。

回到家里，夫人小金就感叹：当年小岳如何有眼力，嫁给了范军长，现在一家子都跟着沾光。夫人这么絮叨时，胡作家的心里就很乱。下次再有这种活动时，胡作家便不愿参加了。他知道，范军长邀请他是真心的，但现在地位变了，一起活动总觉得不太舒服，胡作家便有意回避了。

又是没多久，范军长调到军区当上了参谋长。一晃，他们的孩子都大了。范参谋长的儿子叫范天，胡作家的女儿叫胡金。他们从小就在一个学校一个班，又一同高中毕业，那时当兵很时兴，没门路的，想当兵是件挺不容易的事。

两个孩子毕业了，范参谋长就给胡作家来了一个电话。这期间，范参谋长和胡作家也经常见面，都在军区大院住着，又都在一个办公楼里办公，自然经常见面。每次见面，胡作家都要给范参谋长敬礼，这是上下级的纪律，作家当得再大，领导还是领导。范参谋长还是那么热情，见了面就握住胡作家的手摇着说：胡哇，你这是干啥？咱俩谁跟谁，用不着这样。然后又关心地问：又有什么大作了？胡作家就说：手头正在写一部长篇。范参谋长就说：好好。范参谋长领导做大了，就有许多大事要忙，和胡作家打招呼也显得匆匆忙忙的，分手时，范参谋长仍朗声说：胡哇，咱们好久没有在一起喝几杯了，找个时间，咱们好好聊聊。他说这话时，胡作家不说什么，只是笑一笑，他知道，现在的范参谋长不是以前的范师长也不是范军长了。他只能那么笑一笑，一直看着范参谋长高大的背影在眼前走远，他便该干什么就干什么去了。

范参谋长在电话里依旧朗声说：胡哇，范天和胡金都毕业了，我看就让他们当兵去吧。当兵好哇，咱们当初要是不当兵，哪会有今天。说完，就朗声大笑。

胡作家和夫人小金正为女儿毕业一时找不到出路而发愁，当兵的路子他们也想过，只怕没门路不好办，听范参谋长这么说，心里自然是很高兴。电话里胡作家说了许多感谢的话，范参谋长就说：咱们谁跟谁呀，别忘了，咱们可是亲家哇。

这句话是十几年前的约定，现在范参谋长又提出来了，让胡作家心里感到热乎乎的。

有了范参谋长一句话，两个孩子轻轻松松地便参军了。他们自然被分在了同一个部队，没多久，范天就提干了。胡金见范天提干了，心里很着急，往家写信时就央求父亲把自己提干的事冲范参谋长说说。胡作家不知怎么说好，就一直拖着没有说。最后还是范天休假回家把胡金的事冲父亲说了。范参谋长又给胡作家打了一个电话，仍那么朗声说：胡哇，胡金这孩子的事就是咱家的事，这点小事你不要放在心上。范参谋长的话仍说得胡作家心里热乎乎的。

没多久，胡金就提干了。

再没过多久，范天和胡金顺理成章地结婚了。

两个孩子的婚礼上，范参谋长和胡作家两人又坐在一起喝了一次酒。两人因高兴都多喝了几杯，范参谋长朗着声，大着舌头说：胡哇，咱们是亲家了，一家人了，还有啥说的。

胡作家也大着舌头说：范——范参谋长，咱们是一家人了，当年，哈哈……

说到当年，两人又兴奋了许多，关系似乎又拉近了许多。范参谋长拍着胡作家的肩膀笑着说：没想到你还能当作家，写书，真是的，哈哈——

胡作家也笑着说：你这家伙都是参谋长了，嘿嘿——

没多长时间，胡作家因为一本书成了“右派”，被下放到军垦农场去劳动改造了。在这个问题上，范参谋长为胡作家说了许多好话，说到了他们十三岁时放牛，投奔八路军，又说到解放战争和抗美援朝等，但“右派”不“右派”是政治部门定的，范参谋长只懂军事，也只管军事，但当处理胡作家问题时，因为有范参谋长说话，还是网开了一面，“右派”仍是“右派”，但保留军籍，一个人去了军垦农场。

军垦农场的胡作家在夜晚无法入睡时，守着孤灯，听着窗外咆哮的风雪，思念着妻子和孩子，思前想后，他又一次想到了范参谋长。他知道，只有范参谋长才能救他。他有些后悔选择了作家这条路，要是不走这条路，说不定也会像范参谋长一样，自己也就不会成为“右派”，更不会到这里吃苦受罪。

果然，事情发生了转机。范参谋长当上了军区副司令员。范副司令在大会小会上多次提出了胡作家的问题，指示政治部门要重新考察胡作家。很快，胡作家从农场又回到了部队。范副司令很忙，没时间来看胡作家，只打来一个电话，他仍在电话里朗声说：胡哇，以后学聪明点吧，啥该写啥不该写你知道了吧？

就这么一句话，让胡作家流出了眼泪。

毕竟都是放牛娃出身，毕竟都是枪林弹雨中走过来的战友，也毕竟是亲家，胡作家感情丰富地这么想着。

平平淡淡的日子又这么过了几年。范天和胡金的孩子已有几岁了。一家三口从部队回来探亲，是胡作家和范副司令两家最热闹、最高兴的日子。范天和胡金一家三口，不偏不倚地每家都要住上几天，胡作家很喜欢自己的外孙。外孙叫范小胡，小家伙很聪明，属于人见人爱的那种孩子。胡作家为自己能有一个这样的外孙感到骄傲和自豪。外孙在身边的日子，是胡作家一家有史以来最愉快的日子。

外孙随父母一走，日子又恢复到了以前的模样。有时，范副司令会打来一两个电话，他在电话里会说上几句自己的孙子。范副司令的话说到了胡作家的心坎里，于是两人就有了共同语言。

昔日的小岳已经是军区歌舞团的团长了，她很忙碌，有时胡作家的夫人小金会和小岳在院里的某条路上碰面，两人热情地打招呼，说上一些客套话，因为岳团长很忙，就又匆匆地分手了。小金望着岳团长匆匆而去的身影，心里会生出许多感慨。

胡作家有时也能和范副司令不期而遇，每次碰上范副司令，他的身边都有许多人，匆匆忙忙地外出，车队就停在办公楼前。范副司令只是隔着人群冲胡作家挥挥手，算是打过招呼了，胡作家这时会停下脚步，恭敬地望着首长一行匆匆离去。

胡作家几乎没有登过范副司令的家门，甚至也没有主动给范副司令打过电话。范副司令的官越当越大了，莫名地，在胡作家心里就有了一堵厚墙，这样的墙，让他看不见摸不着。有时想外孙了，便想拿起电话和范副司令聊一聊小家伙，可他几次拿起电话，又都放下了。

晚上睡不着觉时，胡作家会想起当年和范副司令一起放牛、一起行军打仗的日子。每一次战役胜利了，胡作家就去采访，他们都要在一起喝上两杯，酒好酒坏无所谓，那时范副司令称他为“胡哇”，他称范副司令“范呐”。想起这些，胡作家的一双眼睛就湿润了。他怀念那些逝去的美好岁月。

有一次周末，范副司令给胡作家打来一个电话，约请胡作家周末出去“转一转”。胡作家知道，范副司令这几年不打猎了，因为已经没有什么野物了，却又迷上了钓鱼，只要时间允许，总会出去甩上两竿。胡作家刚开始有些犹豫，后来又想到了范副司令为自己讲过好话，要不是范副司令替他说话，自己说不定到现在还在农场里待着呢，还有更重要的一条就是，他想找个机会好好和范副司令说一说他们的孙子。胡作家就这样答应了。

范副司令一行两辆车开出了城市，没多会儿就到了一个池塘前。那里已有好些党政军的领导在恭候了，一一握手后，就介绍到了胡作家。党政军领导待听清是作家后，都现出吃惊的神色，嘴里应着，手也伸了出来，握着也算热情，毕竟是和范副司令一起来的。接下来就钓鱼，范副司令的周围围了许多各色的领导，他们为范副司令钓上的每一条鱼而欢呼，也为跑脱一条鱼而惋惜，一干人等的情绪就跌宕起伏着。

胡作家的周围就很冷清，他想找机会和范副司令说说自己孙子的事也就成了泡影。他隔着众人望着范副司令觉得陌生而遥远。鱼钓得心不在焉、没滋没味，心境自然就是另一番模样了。

再有范副司令的邀请时，他便婉拒了。

时间过得很快，一晃就是几年。

范天和胡金早就转业了，范天去了一家合资公司，胡金去了一家机关。胡作家的外孙已经读初中了。

范天当上了经理，当上经理的范天有一天和胡金提出了离婚。在这之前，胡作家似乎也看出了一些苗头。胡金经常回来，每次回来的时候都很不愉快。胡作家问过，胡金每次都说没什么。两人终于离婚了，手续办得很顺利，但在孩子的监护权问题上，两人发生了争执。范天想自己监护范小胡，胡金也想监护范小胡。胡作家当然希望外孙随自己的女儿，那时他有千万条理由把外孙留在自己身边，他从心里往外喜欢自己的外孙。就在双方争执不下的时候，范副司令又来了一个电话，范副司令电话里的声音仍很洪亮，他就那么洪亮地说：胡哇，年轻人的事咱们老头子就别跟着瞎操心了，他们是他们，咱们是咱们。咱们也别跟着为了争孙子瞎起哄了。咱们一年比一年岁数大了，再有两年我就要离休了，我身边缺个伴儿，咱们孙子讨人喜欢，我就喜欢这孩子，没有孩子在身边陪着我，睡觉都不踏实。胡哇，咱们别老脑筋了，孩子跟谁不是跟呐，总之，是咱们两家的，就先让孩子跟我吧，你说呢？

范副司令并没有等胡作家说什么，就又洪亮地说了些其他的话题，便把电话挂了。

外孙还是去了范副司令家。胡作家的心一下子空了。虽说外孙经常来看他们一家人，也在这里吃住，名分上却不属于胡家的人。胡作家心里很空荡，也很忧伤。

从心里往外，他不愿意再见到范副司令，究竟为什么他自己也说不清。但不可避免地，偶尔还是会看到范副司令。某次，还没等他有反应，范副司令就拨开众人走过来，拍着胡作家的肩膀说：胡哇，我真想回到从前，咱们一壶酒坐到天明，畅畅快快地聊一聊。

范副司令这样说时，胡作家的心里瞬间竟有了一些感动。不为外孙的归属，也不为女儿的离婚，就为了范副司令这句话，他何曾不想回到从前，让时光倒流，两人坐在油灯下，嗅着战场尚没散尽的硝烟味，一壶酒，你喝一口，我喝一口，他说：胡哇，另一个说：范呐，那是怎样的情景啊！

范副司令又说：过两年咱们离休了，带上咱们的孙子，到一个没人的地方，咱们喝他个一醉方休，聊上他三天三夜。

范副司令说完这话，在众人的拥戴下，坐上车又匆匆地走了。

胡作家的心里动了一下，又动了一下。

没多久，两人真的相继离休了。

范副司令办完手续的那天晚上，又给胡作家来了一个电话。胡作家在电话里听到离休后的范副司令的声音远没有以前那么洪亮了。范副司令就用一种不怎么洪亮的声音说：胡哇，咱们都离休了，好事呀，咱们以后有的是时间在一起扯一扯了。

果然，没多久，范副司令又来电话约胡作家去钓鱼了。胡作家的心情挺激动，这是他们离休后第一次活动。不一会儿，范副司令的车和公务员就来接胡作家了。范副司令人虽离休了，但副司令的待遇却没变，仍有专车、公务员。

他们乘着车，驶出城市，不一会儿就来到了一家部队池塘。仍有人接待，虽说接待的规格不如以前了，但仍很热情。范副司令一坐到鱼塘前声音又变得洪亮了。下属部队的领导陪了一会儿，范副司令就挥着手说：你们忙去吧，我们就是玩一会儿。

陪行人员坚持一会儿，便不再坚持了。一时间鱼塘旁就冷清了下来。胡作家喜欢这份清静，两个老人坐在鱼塘旁，很静也很闲适，他觉得正是两人扯一扯的好机会。

范副司令却似乎没有了扯的心情，他一直在抱怨，怪下属单位这些人太势利，他离休了就不热情了，又说到新上任的副司令一升官脸就变，他离休前交代的那些事一件没办。胡作家对这些没什么兴趣，他插不上话，只听范副司令一个人在说。

在回来的路上，范副司令似乎累了，一上车便开始打盹。胡作家也没有说话的欲望，就静默地望着窗外。

回到城里，回到了军区大院，车在范副司令那幢小楼前停下了，范副司令才说：胡哇，来家坐坐吧。

胡作家下了车，往那幢小楼里望了望，淡淡地说：算了吧，等以后有机会吧。

以后，范副司令又约了胡作家两次，胡作家都找借口婉拒了。

胡作家每天去大院门口买牛奶，都要途经范副司令那幢小楼，他忍不住总要往那里望上两眼，他经常看见范副司令站在窗前发呆。范副司令用不着亲自取奶，他家有公务员，因此，范副司令有时间站在窗前发呆。

一天天就这么过去了，胡作家每天都准时去取奶，每回都要往范副司令那幢小楼望上几眼。有一天，他突然发现，范副司令变得苍老了许多，不经意间，一脑袋的头发都白了。

当他走过时，他的耳畔似乎听到范副司令在说：胡哇，过来扯扯。

他回头去望时，发现范副司令已不在窗前了。胡作家转回身，向自己居住的那幢宿舍走去。他家住六楼，每天都要爬四十八个台阶，每次爬台阶时，胡作家都在心里数着。

吃完早饭，铺开稿纸，胡作家就开始了新的一天的工作。

二十年前的一宗强奸案

李　　莉

李莉回到四二三医院这一年，她才二十岁刚出头。四二三医院是部队医院的代号，在一座海滨小城里，附近的驻军有大病小伤的，都到这家医院来看病。

李莉三年前就在这家医院里当过卫生员，那时她还是名战士。后来她考上了部队的护士学校，学习三年，后来她又分回到了四二三医院。她现在已经是排级护士了，在军队的序列里，她现在已经是名军官了。

军官和战士总是有区别的，李莉现在住两人一间的宿舍。当兵或者当学员那会儿，她住的都是六个人一间的宿舍。现在和李莉住同一宿舍的那个外科护士叫王燕。李莉在内科，两人虽在同一宿舍却很少谋面，每天不是李莉值班就是王燕值班。总之，两人见面的机会很少，也就是说，虽然她们同处一室，其实各自的活动空间跟一个人一间宿舍也没什么太大的区别。这就是当了干部之后，李莉感受到的优越之处。干部和战士比，还有许多优越的地方。李莉是二十世纪七十年代末入伍的，她先是当了一年兵，后又上了三年的护士学校，此时已经是二十世纪八十年代初了。许多新生事物都是在二十世纪八十年代产生的，那时，人们的观念和许多新名词，可以说是几天一个样。

让李莉这些女兵感触最深的就是她们那身军装。以前军装虽然肥大，甚至穿在身上都有些不合体，但许多人都羡慕这身军装，那是身份和地位的象征。尤其是女兵，在那个年代谁能成为女兵，背景是不言而喻的，工农子弟很少有人能当上女兵的。李莉的父亲就是老家那座城市的外贸局局长，外贸这个字眼儿，在那个年代是多么让人眼红心跳啊！所以李莉能成为女兵就不必大惊小怪了。

李莉当战士时，就不太满意那身肥大的军装，尤其是女兵穿着这样的军装，线条呀曲线什么的都不能得到充分的展示。都二十世纪八十年代了，社会上男女的服装已经日新月异了，什么喇叭裤呀、小翻领什么的。军装这么肥大，甚至上下一般粗，已经有些落伍了。但李莉这些女军官要与时俱进，她们把军装私自改了一下，该瘦的瘦，该肥的肥。这样一来，军装就时髦起来了，更重要的是，她们身体的纤条毕现，青春和美丽在修改过的军装里毫无保留地呈现了出来。部队有规定，军装是不允许修改的，可她们是干部了，领导对她们就睁一只眼闭一只眼了，战士是绝对不允许的。

李莉每天穿着修改后的军装，上班下班，出入在四二三医院的院内院外，她婷婷的身姿，还有那妩媚的曲线，吸引着众多异性的目光。李莉这一年二十岁刚出头，是女人一生中最美丽的时光，同时又有一身军装衬托着她，她无疑是众多女人中的佼佼者了。她上班的时候，穿着白大褂，戴着口罩，露出一双幽黑的眼睛，还有那弯弯曲曲下垂的刘海，走起路来飘然若仙，真是美丽极了。

医院是男女混杂的单位，有护士就有医生，医生大都是男性军人，有年长一些的，也有年轻的。许多护士都嫁给了在院的医生，医院有规定，凡是本院的双军人家庭，有许多照顾政策，比如，本院的双军人，分房时优先考虑，子女入托升学什么的，都有这样或那样的优惠政策。许多男医生女护士就自愿地组合成了家庭，在四二三医院里生活奋斗，过日月。这么结合，也有肥水不流外人田的意思。

来部队医院看病住院的干部、战士都很年轻，战士大都是十八九岁，干部也都是二十岁出头，他们本来就没什么大病，头疼脑热，这崴了一下，那不舒服了。他们来医院看病的目的很明确，看病是个理由，到这里来接触这些女护士是真。在部队医院有这么多异性烘托着的年轻女护士们，她们的心态便可想而知了。总之，她们很优越，整日里生活在幸福灿烂的阳光下。

李莉和刘东

李莉是四二三医院的幸运儿，可以说她是四二三医院这么多护士中的一枝花。在修改过的军装衬托下，她亭亭玉立，曲线毕露，也就是说凹凸有致，那情境是无法用语言述说的。在异性的目光中，李莉便是焦点，也是四二三医院的焦点。

刘东是内科的医生，这一年已经二十五岁了，他是部队军校恢复高考后第一批考军医学院的大学生。他年轻，有文凭，在四二三医院里感觉良好。不仅在医院，那时的一个大学生在社会上任何一个地方感觉都是良好的。刘东和李莉差不多是同时被分配到四二三医院的，又同时来到了内科。

刘东来自农村，家里的条件不太好，父亲是家乡学校的代课老师，母亲就是农村妇女，还有哥哥姐姐什么的。但刘东是个很聪明的人，学习很好，要不然他也不会考上军医学院。刘东现在取得的地位在他们老家来说，也算是鸡窝里飞出了金凤凰。他是军医，也是堂堂正正的军官了，在家人眼里，这就是吃上公家饭了。父亲当了大半辈子代课老师，到现在仍没转正，没转正就不是公家人，只能挣工分，这无论如何也算不上吃公家饭。

刘东的家人为他感到骄傲，父老乡亲为他感到荣幸，重要的是，刘东也有了出人头地的感觉。那一时期，刘东胸前挂着听诊器，手插在白大褂外面的衣袋里，昂首挺胸地走在内科的病房里。

感觉良好的刘东发现了骄傲的李莉。在刘东眼里李莉就是李莉，首先她是城里人李莉，又是女军官李莉，其次又是这么漂亮。刘东虽然念完了大学，现在已经吃上公家饭了，但他骨子里仍没有摆脱掉自己的出身，不管他感觉多么良好，一旦想到出身，他挺起的腰杆就会往下那么一短，也就是说，农村出身的刘东骨子里有些自卑，尤其是在李莉这样优越的女性面前。自卑的刘东没能管住自己对李莉的好感，这种好感是爱情的前兆，世上所有的爱情都是从好感开始的。

在刘东眼里，李莉就是个仙女，一身素白的李莉在他眼前飘来荡去，留下一缕女性的芬芳，同时也留给刘东抑制不住的心跳，那是一个年轻男人爱上一个女人的心跳。刘东已经给自己未来的爱情设计过了，他现在是吃公家饭的人了，要找就找城里出身的女人。他要彻底离开农村，完完全全变成一个城里人。眼前的李莉是刘东最合适的人选。

爱情有时没有那么多的理由，况且刘东对李莉还有那么多的理由。李莉不仅是城里人，父亲还是外贸局局长，李莉又是军官，长得还这么漂亮，还有比李莉更合适的女性吗？年轻的军医刘东已经被爱情击中了。望着李莉在内科的走廊和病房里飘来荡去的身影，刘东陷入了对李莉的暗恋之中。

单相思是痛苦的，也是甜蜜的。单相思会使人生出许多智慧和勇敢，在思来想去的过程中，刘东变得大胆了，他要向李莉表白，捅破这层窗户纸。爱情让刘东行动起来了。

刘东和李莉有许多单独相处的机会，一个医生一个护士，为他们之间的来往提供了许多便利条件。李莉没有感受到近来刘东缠绕在她身上异样的目光，说没有感受不太确切，因为每时每刻李莉都被这种目光包围着，她已经对这种目光习以为常、见怪不怪了；另外一层的意思是，她对刘东并不感冒。虽然刘东是医生，她是护士，在医院里，医生和护士的地位是有差别的。但条件好的年轻医生有很多，刘东在李莉的心目中根本排不上号。刘东不知道这些，他是个年轻男人，有权利爱慕一个年轻女性。

在夜晚值班的内科护士办公室里我们经常可以看到这样的场景。李莉正坐在护士办公桌后面打盹，或者靠在椅子上闭目养神。夜晚十点以后，护士和医生就完成了查病房的工作。前面说过，住院的这些干部战士得的都不是什么大病，不会出现半夜抢救这样的工作。但部队医院是有纪律的，护士是不能睡觉的，医生可以睡觉，有事护士去叫医生。刘东和李莉轮到一个夜班时，刘东是舍不得睡觉的，在十点以后，刘东悄悄溜进护士值班室。刘东一走进值班室，李莉就睁开眼睛，打个呵欠说：刘医生还没睡呀？

刘东就笑一笑，坐在李莉对面的一把椅子上，声音很温柔地说：我来陪陪你。

李莉就又笑一笑，她对刘东的到来说不上反感，也谈不上喜欢。在这漫漫长夜里，能有个人陪自己聊聊天，也是件不错的事情。两人接下来就聊了，都说到了自己上学时的学校，李莉谈护校，谈她们那些同学，谈自己第一次见到尸体时的心情，也说到学校的紧急集合。刘东也谈，谈自己的专业，第一次上手术台给人割阑尾抖得刀都拿不住，等等。两人不时地发出会心的笑声。此时的刘东显得神采飞扬，李莉有一搭无一搭的，说到趣事时，也是很投入的样子，时间就在他们的闲聊中流逝过去。有时他们醒悟过来，外面的天光已经发亮了。刘东这才拍拍头说：都这时候了，要不你去我那歇一会儿，这我给你盯着。

李莉看一眼表说：算了吧，交班日记还没写呢，等写完日记也该交班了。

刘东就告辞了，他回到医生办公室仍睡不着，回想着刚才和李莉在一起时说的话，他幸福而又满足，直到平静下来，刚要迷糊过去，来接白班的医生已经来了。于是，刘东又盼着下一个值夜班的日子。刘东因为是年轻医生，又未婚，科里就安排了许多夜班给他。因为有了李莉的存在，他喜欢值夜班。每周他总能碰上和李莉共同值一次夜班。

时间长了，李莉似乎就没了聊天的兴致，有时刘东正说得兴起，李莉就打起了瞌睡，头一点一点的，样子很可爱。刘东就生出同情怜爱之心，然后道：李莉你去我那歇一会儿，这我替你盯着。

说了几次之后，李莉果然就说：那就谢谢了。说完起身去了医生值班室。刘东的心意她领了，虽然这没人陪伴他了，他还是感到幸福和满足。他坐在李莉刚坐过的椅子上，那上面还留着李莉身体的温热，他感受到这一点，心里和生理都别样起来。

后来，刘东学会了关心李莉。有一次，值夜班的时候，他送给她一袋奶粉，他说：总熬夜身体吃不消，饿了冲杯奶。

她接过来，也就是那么笑一笑，淡淡地说一声谢谢。在她的心里真的没有什么，因为她经常会收到异性这样的馈赠，她只能平静地接受。在她宿舍的床头柜里，饼干、奶粉，还有一些女孩子玩具等，都快放不下了。这些送礼品的人中，有来看病的年轻军官，也有本院的医生，当然也有院外一些她所认识的异性。所以，李莉对这一切并没有当回事。

刘东并不知道这些，他认为一个女孩子接受了你对她的好意，这一切意味着什么，难道不是好感，或者是初恋？那些日子，刘东的心里沉浸在巨大的甜蜜之中，有事没事他就吹口哨，吹的是《年轻的朋友来相会》。把一支曲子吹得幸福而又饱满。

再后来，他又发现李莉比较爱读书，反正在她值夜班时，她经常翻一本本的杂志，杂志的名字是“中国青年”或者“青春”……刘东也是爱读书的，刘东读的都是文学著作，像中国的《红楼梦》，外国的《少年维持的烦恼》等。这一点，刘东发现又和李莉有了共同爱好。于是他就经常借书给她看。他借给她的书都是有选择的，也就是专挑那些有描写青年男女爱情的书给她看，他经常把自己和李莉与书中主人公对号入座，比如保尔和冬妮娅。他借她书，她还他书，在一来一往的过程中，他想发现她情绪上的变化，也就是说，他希望她通过读书对待他异样起来。结果，她还是那个样子，用眼睛瞟一眼他，然后说一声：谢谢。他没有感受到她的心跳和脸红，没有，一点也没有。这会儿他多少有些失望。

他又想出了一个主意，他在读书过程中，他认为有“内容”的段落，他都用红笔勾了出来，在天头地角又写上了自己简短的心得，再把这样的书借给她，结果仍没有什么变化。有时她在还书之后，他盼望和她交流一些读书心得，她似乎提不起精神，一边打着哈欠一边说：这本书我没看完。

他的心就一沉，有一种受了打击的感觉。回到医生值班室时，他仍睡不着，躺在床上翻来覆去的。他在心里千次万次地想象着近在咫尺的李莉。于是他再也躺不下去了，披衣起来，悄然地走进护士值班室。李莉趴在桌前睡着了，面前摆着他借给她的那本书，他在她身旁站了一会儿，又站了一会儿，把自己的军上衣脱了下来，轻轻地披在了她的身上。在这一过程中，她趴在那，鼻腔里发出均匀的呼吸声。后来他轻手轻脚地退出了护士办公室，回到医生办公室。这又是一个不眠之夜。他想象着李莉醒来后发现身上盖的是他的衣服后的种种情形，此时他的心是甜蜜的，幸福的。他不知什么时候睡着了，醒来的时候，接班的医生已经开始工作了。他来到护士办公室时，李莉早就下班了，他的军上衣就搭在椅背上，他拿起自己的上衣，心里竟有了别样的一种滋味。他想李莉发现他的衣服后，会轻手轻脚地给他送回去，即便不送回去，也会整整齐齐叠好，放在隐蔽处，结果他的想象一样也没有实现。

他又一次单独见到李莉时，李莉跟个没事人似的，似乎早就把那件事忘记了。他自然也不好说什么。那些日子，他感受到了单相思的痛苦。他思来想去，决定给李莉写封信，把他对她的爱慕写出来，然后拿给她看。他用了大半夜的时间，给她写了第一封信，信的内容很美好，他借鉴了许多修辞手法，最后他觉得和那些爱情小说也差不到哪里去了，才一字一句誉抄在稿纸上。然后把这封求爱信夹在一本小说里，接下来他就等待机会了。

很快，他又和李莉单独值夜班了，十点一过，查完病房，病房熄灯了，他迫不急待地来到了李莉值班的护士办公室。他拿出书，抖着声音说：李莉，这本书很好看。说完把书递过去，他心跳了，脸红了，把书放在李莉面前，然后头也不回地走了。他怕她当着他的面读那封信，爱你在心口难开，爱情总是难以启齿的。

爱情的信号放飞了，他在煎熬中等待。在这期间，他见过李莉几次，每次他都不敢正视她，他希望得到她不同寻常的一句话语或一个眼神。结果他没得到，一直等到又一次两人共同夜班时，他去了她那里，她没提那封信也没提那本书，他进进出出了几次，她都没有提，她以前什么样，现在还是什么样。最后他终于忍不住问李莉，我给你那本书你看了吗？

他发现自己的声音是颤抖的。

她这才想起什么似的，打开办公室的抽屉把那本书拿出来，还给了他。

他气喘着说：看，看了吗？

她说：不错。

接下来就没话了，不再提书的事，忙着往护士交接日记上写什么东西。刘东拿过书逃也似的离开了李莉，结果他发现，那封信仍在书里夹着，似乎根本就没动过。由此，刘东推断，李莉根本就没翻这本书。他失望了，接下来又燃起了希望，他不想这么拐弯抹角地表白自己的感情了，他要直抒胸臆，把信直接寄给李莉。

其实李莉看了这封信，就在当天他给她书的那个晚上，虽然她对他没什么感觉，但她读了刘东的信还是感到很高兴，任何一个女孩子都希望听到好话，李莉也不例外。但她却不喜欢刘东，他们的劲没法往一处使。她思前想后，干脆选择了装糊涂。

刘东当天晚上又把那封信修改了一遍，又一次抄好，这回他把信装在信封里，又贴上了邮票，连夜，他放到了医院门口的邮筒里，这时，他才长舒了一口气。

李莉和马刚

就在刘东对李莉单相思的过程中，李莉和马刚已经有了爱情的苗头，这一切刘东并不知道。

李莉在医院里认识了马刚，马刚是军分区的参谋，人长得很帅，头发一甩一甩的，对什么事都是一副无所谓的样子，散淡得很。就是马刚的这种与众不同，吸引了李莉。马刚似乎是胆出了什么问题而住进四二三医院的，但马刚又经常不在医院里，治疗的时间一过，马刚把衣服甩在肩上，身子往前一冲一冲地就走出医院。马刚这样的病号是严重违反了院规的，但没有人去管他，医院里上上下下的似乎都很熟，就连院长和科主任见了马刚都主动打招呼。这时的马刚自然不会把李莉她们这些小护士放在眼里。她们给他打针、分药，马刚连正眼都不看她们一眼，打完针或吃完药，马刚把病号服一脱，换上便装就出去了。样子潇洒得很，仿佛医院就是自己的家，熟门熟路的。

后来李莉在老护士嘴里得知，马刚是本城军分局的正连职参谋，马刚的父亲是大军区的马副政委。李莉听到这些时，心里“咣当”那么一响，马刚在她眼里的种种就见怪不怪了。马副政委她有幸见过一次，那是她在护校毕业前夕，马副政委去部队检查工作，捎带脚儿到护校看了看，那么多方方面面的领导陪着，她们一天前就得到了马副政委要来的消息，卫生打扫了，内务整理得比平时认真十倍。校长把她们集合起来练了无数遍：首长好！

那天马副政委被众人簇拥着走进护校，只在校长室里停留了不到五分钟，就被众人簇拥着走了。卫生没看到，练了无数遍的首长好也没听到。这就是她印象中的马副政委。官职很大，高高在上如天上的月亮。

李莉得知马刚就是马副政委的儿子后，便对他开始留意起来。马刚个子很高，人很瘦，似乎不太爱说话，属于不爱理人的那一种。有时马刚也在病房里停留一阵子，他躺在病床上看书，他看书的样子也很潇洒，头枕着一只手臂，另一只手举着书，看完一页，用手指唰的一声那么轻轻地翻过去。李莉忍不住一次又一次地多看几眼马刚。

有一次，李莉给马刚打完针，她发现马刚看了她一眼，目光在她眼睛上多停留了几秒钟，因为她戴着口罩，他只能看到她眼睛以上的部位。他“咦”了一声，伸出指头冲她勾了勾，那意思是让她过去。她俯下身冲他说：23 床，你要干什么？马刚的床位号是 23 床，这是病人的代号。没料到马刚一伸手就把她的口罩摘下去了，她一惊，站起身来道：你——马刚笑一笑说：你叫什么？她低声说：李莉。马刚点了点头道：李莉，你这么漂亮就不应该戴口罩。说完又举起书去看了。

李莉的脸红了，心跳了，云里雾里的她不知怎么走出病房的，她不知道这是紧张还是幸福，马刚跟她说话了，不仅说话，还夸她漂亮，这一切意味着什么？

答案很快就找到了，那天她下了白班，刚走出内科，马刚就走过来冲她说：李莉，晚上有事吗？

她不知如何作答，他马上又说，分明是命令了：跟我跳舞去。她在那一瞬分辨不清是非曲直，脑子里空空一片，稀里糊涂地就跟他走出了医院。

舞会的地点就在市政府的小礼堂里，那时社会上刚刚流行跳舞，礼堂里也没什么装备，桌子上只摆了一个四个喇叭的录音机，在那天的舞会上李莉认识了这座城市里市长、书记的儿子，还有这个局、那个局长的姑娘，等等。总之，那天晚上的舞会是这座城市里高干子女的聚会。在那天晚上李莉第一次听到了邓丽君的歌声。

马刚似乎对这里早就熟门熟路了，俨然是这里的主人，指挥这，指挥那的，众人也都听他的，似乎他才是这里的老大，那么如鱼得水，游刃有余。他们刚开始跳“迪斯科”，后来灯熄了，房间的一角点上了蜡烛，一切都暗了下来，邓丽君的歌曲就是这时从录音机里飘了出来，众人像约定好了似的，双双跳起了贴面舞，也就在这时，李莉被马刚搂在了怀里。刚开始她一时无所适从，片刻过后，她看见所有的人都用这种姿式跳舞，她也不再僵硬，心安理得地把自己的身体投送给马刚。马刚抱着她，嘴贴在她的耳边说：没想到四二三医院还有你这么漂亮的女孩。她听了他的话，头顿时晕了，她想笑，便在心里笑了。

午夜，舞会结束了，她跟随马刚走出来，马刚说今晚回医院住，两人便向四二三医院走去。月光清冷地照着，偶尔有一辆车从马路上驶过。

她说：这地方你常来？

他说：有时。

她说：你怎么认识他们？

他说：从小就认识。

他的话跟电报似的那么简短，后来她还是从他嘴里得知，这座城市里的市长和书记，都是从部队转业下来的，最早他们都在军区大院，是马刚父亲的下级，这些公子、小姐都是和马刚在军区大院里长大的，都是儿时的玩伴。了解了这些，李莉对马刚就又多了一分的敬畏。现在的马刚离她有两步远，在舞会上他离她那么近，他抱着她，她都能听见他的呼吸，这么一想她有些失落。

快到医院门口时，他在一棵树下站住了，她也立住了，仰起头望他，她发现他正盯着她。他迅雷不及掩耳地一把把她抢在怀里，在她的嘴上狠狠地亲了一口，然后放开她大步向医院里走去。

她傻了似的立在那里，直到他的身影消失，她才回过神来，身上的血液“呼啦”一下流动起来，烧得她热血沸腾，最后那一点热就凝在小腹上，又“呼啦”一下，她湿了。

那一晚，她一夜也没有睡好，翻来覆去地回味着自己和马刚发生的一切。天光渐亮的时候，她突然明白，她恋爱了，她所恋的人是马刚。那天，她很早就起床了，拖着一夜也没有休息的身体，在操场上跑了一圈又一圈。

她再一次见到马刚时，是在病房里。她给他发药，手都抖了，差点把药泼在地上。他说：下班后在医院门口等我。

他的话是命令式的，可她一点也没有听出命令的味道，她是那么兴奋和冲动。在那一天的时间里，她恨不能马上下班，马上见到马刚。在爱情的期待中她度过了一天，一下班，她便冲了出去。马刚已经在门口等她了，马刚不知在哪儿借了一辆摩托车，他指挥她坐在后面，又让她搂住他。“轰隆”一声，摩托车就蹿了出去，他们来到了这座城市的海滨，这里风景优美，并没有多少游人，在海滨的一旁，有座小山，山上长满了茂密的树林。马刚领着她走进树林时，她看见好几对男女躲在树后在那里谈恋爱，说是谈恋爱，却不说话，把爱全部转化成了肢体语言。

李莉看到这里又一阵脸红心跳。马刚领着她在一块石头上坐了下来。她不敢看马刚，眼睛望着别处。马刚的手臂搭了过来，缠绕住了她半边身子，接下来马刚的身子倾斜了过来，再接下来，她的嘴就被他的嘴堵住了，在换气的当口儿，他说：没想到四二三医院还有这么漂亮的女孩。

接下来就是他的肢体语言，很快她也用肢体语言配合着他。那一晚，他们在树丛里待到很晚，他没有问她什么话，一味地使用肢体语言，她也只能用肢体语言回应他，她被他在那一晚点燃了，浑身上下燃起了熊熊大火。

夜晚躺在床上，大脑还是兴奋的，她一遍又一遍重温着刚刚发生的一切。她在心里自语着：我恋爱了，我和马刚恋爱了。从认识马刚到和马刚发生肌肤之亲只短短几天。在这一过程中，她一直是被动着的。可她在马刚面前愿意这种被动，她被马刚的主动击中了，马刚在她面前一点也不拖泥带水。

马刚自从有了和李莉这种关系后，马刚似乎很安心住院了，他整日里哪也不去，目光追随着李莉。剩下的时间里，就躺在床上看书。有一次，他对她说：我的书看完了，帮我找几本书去。她回到宿舍，毫不犹豫地把刘东借给她的书放到了马刚面前。马刚只冲她笑一笑，她在他的笑容里，感受到了前所未有的幸福。

刘　东

刘东感觉到了李莉最近的变化，在刘东的眼里，李莉是快乐的，脸孔都比以前鲜艳了，这是爱情滋润的结果，刘东这么想。他意识到是自己的求爱信起到了作用，他在暗处静观事态的发展。那些日子他总有一种要流泪的感觉，他知道这是激动的结果。他该说的话已经在信中说了，接下来，他要在暗中等待了。他希望有一天李莉红着脸对他说：刘东，你的信我收到了，我同意咱们处一处。如果那样的话，他的求爱可以说宣告成功了。可他一直没有等来李莉这样的话。

李莉是在一天中午收到刘东这封信的，她一看见信封上的字迹，地址又写着内详二字，便知道是刘东写来的。她没有当场看信，借上厕所的机会，她才掏出信，几把就撕烂了，扔在马桶里，又顺着水流冲走了。直到这时，她才长嘘了一口气，不用看，她就知道信里写的内容，她不会接受刘东的爱情，不仅是因为她有了马刚这样的爱情，就是没有马刚，她也不会接受刘东。凭她现在的条件，要找刘东这样的，会车载斗量，她怎么能看上平平常常的刘东呢？

在等待的煎熬中，刘东先吃不住劲了。那天晚上，终于轮到了刘东和李莉一起值班。白天的时候，李莉和马刚约会去了，两人在海滨游了泳，又一起吃了晚饭，后来马刚又把她送到医院门口。因为在一天前，马刚已经出院了，出院后的马刚还有一个星期的全休，时间对马刚来说不成问题。

李莉那天晚上的心情很愉快，十点查完病房后，一边记交接班日记，嘴里一边哼着歌，是邓丽君那首《夜上海》。这时，刘东走了进来，他穿着白大褂，胸前挂着听诊器，一只手放在兜里。他走进门的时候，李莉发现了，但她连头都没抬一次。他在护士值班室里走了两个来回，见李莉仍没有说话的意思，便问：2 床今晚怎么样？

李莉答：药吃过了，现在恐怕睡了。

刘东又没话找话地问：5 床明天就出院了。

李莉这回没说什么，她在信手翻着交接班日记，掩饰什么的样子。

刘东终于忍不住了，他颤着声音说：李莉，我给你那封信，收到了吗？

李莉抬起头，眼睛望着别处，吐着气说：你说信吗？

这时的刘东心都快跳到嗓子眼儿了，他望着李莉，希望那句话从李莉嘴里说出来，他又有了那种要哭的感觉。

结果她说：刘东，我看咱们不合适。

他站在那里张口结舌。

半晌，他才说：李莉，我是不够优秀，我以后会努力的。

李莉淡淡地笑一笑，又摇摇头。

刘东向前走一步，发誓地说：真的，我会努力的。

李莉知道如果自己不说点什么，刘东还会说下去，她不希望看到刘东这副可怜巴巴的样子。然后她说：那你努力吧。

作为一个科的同事，她这种回拒比较高明，既回绝了刘东，又不太让刘东难堪。对刘东来说，他感到意外，同时他又看到了一丝希望，那丝希望说远也远，说近也近。那天晚上，刘东以一个失败者的身份离开了李莉。他要努力，为了得到李莉的爱情也要努力，他打开《内科病理学》那本厚厚的书，可他一个字也没看下去，心里一遍遍山呼海啸地说：我要努力，一定要努力。

直到这时他才意识到他太爱李莉了，这一生要是没有李莉他该怎么活下去？他真的不知道。

马　刚

马刚没想到因为胆出了点问题去住院，意外地发现了李莉。四二三医院他以前也经常来，他还没看上过哪个丫头，这次无意中发现了李莉，这是他的意外。

马刚从小长这么大，一切都很顺，高中毕业也就参军，第三年就入党提干了，然后排职连职地一路下来。父亲是军区的马副政委，他在部队一路下来都有无微不至的关照。马刚没有遇到过什么困难，包括他的爱情。在驻军这座海滨城市里，他谈了几次恋爱，有别人介绍的，也有自己认识的，当然对方都很优秀，可他谈得却没滋没味，想谈就谈了，不想谈他就及时撤出了，没遇到什么麻烦。那些都是很优秀的女孩，家庭背景自然也错不了，没人缠着他或者赖上他。

他已经二十五岁了，到了恋爱的年龄了，没人说他什么，自己觉得也该恋爱了。无意中他认识了李莉，跟他预想的一样，他没费什么劲儿就把李莉征服了。这一点从她对他的言听计从上可以看得出来。在他眼里，李莉很时髦，也很现代，当然，还有她的漂亮。李莉的漂亮在他心里起到了至关重要的作用。他感觉这次恋爱跟以前不同，以前是女孩子主动，这次是他自己主动，李莉完全把他的感情调动起来了。

如果没有那件意外的事情发生，说不定马刚会娶了李莉，过上不错的日子，然而在那天晚上却发生了意外。

二十年前的那宗强奸案

那天晚上和别的许多个夜晚没什么不同，天高云淡的，是个初秋的夜晚。马刚和李莉在海滨公园里约会。恋人嘛，总要寻个偏静处，最好离人越远越好。马刚和李莉自然也不例外，他们在一片树林里相依相偎着，动用了许多肢体语言，两人都很冲动，要不是在野外，说不定两人会做出出格的事情。

她一遍遍地问：马刚，你爱我吗？

他一遍遍地答：爱，当然爱。

问过了，答过了，肢体语言就更加丰富了。

就在这时，一支手电光柱照射了过来，两人本能地分开了一些。来了三个人，一个人说：还是他妈解放军呢。

说完就有人对李莉动手动脚，冷静下来的马刚站起来，想保护李莉，结果却被两人按倒了，接下来又用腰带把他的手捆住了，他想喊，李莉的袜子被人剥下来塞在他的嘴里。黑暗中，李莉被那三个人剥光了，这是他感觉到的，李莉的嘴一定也被什么东西塞住了，她只发出唔唔的声音。

接下来，那三个人轮奸了李莉，就在离他两三米远的地方。他不能动弹，他的手脚都被捆住了，嘴里又塞着袜子，他只能眼睁睁地看着李莉被强奸。三个人过程很长，刚开始他能感觉到李莉在挣扎，后来她就不挣扎了，嗓子里只发出唔唔呀呀的声音。后来那三个强奸犯走了，他听到一个强奸犯压低声音说：还是个解放军呢。

过了好久，李莉爬了过来，她在低声哭泣着，她帮他解开了手脚，他从地上爬起来，手脚是麻木的，他没法动弹。

李莉又开始哭着穿衣服，她不是把裤腿穿反了，就是穿差了，她捣鼓好半天，终于把裤子穿上了。接下来，她就抱着一棵树一心一意地哭，马刚的手脚能活动了，他迈着沉重的脚步走过去，站在李莉身旁，他也流下了眼泪，他说：走吧，我饶不了他们。

最后李莉跟马刚走出树林，回到了月光下。马刚在前，李莉在后，相差有两三步远的样子。夜晚的海滨公园很美，有情人在月光下窃窃私语，海浪在不远处拍打着礁石。两人都没心情欣赏这里的景致。李莉一路都在哭着，低低的，隐隐的。在医院门前，两人停住了，她仍然在哭，他走过去，离她近了一些说：这件事到此为止，你不说，我不说，没人知道。

李莉一下子扑在马刚的怀里，马刚迟疑了一下，最后还是勉强地把李莉搂住了。李莉又哭了一会儿，她哭湿了马刚的肩头。马刚说：回去吧，明天还要值班呢。

后来，李莉忍住了哭，冲马刚点点头，然后一步三回头地向医院走去。

马刚一直站在那里，一直到李莉的身影消失，他才低着头向军分区走去。那一刻马刚就知道，他和李莉的关系完了。他为这次意外，也为夭折的爱情流下了两行泪。这是他从小到大遇到的第一次、也是最大的一次挫折。三个陌生人，当着他的面强奸了李莉，这事说死马刚也接受不了。

李莉为爱情疯癫

李莉在最初的几天里，她咬牙坚持着。面对战友们的时候，她把泪流在肚子里，在夜晚一个人的时候，她把泪流在枕头上。她受到了伤害，这种伤害只有马刚的爱情才能抚平。她在焦灼地等待马刚来为她抚平心灵到肉体的创伤。可是几天过去了，马刚没有来，就连一个电话也没有。李莉等不下去了，她要见到马刚，她要对他说：我要嫁给你，现在就结婚。

李莉认为，只有马刚娶了她，她才会感到幸福，她是当着马刚的面被强奸的，她的伤需要马刚医治。他在一个星期的时间里一点动静也没有，她要去找他，把自己的心里话告诉他。

军分区机关那栋单身干部宿舍楼她是去过的，马刚和另外一个参谋住在同一间宿舍里，那个参谋的家就是本城的，周末的时候就回家了。在以前的周末，李莉来过，她和马刚在马刚那个单人床上演绎过许多次肢体语言，就是现在回想起来，李莉还记忆犹新。她在马刚的宿舍里轻而易举地找到了马刚。马刚的样子显得很不滋润，神情异常的不安，在李莉没来的时候，他一定是躺在床上的，此时他的脸上还有枕头压出来的痕迹。李莉一见到马刚就又有了想哭的欲望，她坐在马刚的床沿上，每次来，她差不多都要坐在这个位置上，以前马刚没和他说上几句话，肢体语言便上来了，那时她激动又兴奋。她现在仍然等着马刚的肢体语言，可马刚没有那方面的意思，和她并排坐在床上，两眼望着窗外，神情是无奈和痛苦不堪。

李莉要变被动为主动，她主动地把身体靠向马刚，伸出手要抱住马刚。没想到的是，马刚躲开了，他坐到了椅子上，然后异常愁苦地冲她说：李莉，咱们的事，我看就到此为止吧。

李莉张大嘴巴，瞪圆了那双美丽的眼睛望着马刚。

在这一个星期的时间里，马刚的心里也在做着激烈的斗争。他一闭上眼睛就会出现那三个陌生男人在李莉身体上的画面。他试图把这样的画面驱走，可是他做不到。从那时起他就想，他和李莉的关系完了，他没有热情也没有激情去爱李莉了。他的爱情同时也被那三个男人强奸了。这一个星期的时间，马刚是在痛苦的煎熬中度过的。

李莉怔了一会儿，醒过神来道：马刚，你说咱们完了？

马刚没有说话，一副垂头丧气的样子。

李莉的眼圈红了，接着眼泪就流下来了，不知为什么，她的腿一软，一下子就跪在了马刚的面前，她颤抖着声音说：马刚，你不要我还有谁要我？

马刚说：这事就咱俩知道，我不说，你不说，没人知道。

李莉哭了，捂着脸跪在那儿，样子可怜又心酸。她一边哭一边说：马刚，我是爱你的呀。

马刚揪住了自己的头发，捶胸顿足的样子，他的双眼也潮湿了，他哑着声音说：三个人哪，你让那三个人——我一想起这些，我做不到哇——

李莉此时什么都明白了，她止住了哭，站起身来，望了一眼马刚，又望了一眼这间曾留给她温馨美好回忆的小屋，头也不回地走了。她心里有许多话没有说出来。一直走到外面，途中有许多军分区的干部战士对她注目而视，为她的美丽。在以前，她是骄傲的，此时，她是麻木的。对那些异性的目光视而不见，她昂首挺胸地走出军分区。

从那以后，李莉就变了一个人似的，她不爱说也不爱笑了，她在用冷漠医治着自己的创伤。因为创伤，美好的爱情离她而去了，在她的心里造成了更大的创伤，李莉下定决心，要用时间治疗自己。

在这段时间里，刘东观察李莉的变化是最仔细的。他感受到了李莉的变化，这种变化让他在李莉面前更加小心起来。他从不主动跟她讲话，他怕招惹她生气或者不快，就那么默默地注视着她。轮到两个人一个夜班时，他提前把自己洗过的床单、被套拿到医生值班室换上，十点一过，他就让李莉住进医生值班室，他和她换位，他担负起了护士的责任。他整夜地看书，他答应过她，他要让自己更优秀，只有那样才配得上她。爱情的力量是巨大的，他不问她发生了什么，要爱一个人就爱她的全部，包括她的缺点和隐私。刘东在这么做，有时他买一袋巧克力，偷偷塞到她的抽屉里，有时又借到一本好小说，也默默地在第一时间放在她的面前。

刘东在做这一切时，李莉没有一点回应，但刘东还是这么做了，他为爱付出感到幸福和踏实，爱本身就意味着牺牲。

如果事情这么发展下去，靠时间李莉医好自己，就是不嫁给马刚或者刘东，也许也会是一个不错的结局，可事情就偏偏发生了意外。这意外的起因是那三个强奸犯。那三个强奸犯经常在海滨公园的深夜里作案，早就有人报案了，结果强奸犯们又一次实施强奸计划时落网了，他们同时也把李莉交代出去了。有个细节交代一下。那天晚上三个人并不知道李莉，只知道她是名女军人，第二天白天，三个强奸犯又回到犯罪地点——那片小树林时，发现了李莉丢在地上的军官证。三个强奸犯不仅知道了李莉的名字，还知道了她的年龄、工作单位等。三个强奸犯把这一线索提供给了公安局。公安人员为了取证，他们先是找到了医院的领导，然后又找到了李莉。

李莉被强奸这一事实就不胫而走了，而且风似的在医院的角角落落传开了。公安局的人走后，人们曾清晰地听见李莉在自己的宿舍里号啕大哭。医院领导做出了紧急处理，让李莉同宿舍那位护士，暂时脱离工作岗位，昼夜陪护李莉，以免发生意外。

三天过去之后，李莉的精神似乎平复了许多，她不再哭闹了，她只是发呆，一个人经常自言自语地说：我要嫁给你——

第四天晚上，同伴放松了对李莉看护的警惕，李莉从宿舍的窗户跳下了楼，可惜的是，李莉的宿舍在二楼，她没能自杀成功，只是小脚骨折了，于是李莉住进了外科病房。

刘东是内科中最后一个得知李莉被强奸的消息的。他起初愣在那里，不相信这一切会是真的，当他确信以后，他跑回宿舍，蒙着被子大哭了一场。李莉在他眼里是多么完美呀，简直就是一尊女神，高高在上，冰清玉洁，是那么的美好。现在，有人把他的神打碎了，他能不痛心吗？那一阵子，刘东恨不能抽自己的耳光，痛恨自己没有保护好李莉。

在李莉住在外科病房期间，刘东每天都要出现在李莉的病床前几次，今天送来一束花，明天送来一袋奶粉。他像一个忠实的奴仆在护卫着李莉。

李莉不看进来的刘东，她正望着天棚发呆。刘东从来不说什么，站一会儿，然后就走了。刘东有时来时，李莉正在睡觉，美丽的头发从枕上铺开，她的面容安详，刘东这时会大胆地注视一会儿李莉，在他的眼里，李莉是美丽的，美丽得有些妖艳。这时他就联想到那三个强奸犯，他的身体有些热度了，此时的刘东怀着罪恶的心情离开李莉的病床。走出外科，他又有了打自己耳光的念头。夜晚的时候，刘东躺在床上，想念着李莉，他的心不像以前那么跳得厉害，以前他想李莉时，她是那么远，那么缥缈，此时的李莉离他近了，他似乎伸出手就能碰到她。思前想后的结果，他认为自己是爱李莉的，不管是从前还是现在。

在李莉住院期间，她的父亲来过一次，在病床前握着女儿的手流了两行泪水，然后冲女儿说：闺女，没什么大不了的，等你出院咱们换一个单位。然后背着手很局长地走了。

李莉一出院就接到了调令，是老家那座城市驻军医院发来的。李莉悄悄地走了，她谁也没有惊动，同科室的人在李莉走了两天后才知道李莉调走的消息的。

刘东听说这一消息后，他的心空了。

刘　东

李莉调走后，刘东就有了心事。他整日里愁眉不展，心事重重的样子。一个人的时候，李莉的笑容便浮现在他的眼前。夜晚的时候，一个人躺在床上，对李莉的思念更加的空前。李莉被强奸是不争的事实，他没有见过那三个强奸犯，他一会儿把那三个强奸犯想象成三个彪形大汉，三个大汉用肢体在李莉娇小的身上运作着；一会儿又把那三个强奸犯想象成三个弱不禁风的瘦小的男人，总之，他一想起李莉，就会想起那三个强奸犯。不知为什么，每次想起强奸犯，他生理上都会有冲动。冲动过后，他更加思念李莉。李莉调走了，内科在他的心里变得毫无生气。干什么事情刘东都提不起劲来，经常给病号开错药，在科主任检查处方时发现了这一点，刘东在全科人员的大会上受到了主任的批评。

刘东忍受着爱情的煎熬，他的心里放不下李莉，直到这时他才清醒地意识到，如果李莉不被强奸，自己也许也没有得到李莉的机会。李莉调走之后，他才知道李莉是在和马副政委的公子谈恋爱时被强奸的，也就是说，如果李莉不被强奸，迟早有一天会和马刚结婚的。刘东知道眼前摆着机会，如果自己努力的话，说不定李莉会属于自己。他决定给李莉写信，在写信时，他的眼前又浮现出三个强奸犯的样子，后来他在心里这么说服自己：就把李莉当成离过一次婚的女人，除了不是处女之外，其他的跟正常人没什么区别。这么想过之后，刘东的心态平和了，他在信里把自己的爱写得一往情深，字字血声声泪的。刘东掌握着一个原则，那就是不揭李莉的伤疤，也不以一个强者的口气，仍一如继往地把李莉描绘得美好如初，仿佛压根儿她就没被强奸过，或者是强奸过了，而刘东根本不知道。

信发出了，刘东就剩下了忐忑的等待，结果第一封信石沉大海。刘东在爱情上显得韧性十足，他又开始写第二封信，马上又写第三封信，信的内容一封比一封诚恳迫切，让人读了会觉得没有李莉，刘东简直就活不成了。终于刘东寄出第十封信时，他收到了李莉的回信，李莉在信中写得很简单，她只说：如果你对我的感情是真心的，那么你就到我家来一趟。

刘东接到李莉的信后哭了，激动得楼上楼下地跑了好几趟。刘东很顺利地请了假，买了一张通往李莉家乡的车票他就出发了。

李莉是在自家的客厅里接待的刘东。那时李莉的父母都上班去了，家里只剩下李莉和刘东两个人。刘东见到李莉时没有想象的那么激动，他见李莉似乎从伤痛中走出来了，她依然那么美丽。李莉的样子很平静，跟什么也没发生过一样。

李莉冷静地说：你对我是真心的？

刘东用颤抖着的声音答：是真的，如果我有一句假话，天打五雷轰。

李莉又说：刘东你听好，如果我同意嫁给你，决不是让你可怜我。

刘东答：我知道，你比我强十倍，不，是百倍。

爱情差点让刘东给李莉跪下。

李莉又问：我要答应你，你得答应我两个条件。

刘东站起来，双腿打着颤说：你说，别说两件，就是十件我也答应你。

李莉说：咱们结婚后，你得调过来。

刘东说：没问题。

李莉又说：过去的事你不能在我面前提一句，否则就离婚。

刘东哽着声音说：行。

刘东的眼泪就流下来了。

两人达成协议后，很快就结婚了。又过了不久，刘东神秘地调到了李莉家乡这家部队医院，仍做内科医生。

家

李莉的父亲在这座城市里影响是很大的，从他调李莉，又调刘东的魄力上就可以看出来了。李莉和刘东婚后不久，医院就给他们分了一套两居室的房子。当然，这也是李莉父亲的魄力，医院许多副教授都还没住上单元房呢。

日子似乎变得平静了，婚后的生活表面上平静，刘东的内心世界却不平静，可以说复杂得很。

新婚初期的日子里，在夫妻生活上刘东显得很冲动，只要他一躺在李莉的身边，他就会联想起那三个男人，然后就冲动，很粗暴地用肢体语言去覆盖娇小的李莉。李莉应承着，有一次她似乎是烦了，极其厌恶地说：干什么你，跟个强奸犯似的。

她说完这句话，两个人都愣住了。李莉在流泪，他僵在那儿，一时不知如何是好。后来他躺在她的身边，用手臂搂住她，又伸出手为她擦去眼泪，渐渐地，她平静了下来，他又想起她刚说过的话，心里像流血似的那么难受。

夜深人静的时候，她睡着了，他却睡不着，大睁着眼睛望着黑夜，他就想：我的老婆是李莉，被三个男人轮奸过的李莉。这么一想过之后，他的脑子里就乱七八糟的了。

新婚的感觉在半年以后就过去了，在这半年的时间里，他的眼里只有李莉一个女人，李莉在他的眼里是美丽姣好的，他比任何女人都强，他的思维和生活都被李莉占满了。半年以后，他对这种婚姻生活习惯了，对李莉的每根毛孔似乎都熟悉了，李莉开始在他的生活和意识里变得不那么吸引他了。

在医院的环境里，女人永远多于男人。他身边那么多年轻护士、医生，她们鲜活地生活在刘东周围。他看着这些女性，有时暗自去和李莉比较，她们似乎都没有李莉漂亮，有的人比李莉更丰满，有的人性格比李莉更可爱一些，比较来比较去，刘东发现李莉并不那么优秀、那么完美无缺。冷不丁地，他又会想起那三个强奸犯，在黑夜的小树林里，顾头不顾尾地把李莉强奸了。他在新婚半年后，一想起这些，不再冲动了，而是变成了一种生理上的厌恶。也就是说，李莉是不干净的。渐渐地，李莉在他的心里变得不那么重要了。

以前，下班回到家，晚饭都是他做，睡觉前，洗脚水他都会为李莉准备好，衣服呀被子呀都是他洗。半年之后，这种活他也赖得做了，就是做也显得心不在焉的。他不做这些，只能李莉自己做。刚开始，李莉显得很不适应，把锅碗瓢勺弄得山响。他不说什么，打开一张报纸看半天。

有一天李莉切菜时不小心割破了手，她举着受伤的手指冲他说：刘东你变了，婚前你可不是这么说的。

他没说什么，找出纱布给她包扎受伤的指头。

晚上，两人坐在电视机前共同看一出有头无尾的电视剧。

她说：刘东你变了，你不珍惜我了。

刘东说：我没有。

李莉说：那你为什么饭也不做了，卫生也懒得打扫了。

刘东说：我累。

她说：你累我就不累了。

李莉说着说着就哭了，她一哭，他的心就软了，伸手把李莉揽在怀里，但不是新婚时那种用生命似的拥抱了。

李莉突然说：刘东你别以为你比我强，我哪点都不比你差，要是，要是——我能嫁给你？

婚前她做出过约定，不许提以前的事，可她最近总是拐弯抹角地往那件事上提，虽然没有明说，但两人谁都明白。她这么一说，刘东揽着她的手臂就松开了。

看着李莉伤心的样子，刘东想对她好一些，可他却做不到。夜晚就是做夫妻间的事，他总要把科室里那几个可爱的女孩子在脑子里想一遍，才能唤起他一些斗志。刘东意识到生活疲惫了，他说不清问题出在哪了。他有时就问自己，要是知道今日，当初干吗要结婚呢？看来得不到的永远是美好的这句话是对的。

从那以后，刘东经常不能按时回家了。科里的小护士经常拉他去跳舞，或者是去她们宿舍打扑克。刚开始，他还能想起等在家里的李莉，后来玩得一投入，他干脆就把李莉忘掉了。

还是家

婚后的李莉还是属于那种漂亮的女人，但她漂亮得一点也不滋润，也就是说，没有了那种鲜亮感。

刘东有时很晚才回来，下了班之后的刘东不是跳舞就是打麻将，和那帮小护士在一起莺歌燕舞的。这一切李莉都知道。她下了班之后，面对的只能是冷冷清清的家。她做饭，自己吃完了饭，把刘东那一份在锅里热上，然后守着电视机清冷地坐一个晚上。她上床的时候，眼泪终于流了下来。刚开始的时候，她的心里是不平衡的，一面骂着刘东是个骗子，一边想：自己为什么要嫁给刘东这样的人？这么怨过想过，也发泄过，沉静下来的时候，她就想到了自己，如果不在海滨公园发生那件事，自己能嫁给刘东吗？不能！嫁给刘东是一种无奈，有将就的意思，这么一想过之后，她也就想通了。她外表装成没事人似的，但内心里一直没有忘掉被侮辱的阴影，她在刘东面前想强硬起来，可她做不到，也就是说，她意识里那个阴影一直在笼罩着她，让她不能骄傲，也不能幸福。她虽然从四二三医院调回来了，世上没有不透风的墙，她的事情还是一点一滴地传到了这里，四二三医院那些医生护士有许多同学都在这所医院，他们提起李莉时，都会说一句：李莉在我们这出过事。出过什么事？下面的话就隐私和具体了。

在李莉没有和刘东结婚时，经常有人在背地里议论李莉，李莉一出现他们就不说话了，眼神里却满是内容。那时的李莉心虚又恐惧，在这些人面前，脸一白一红的。她下定和刘东结婚的决心和这一切都是有关系的。她以为自己调离了四二三医院，过去所有的一切也都会留在那里，没想到的是，那件不光彩的事情将会跟她一辈子，这一点对李莉来说，打击是致命的。

这种打击让她在刘东面前强硬不起来，在婚前她是强硬的，该说的话都说了，也约法三章了。其实这一切都是骗人的，刘东不说不等于没有这件事，或者刘东不知道，大家都知道，说与不说其实都是一样的事。

李莉开始变得孤僻起来了。上班的时候，她第一个戴上口戴，她愿意让口罩把自己掩盖起来，然后一声不吭，去病房或者在治疗室忙活，不到非说不可的时候，她就不说话。别的医生护士倒是有说有笑的，她觉得那些说笑都是对着自己来的，她越发地孤独。终于熬到下班的时间，她换下衣服匆匆地回家了。一进家门，她就哪儿也不想去了。她盼着刘东早点回来，来填补她的孤寂。可刘东经常在很晚的时候才回来，他回来的时候，她已经躺下了，无意中他碰到了她滴落在枕头上的泪水，他心里沉了一下，犹豫着伸出手，她借势一下子便扑在他怀里，她畅快地哭出了声，他问：怎么了，你怎么了？

她说不清也说不出来自己怎么了，她就是感到难受，非常难受。哭了一会儿，她才渐渐平静下来，然后小声地说：刘东求你了，以后下了班早点回来行吗？她用这种口气跟他说话，他心里一下子就找到了平衡。想起婚前他追求她那个漫长的过程，他在心里笑了。于是便想：女人都是一样的，结了婚啥都没啥了。然后他在鼻子里“哼”了一声，算是对她的回答。她有些感动，泪水又流了出来。她用手抚着他的前胸，哽着声音说：刘东，咱俩是这个世界上最亲近的人，你不能扔下我不管。

如今的李莉都在刘东面前说出这样的话来了，在以前可能吗？别说以前，就是发生了那件事之后，李莉在刘东面前也没说过软话。他是在写了第十封求爱信之后，她才回给他音信。

李莉真的感到很孤独，在这座城市里，有自己的家，也有父母的家。刚开始她很勤奋地回父母的家，以为在那里会找到温暖或者别的什么，但父母的态度和家里那种气氛让她受不了。父母都是小心翼翼的，唯恐伤害到她。越不想伤害她其实越伤害了她，她希望父母对她跟以前一样，该怎么就怎么。可是父母做不到，她一回到家里，父母对她的样子，马上就会让她想起那宗强奸案，她受不了。从那以后，她就很少回父母家了，她只能回自己家。刘东回来得早些，她心里会好受一些。有时刘东回来晚一些，或者值夜班，家里就剩下她一个人，她害怕又孤单。她下定了决心，准备要一个孩子。那天晚上，她对刘东说了，刘东当时没说什么，半晌才说：你想好了？她点点头。

孩子很快就怀上了，不久孩子就出生了。孩子一出生麻烦就来了。首要的问题就是谁来照顾孩子，在月子里李莉的母亲请了一个月的假，照顾了李莉和孩子，一出月子，李莉的母亲上班了。刘东写信，让自己的母亲来了。这是婆婆第一次出这么远的门，照顾自己的孙子没啥说的，全身心地投入，也任劳任怨。刘东的母亲是农村人，种了一辈子的地，喂了一辈子的猪，所有的生活习惯和城里人都是不一样的。比如，不洗手就给孩子冲奶，不让开窗开门，说是怕孩子受凉。婆婆还有吸烟的习惯，当把孩子哄睡之后，她会坐在孩子的床前，仔细地卷一支叶子烟，然后心满意足地吸上一阵子，望着跟前的孩子，仿佛坐在自家的田间地头望着即将收获的庄稼那般满足和愉悦。吸烟的老人总是痰多，母亲清清嗓子，很容易就清理出一口浓痰来。婆婆随意地、响亮地把痰吐在地上，为了显示文明她还会用鞋底子在痰上踩几脚，在地面上揉搓一会儿，直到痰渍淡了干了，才会收住脚。

这对李莉来说无法忍受。李莉是护士，在医院工作时间长了，就有了爱洁的习惯。对于婆婆这样，她又如何忍受呢？刚开始她还耐心地纠正婆婆这些习惯。婆婆的脸色很不好看。婆婆说：俺们农村人都这样过一辈子了，不是也活得很好，咋地了？我不洗手给孩子喂奶，照样把刘东养这么大，还考上了大学。

刘东是婆婆一生中的骄傲。刘东在城里娶妻生子了，这也是婆婆的成绩。一段时间下来，婆婆对儿子的家哪都满意，就是对儿媳妇有意见。媳妇漂亮是漂亮，生了孩子却没奶，干什么活都不那么踏实，吃饭也跟猫舔食似的，这样的女人能过日子吗？母亲用一种农村女性的目光衡量着儿媳妇，得出的结论是，儿媳妇是不合格的。母亲就多了许多抱怨。

刘东下班一回来，婆婆抽空就和刘东嘀咕，婆婆说：你媳妇咋就没奶呢？咱们村东头老王家那个儿媳妇，那奶水“滋滋”的，孩子都三岁了，现在的奶还没断流。

婆婆又说：你媳妇这干巴瘦的身子，你看咱们村老姜家的儿媳妇，一口气生了俩儿子，那身体跟牛犊子似的。扛一百斤米跟玩似的，你媳妇行吗？

婆婆还说：长得好看有啥用，顶看不顶用，我看你们这日子过不旺。

婆婆再说：……

总之，在母亲眼里李莉非常的不合格，没有一点优点，还那么多讲究，这不是矫情吗？

婆婆就和李莉生出了许多矛盾，刘东上班不在家，家里只剩下李莉和婆婆，一老一少两个女人的矛盾就不可调和了。孩子睡着了，母亲又开始吸叶子烟，烟味浓烈得很，李莉忍无可忍，“砰砰”地把门窗打开。婆婆不平了，她拉长声调说：你要干啥，想冻坏我孙子咋地？我抽口烟咋地了？就是牛呀马呀的干累了，还喂口草喂口料呢。

李莉说：你以后抽烟去厨房好不好，这么小的孩子你就让他中毒？

母亲说：中啥毒，我怀刘东时就抽烟，生下来也抽，他不是好好的吗？

李莉还能说什么呢？她跑到里屋，趴在床上哭了起来。剩下婆婆在那生闷气，她又吐了口痰，用脚揉搓了一番，“砰砰”地又把门窗关上了。

婆婆一直认为这个家是刘东的而不是李莉的。在农村人眼里，只有男人才是一家之主，女人算什么？只不过是家里的附属品，男人才是当家做主的人。母亲怀着这种心态，果然就不把李莉当回事了。从小娇生惯养的李莉哪受过这个？她一心想要孩子，没想到有了孩子，又出现了这样的局面。她终于忍不住和刘东摊牌了。

她冲刘东说：你妈怎么这样？

刘东也看不惯母亲的一些做法，比如不讲卫生等，但李莉这么说，他的心里还是不快，母亲没有功劳也有苦劳，那么大岁数的人了，夜里要起来几次给孩子喂奶、换尿布的容易吗？他有些心疼母亲。见李莉这么说，他就拉下脸来说：你母亲好，可她给咱们带过几天孩子？

李莉听了这话就哭了。她知道，他们娘俩这是合起伙来对付她一个人。她没想到让一个农村老太太给欺负住了，自己嫁给刘东就是一种委曲求全的办法。她没想到，婚后不久刘东就变了，她以为有了孩子会好一些，没想到在刘东母亲和她之间，刘东又站在了自己母亲一边。她越想越委屈，于是她就抽抽咽咽地哭，她一哭，刘东就心烦，他从床上坐起来压低声音说：你还有完没完？

李莉能有个完吗？尤其是此时刘东对她的态度，李莉伤心得要死要活，眼泪就成串地流下来。

第二天一早，李莉似乎下了决心，她红肿着眼睛冲刘东说：这个家我没法待了，你跟你妈过吧。

说完收拾东西就走了，她是回父母家了。

李莉一走，婆婆气得浑身发抖，一迭声地冲刘东说：没见过这样的媳妇，要是在农村，看男人不打折她的腿。

刘东黑着脸没说什么就去上班了。

几天过去了，李莉仍然没有回来的意思，她一走，把孩子交给了婆婆一个人，又带孩子又做饭的，老太太吃不消了。血压升高摔在了卫生间里，孩子在床上大哭着。刘东下班回来才看见母亲鼻青脸肿的样子。刘东没有办法，他只能去找李莉了。

婆婆刚强得很，她咬着牙说：儿子，你别去，你没有错，干啥让你去低三下四求她？我能行，你们哥几个都是我带大的，我不信就带不大一个孙子。

婆婆这么说，刘东还是心疼母亲。李莉总是不回来，也不是个事。他找到李莉，李莉只有一个条件，那就是回去也可以，但必须让刘东的母亲走。

刘东就说：让我妈走，你一个人能带孩子吗，产假一过，你不上班了？

李莉说：咱不会请保姆哇。

刘东没能接回李莉，垂头丧气地回来了。

婆婆一见就说：我说啥来的，这种女人不能求她，长得好有啥用，我一见她面就看出来了，她不是过日子的人。

这样又坚持了两天，婆婆虽然很刚强地挺着，但婆婆年龄毕竟大了，人一忙，又丢三落四的，有一次奶还没凉，孩子一哭，她就用热奶去喂孩子，结果把孩子的嘴烫坏了。刘东心疼母亲也心疼孩子，最后他还是下决心，让母亲回老家了。

婆婆一听说让她走就哭了。婆婆是真心想帮助刘东一把。她养了几个姑娘儿子，就出息了刘东一个人，她心疼刘东。后来她也知道自己要是不走，儿媳妇就不会回来，最后她千叮咛万嘱咐地，一步三回头，流着眼泪走了。

婆婆一走，李莉回来了，她在乡下托人找了一个保姆。从此，家庭就太平了一些。自从有了孩子之后，刘东真的没什么闲心了，他一下班就急着往回赶，到了家里，看到孩子心里才踏实下来，这一点是李莉希望看到的。

半年以后，李莉休完产假就去上班了，两人一走，家里只剩下小保姆和孩子，刘东不放心，李莉也不放心。两人抽空就往家跑，有时刘东刚出门，李莉又风风火火地回来了，两人顾不上打招呼，一个忙着往科里赶，一个忙着往家里奔。这也是李莉期望的局面，她现在已没有时间和精力去回想当年发生的那件事了，她也没心思去关心别人怎么讲怎么说了。这样一来，李莉脸上的气色又恢复了过来，人又滋润起来了。

她每天下班抱着孩子，咿咿呀呀地逗着孩子，偷眼去看忙碌的刘东，心里很有成就感。一高兴她就哼起了邓丽君的歌，她已经许久没有唱歌了。

精神愉快了，问题却出来了。有了孩子，又请了保姆，他们的经济开始紧张起来。

那会儿改革开放的政策已经出台了，改革开放的步伐可以说一天往前迈一大步。回到家的李莉就说：自己的同学，某某下海经商了，一个月挣了三千多。又说某某转业了，自己办了个公司，一年挣了好几万。

刘东不为所动，他是学医的，自己只能在医生的岗位上，况且对做生意开公司他也不感兴趣。李莉这么说了，也就说了，他只能用沉默来回答李莉。他现在是一家之主，他没有反应，李莉也无可奈何。

大裁军

机会终于来了，大裁军那一年，李莉被医院确定转业了，别看她嘴上在说这说那的，可真让她转业，她真有些手足无措。百万裁军这是大势所趋，李莉最后还是走了。

李莉不想当护士了，她转业到了地方的建委上班。又是个半年之后，她回到家里，突然对刘东宣布了自己停薪留职，要下海做建材生意。

为这件事，她还和刘东吵了一架，刘东怪她事先没有征求他的意见，况且，李莉现在的单位不错，收入比在部队医院高多了，这么好的单位说辞就辞了，以后的日子还怎么过？

李莉自从有了孩子之后，心态和家庭的地位明显好转了。她现在不用看刘东的脸色了，她想干什么就干什么。

李莉的父亲虽然退了，但在这个城市里经营了几十年的关系还在。这就给李莉提供了一张可以活动的网。

半年以后，李莉经营的建材公司就有了起色。有一天，她从外面回来一进门，便喜气洋洋地把一张存折摔在刘东面前，然后理直气壮地说：你看看，要是上班什么时候能挣到这个数。

刘东打开存折，他也惊讶了，那上面存着五万块钱。

又过了不久，李莉在这座城市里的一个开发小区里，买了一套房子，三室一厅，装修豪华。她没有征求刘东的同意就把家搬了过去，刘东直到下班之后，回到原来那个家，才发现里面已经空空如也了。他只能心不甘情不愿地住进了李莉新买的房子。

不知什么时候，李莉已经是一家之主了，房产证上写着李莉的名字，户口簿上户主一栏上也是李莉的名字。

他们的儿子已经到了入托的年龄了，李莉做主，把儿子送到了本市最好的，也是第一家私立幼儿园，光赞助费就花了一万多。这一切，刘东只能看着，他甚至没有发言权。钱是李莉出的，地方也是她联系的，他还能说什么呢？

现在他每天下班回到家里，自己仿佛是个客人，孩子全托不在家里，李莉忙着生意上的事，不到三更半夜她是回不来的。他这看看，那走走，最后只能坐在电视机前没滋没味地看一会儿电视。

有天早晨他起床，发现李莉还在睡着，她的头发烫了，鼻子又整了一次形，眼眉似乎也修饰了，她变得比以前更有风韵了。重要的是，她睡得很舒心，眉眼完全是展开的。刘东又想起几年前，那件事情发生后，李莉躺在病床上，他去看她，她是那么的楚楚可怜，就是在那一刻，他才最后下定决心娶她，不管她发生什么。现在，那种情形完全不复存在了，睡梦中的李莉仍那么自信舒心。

李莉和马刚

李莉已经不是以前的李莉了，虽然儿子四岁了，但她仍然年轻。更重要的是，生意上的成功让她百倍地自信。她一出现在公开场合，所有的人目光都会围着她转，因为她漂亮，也因为她是一个成功者。众人的眼睛是自己最好的镜子。以前所有的不快和挫折，现在看起来什么都没什么了。她又是以前那个心高气傲的李莉了，她回过头再看刘东时，心里那种不满足就越发地强烈了。当初她在最低谷的时候，她嫁给了他，因为只有他带给了自己安慰。从结婚那天开始，她一天也没有心甘情愿过，有的只是无奈。刘东算什么？从追求她到结婚，他在她的心里从没占据过重要的位置。如果二十年前没发生那件意外，两人将是永远不会交叉的两条平行线，你走你的阳关道，我走我的独木桥。

二十年前那会儿她还是个小姑娘，她真的被吓着了，无所适从，痛不欲生，连死的心都有了。如果放在现在，那将是另外一种结果了。二十年的时间里，她弄明白了男人和女人，除了感情，不就是个贞洁吗？被强奸那不是背叛，婚外情才是真正的背叛。李莉回想起二十年前，竟有了一种白云苍狗的味道。

她现在已经不把二十年前那点事当回事了，人前人后的她是一个成功者，一个成功又漂亮的女性，在她生活的圈子里，没人知道她二十年前那点儿破事。只有刘东知道，刘东在她眼里又算什么，只不过是抹去时光的一块抹布。她真的不把刘东当回事了，如果刘东再提起那件事，她会毫不犹豫地离婚，让她生活中最后一根肉刺永远离开她的生活。

李莉现在是一个成功的女人，她现在是说一不二、想做什么就做什么。刘东的地位便可想而知了，他又回到了二十年前，那个可怜巴巴的男人，求着她，巴望着她，在她面前察言观色。

世界本来就很小，李莉和马刚又一次相遇了。那是在省城建材商的招商会上。当李莉看到马刚那一刻，她的眼睛直了，埋在心头二十年的火苗又一次“呼啦”一下点燃了。她瞪着眼睛，张着嘴，心脏如同少女一样地蹦跳着。马刚也看见了她，先是愣了一下，待反应过来后，他向她伸出了一只手，然后说：是你？李莉你好啊！

两只手就那么握在了一起，她发现自己的手是潮湿和颤抖的。她竟有些哽咽，眼里蒙了一层潮气，直到这时，她才明白，马刚在她心里的位置。马刚是她的第一个男人，也是让她刻骨铭心的男人。

然而马刚呢？见到她有些惊愕后马上就平静下来，他还是二十年前那个样子，什么都不在乎，眼神是目空一切的。然后他说：这些年还好吧？

她望着他，目光复杂，心绪难平，她哽着声音说：你呢？

他说：就那样，马马虎虎，转业了，就下海了，现在做建材生意，还不错，你不是也一样吗？

她点点头，这就是他们的经历，说复杂就复杂，说简单也简单。三言两语，他们就把各自的情况通报了，什么也就都没什么了。后来两人就分了手，各自忙各自的去了。

晚上，她回到宾馆，心情还是难以平静下来。在这一天的时间里，她如同梦游，睁眼闭眼的，脑子里都是马刚的身影。她突然有了一个大胆的想法，约马刚来谈一谈，就在今晚，就在这个房间，否则，她将难以入睡。这时，她想起会务组发的与会人员名单，那份名单后面就有房间号。在这之前，那份名单她连看都没有看一眼。

电话很快就通了，马刚果然在房间里，她说：马刚，我想和你聊聊。

马刚在那边沉吟了一下，才说：好哇，现在不行，我还有点事要处理，两小时后我去找你。

说完，问了她的房间号就挂上了电话。

她一放下电话，就激动了起来，两个小时后意味着什么？夜深人静，两个旧情人在房间里相遇——她不敢再想下去了。现在的她浑身上下的每一个细胞都是兴奋的，在这两个小时的时间里，她都不知道自己在忙些什么。先是不停地换着衣服，然后是彻底地清洗自己，把自己弄得水汪汪的。在走出浴室时，她突然决定穿着睡衣迎接他。那是一件非常性感的睡衣，是巴西的一位朋友送给她的，她一直没有舍得穿。确切地说，这件睡衣到现在还没有用武之地，这会儿终于派上用场了。穿上睡衣的她在镜子前左看右照，发现自己果然性感。如果二十年前自己还是只丑小鸭的话，那么现在，她就是白天鹅了。她在焦灼中，终于等来了马刚的敲门声，她迫不及待地打开了门。

马刚衣冠楚楚地立在她的面前，她发现马刚看她的眼神那么一跳，她的血液顿时欢畅地流动了起来。

她坐在床边的一角，他坐在沙发上，床头灯半明半暗地亮着，她又想起了二十年前在马刚宿舍里的情景。那时，他们是没有更多话语的，一切都被身体语言取代了。现在，马刚很沉稳的样子，他在吸烟，吸烟的神情也如二十年前那么帅气。

接下来两人都聊了很多，说到了各自的经历，也说到了婚姻，马刚说：结了一次婚，又离了，挺累的，两年前又结了。

马刚说这一切时，很平静，仿佛在说别人的事。

后来马刚又问：那个刘东，刘医生还好吧？

她和刘东结婚，这事大家都知道。

她说：就那样吧。

她现在的情绪有些低落，原来她对马刚是有些想法的，可听了马刚离婚又结婚的，仿佛他还很满意现在的婚姻，不过后来她又想，爱一个人又何必朝朝暮暮，如果能做相爱的人的情人，也是件幸福的事情。这么想过后，她的情绪又有所高涨，她的脸湿热而红润，呼吸也有些急促。此时，她如同热恋中的女人，神情迷离，目光散乱，只等着与心爱的人徜徉爱河。

她喃喃着说：马刚，这么多年我一直想着你。

马刚望着她，不知是欣喜还是别的什么，在他的脸上，竟然看不出太多的表情。

最后，她站了起来，偎在马刚的身上。她的身体里的香气一时裹挟住了他，他有些迷乱，他的手在她光洁的背上游走着。她紧紧地抱住了他，他们现在又只剩下身体语言了。

他的外衣终于被她脱去了，他们訇然倒在了床上。她迫切又焦灼地说：马刚，我想了你二十年，要是没有二十年前那件事，我一定会是你的老婆。

他听到这儿，忽然就不动了，僵了似的躺在那儿，此时她衣冠不整，脸色苍白。

她见他停止了动作，仿佛被一颗子弹击中了，她问：马刚，你怎么了？

他坐了起来，背转过身，呻吟般地说：李莉，我不行，真的不行，一想起二十年前，我就……

她顿时明白了，泪水不可遏止地流了下来，刚才还澎湃的激情一下子烟消云散了，身体也冷了下来。

他站了起来，她看见他的脸上也被泪水打湿了，他低声说：对不起李莉，我真的没有办法。

说完，拿起自己的外衣，头也不回地打开门，消失在她的视线里。

她彻底被击倒了，连精神和肉体，她瘫倒在床上。二十年了，她以为足够能治愈人内心上的痛，结果是她错了。她现在是个女强人了，以为“女强人”这个称谓能弥补一切，结果她还是错了。那一夜，她睁着眼睛等到了天亮，二十年间的经历不断地在她眼前回闪着，所有的幸福和不幸，在这一夜间，她仿佛又重新活了一遍。

并不是结果

那次招商会后，李莉的情绪一下子消沉了许多，仿佛她又换了一个人。她很少出去应酬了，夜晚的大部分时间里，她都待在家里，两眼空洞地望着什么地方出神。

刘东大感意外，意外的结果是对她更加地小心翼翼。电视开着，他一会儿瞅一眼电视，一会儿又看一眼她。

她说：声音开那么大干吗？

他忙把电视的声音调小一些。

一会儿，她又歇斯底里地吼起来：声音那么小，还让不让人听呀，电视是你一个人的？

他忙把声音再调大些。

总之，不管他做什么，她都看不顺眼，不舒服。他怎么着也不是，只能更加地小心着。

晚上睡觉时，她睡在沙发上，有时半夜睡醒了，又气冲冲地走回到卧室冲熟睡中的刘东嚷：凭什么我睡沙发，你去。

刘东就睡眼蒙眬地去沙发。

突然有一天，刘东终于忍无可忍了，他说：这日子还让不让人过了？

他发火了，他居然也会发火？李莉怔怔地望着他，竟一句话也说不出来。

他说：你心里不顺，别拿我出气，有本事把你的气冲着伤害你的人去使。

她终于说：刘东，你以为你是谁？你不就是个农民嘛！告诉你，从我认识你那天到现在，我从来就没喜欢过你！

刘东也热血撞头了，这样的日子他过够了，他也就不想什么后果了。他站起来，双手叉腰，大声地说：李莉，别瞧不起农民，我知道你嫁给我，觉得有些亏，可你别忘了当初你都嫁不出去，没人要，是我要了你，你还想咋地吧？

爆发了，沉寂的火山终于爆发了。这日子还能过吗？不能，肯定不能。李莉在心里山呼海啸地怒吼着。

接下来就是离婚，势如破竹的样子。不久，李莉把她的建材公司转让了，住房也卖了，她带着孩子一下子就消失了。

有人说，她去了南方，干的也是建材生意。

也有人说，她出国了，她的积蓄足够她的生活了。

还有人说，在某个寺院里看到了出家的李莉。

种种说法似乎都有道理，说这些话的人也都一副准确无误的样子。

没有人知道李莉去了哪里，只有她自己知道，带着她自己的秘密去了一个没人知晓她经历的地方。